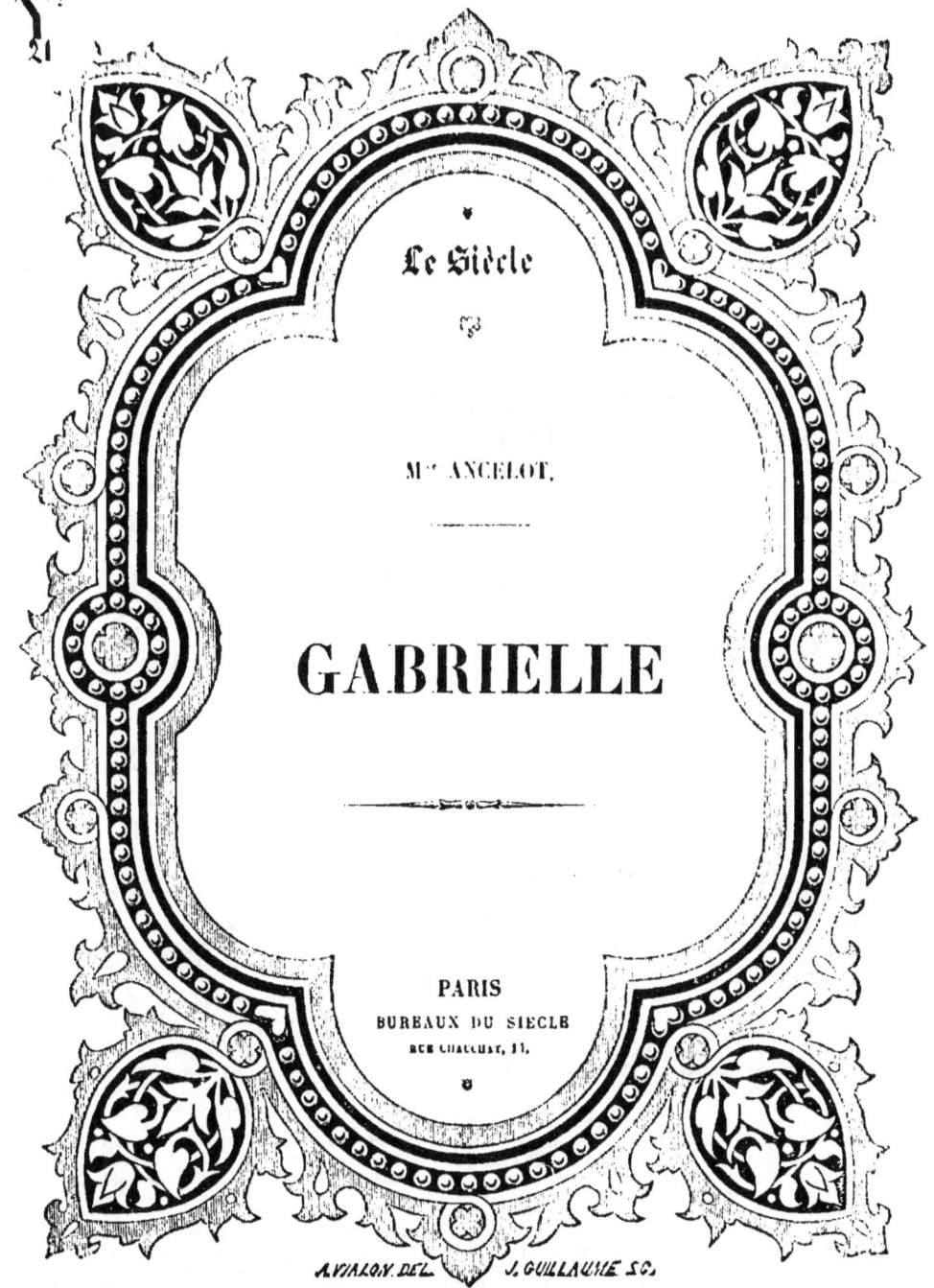

Le Siècle

Mme ANCELOT.

GABRIELLE

PARIS
BUREAUX DU SIECLE
RUE CHAUCHAT, 11.

A. VIALON. DEL.   J. GUILLAUME. SC.

On trouve encore dans les bureaux du Siècle

HISTOIRE DES DEUX RESTAURATIONS (DE 1815 À 1830), par M. ACHILLE DE VAULABELLE
Huit volumes in-8°. — Prix : 40 fr., et 25 fr. seulement pour les abonnés du journal le Siècle.
HISTOIRE DE LA RÉVOLUTION DE 1848, PAR M. GARNIER-PAGÈS.
Onze volumes in-8°.—Prix : 54 fr., et 30 fr. seulement pour les abonnés du journal le Siècle.
Ajouter 1 fr. par volume pour recevoir franco par la poste

N. B. — Afin de faciliter aux abonnés l'acquisition de l'un ou l'autre de ces ouvrages importants, il leur sera possible de se les procurer par partie
de deux volumes chaque, au prix de 5 fr. pour la Révolution de 1848, et 6 fr. 25 pour les Deux Restaurations, pris au bureau du journal, 11, rue
Chauchat, et 1 fr. en plus par la poste.

Madame Ancelot.

GABRIELLE

UNE GRANDE DAME RUINÉE.

— *Il n'y a plus de femmes!* non, mon cher comte, il n'y a plus de femmes, s'écria douloureusement la marquise de Fontenay-Mareuil, en se tournant vers le comte de Rhinville assis près d'elle dans le fond d'une voiture. Le comte soupira, mais ne parut nullement disposé à révoquer en doute ou à combattre une proposition qui pouvait, au premier aspect, paraître étrange et hasardée.

La marquise, n'éprouvant aucune contradiction, se vit forcée de renoncer au plaisir de discuter. Monsieur de Rhinville, depuis longtemps initié à ses idées, était-il convaincu, ou craignait-il qu'on n'essayât de le convaincre? Il ne répondit pas, et ne témoigna même aucune surprise lorsque la marquise prononça cette phrase, qui revenait, il est vrai, assez souvent dans sa conversation pour qu'il y fût accoutumé.

Ils restèrent donc silencieux l'un et l'autre pendant que la voiture continuait à rouler avec rapidité... Ils avaient peu de choses à se dire, car tous deux avaient atteint une vieillesse avancée: alors les paroles sont lentes, tristes et rares! Dans la jeunesse, des phrases vives et continuelles confient ou laissent deviner les idées, les projets, les espérances, les chagrins et les plaisirs: on parlerait plutôt sans le savoir et tous ensemble; on a tant à dire! mais deux vieillards, au contraire, seraient naturellement silencieux, s'ils n'avaient résolu de rompre le silence; et cependant malgré eux les phrases s'arrêtent souvent inachevées. Parfois même, au moment de parler, si deux vieillards se regardent, ils ne disent rien. C'est qu'ils voient ces cheveux blanchis, ces rides qui plissent leurs fronts, ces traces du temps et de la douleur imprimées sur leur visage; c'est qu'ils y lisent les malheurs et regrets du passé, la tristesse du présent, le peu d'espérance qu'offre l'avenir, et, pour cette vie du moins, tout est dit.

La marquise de Fontenay-Mareuil, malgré ses soixante-dix ans, semblait cette fois être agitée par quelque grand projet: car elle reprit avec vivacité:

— Et c'est parce qu'il n'y a plus de femmes, monsieur le comte, que la France se perd... que les jeunes gens se perdent... et que mon petit-fils...

Ici elle s'arrêta, craignant d'articuler une plainte précise contre l'objet de son orgueil et de sa tendresse.

Monsieur de Rhinville ne put s'empêcher de sourire en disant:

— J'aurais pensé tout le contraire.

Les idées de la marquise n'étaient pas en ce moment tournées vers la plaisanterie; aussi resta-t-elle grave et triste en ajoutant:

—Sans doute il y a encore des jeunes filles, des femmes mariées et des mères. On épouse encore les femmes qui sont riches, et on est amoureux de celles qui sont jolies; mais leur puissance se borne exclusivement à ces droits. Les salons n'existent plus, la conversation a cessé, le bon goût a disparu avec elle, et l'esprit a perdu tout son prestige. Vous avez un roi qui fait et défait des ministres, une chambre des députés qui fait et défait les lois, une chambre des pairs qui ne défait ni ne fait rien, mais y a-t-il une puissance pour créer des hommes aimables? pour soumettre les jeunes gens à des habitudes délicates? pour leur apprendre que le bon goût est la preuve d'un bon esprit, et les nobles manières la suite de nobles sentiments? pour leur imposer, par l'opinion, des lois de politesse et du bon sens qui ne sont pas dans le code civil? Par quelle puissance conserveront-ils assez de doute sur leur perfections pour travailler à devenir des hommes de mérite sans cesser d'être aimables? Eh bien! cette puissance, mon ami, cette puissance anéantie avec tant d'autres, elle existait jadis! c'était les femmes! Alors, la crainte inspirée au duc Yves de Mauléon par l'opinion des salons où il devait vivre ne lui eût jamais permis de se séparer entièrement de sa famille; d'aller, lui l'unique rejeton de deux nobles maisons, l'héritier d'un si grand nom, vivre au milieu d'un monde qui n'est pas le nôtre, et là de faire...

Elle s'arrêta encore; ce qu'elle allait ajouter semblait ne pouvoir sortir de ses lèvres.

— Ce qu'on dit est donc vrai? reprit le comte. Ce que j'ai appris...

— Qu'avez-vous appris? que vous a-t-on dit? Parlez, je veux tout savoir, reprit la marquise avec crainte.

— Rien de bien grave, rien qui puisse compromettre l'honneur d'une famille, répondit monsieur de Rhinville.

— Je veux tout savoir, répéta-t-elle impérieusement.

Malgré l'inquiétude et le chagrin qui se peignaient sur le visage de la marquise, le comte ne put réprimer un léger sourire en ajoutant :

—Des folies de jeune homme, qu'on se raconte en riant, dont le monde s'amuse, et qu'il oublie bien vite. On dit qu'arrivé à sa majorité, et mis en possession de quinze à vingt mille livres de rente, seul débris des biens immenses de ses aïeux, monsieur de Mauléon, trouvant cette médiocre fortune trop peu en rapport avec son rang et ses désirs, et ne voulant pas vivre, disait-il, avec ses vingt ans et son titre de duc, comme un vieil épicier retiré du commerce, vendit ses propriétés, et, faisant quatre parts de quatre cent mille francs qu'il en eut, se détermina, il y a quatre ans, à vivre comme quelqu'un ayant cent mille livres de rente. On ajoute que monsieur votre fils fut si fidèle à sa parole, que la journée d'hier a vu en même temps la fin des quatre années et celle des quatre cent mille francs.

Un triste soupir s'échappa du cœur de la marquise avec ces mots :

— Quatre cent mille francs ne sont pas la moitié du revenu qu'avait monsieur de Fontenay-Mareuil, en 1789, lors de notre mariage, et il y ajoutait son gouvernement de Bretagne et sa charge de premier écuyer de Madame.

Le comte fit un geste de regret et de sympathie, et le silence recommença. Il y avait tant de tristes souvenirs pour tous deux dans ce peu de mots!

La marquise, petite, mignonne et délicate, avec des traits fins et une peau unie et décolorée, quelques cheveux très blancs et extrêmement soignés, un bonnet bien arrangé dans une capote blanche entourée d'un voile, une robe de soie brune et une grande mantille bordée d'une haute dentelle noire, avait, malgré son âge, quelque chose qui venait d'un air noble et de bon goût : ses manières étaient simples et naturelles... Les femmes d'un rang très élevé offrent rarement la plus légère apparence d'affectation. Sûres de la place qu'elles occupent, de la considération qu'on leur doit, et des égards qu'on leur accorde, elles ne portent pas dans monde les inquiètes timidités qui paralysent les grâces de l'esprit comme celles de la personne. La société qui les entoure les connaît, leurs droits sont établis, on ne leur dispute rien, et, sûres des autres, elles le sont aussi d'elles-mêmes : les classes élevées sont aussi naturelles dans leurs habitudes élégantes et gracieuses, que les artisans et les villageois dans leurs naïves et grossières coutumes ; mais il règne une excessive affectation dans les manières des classes intermédiaires. Peut-être l'inquiétude de prétentions encore contestées, le désir d'être placé dans un rang plus élevé, la crainte de l'être dans un rang inférieur, une vanité qui s'offense de ce qui est au-dessus d'elle et dédaigne ce qui est au-dessous, font-ils naître mille susceptibilités qui se montrent sous des formes singulières, agitées et ridicules ! mais dans toutes les classes, une haute intelligence supplée à tout. Elle donne du calme dans le maintien, de la grâce dans la parole, du naturel dans les manières, par le sentiment paisible et digne de la valeur personnelle; et, de toutes les supériorités, celle qui inspire le plus cette dignité gracieuse, sans doute parce qu'elle est la première de toutes, c'est la supériorité due à la générosité et à l'élévation de l'âme.

Les révolutions, et tout ce qui s'est dit et fait en Europe depuis cinquante ans contre les idées que la marquise avait reçues dans son enfance, n'avaient pas modifié ces idées. Il en était deux qui dominaient toutes les autres et leur servaient d'appui et de centre commun, la grandeur de sa noble famille et l'influence des femmes sur la société.

Relever, rétablir et soutenir à tous prix ces divinités détrônées lui semblait un devoir sacré ; sa situation à elle la touchait bien moins par les privations qui lui étaient imposées que par le regret de voir une personne de son rang obligée de s'y soumettre, et c'était surtout pour l'honneur de ce rang qu'elle en souffrait! Ses plaintes n'étaient-elle pas écoutées, c'était le sentiment de la dignité et de la valeur morale des femmes qui se trouvait blessé en elle du peu d'importance accordé par notre époque à une femme de son âge.

Si l'exagération des idées de la marquise prêtait parfois au ridicule, elle donnait plus souvent encore une sorte de grandeur et d'élévation à son caractère, en détruisant la personnalité au profit d'un principe et d'une idée. L'oubli et le sacrifice de soi-même non toujours de la noblesse, se trompât-on sur les causes et les conséquences de son dévouement.

Pour une portion de la haute société du faubourg Saint-Germain, dont le comte et la marquise faisaient partie, l'état actuel de chaque chose semblait encore trop étrange pour être durable; et, sans y être habitué, on le supportait comme un moment de crise, un peu long il est vrai, mais qui devait nécessairement cesser, comme tout ce qui est en dehors des lois ordinaires de la nature. La destinée de quelques familles a été si longtemps unie à la destinée de la France, qu'il semble toujours à leur descendans qu'une séparation doit entraîner la ruine de l'une comme celle des autres. Disposée sans cesse à combattre, dans un pays guerrier, la noblesse apportait autrefois à la royauté une épée toujours prête et des hommes d'armes toujours dévoués. Elle entoura plus tard le trône paisible des grâces de l'esprit, du charme des manières et de l'élégance du luxe, parures brillantes d'une cour oisive et insouciante ; puis, après avoir suivi la royauté sur les champs de bataille et dans les fêtes, elle l'accompagna jusque sur l'échafaud, et le roi martyr ne parut point devant le Roi du ciel sans un sanglant et noble cortège qui avait partagé sa destinée.

Comment donc cette noblesse accepterait-elle franchement ce qui la repousse ? Pour quelques-uns aussi le pays où ils ne sont plus rien ne saurait subsister ; à leur yeux, tout y est arrêté, suspendu, immobile, et ce qui existe sans eux, pour eux n'existe pas.

Il fallait qu'il y eût quelque espérance se rattachant à une de ses idées dominantes pour que la marquise eût oublié ce jour-là ses soixante-dix-années, ses habitudes qui la retenaient chez elle ordinairement à cette heure, sa santé qui lui faisait supporter avec peine le mouvement d'une voiture, et ses chagrins passés qui la rendaient souvent insouciante et apathique : car, dès la veille, elle était agitée, inquiète et impatiente et en priant le comte de Rhinville d'être exact, et en lui recommandant de ne pas oublier que le lendemain, à midi, elle l'attendait pour se rendre rue des Postes.

En effet, le matin de ce jour impatiemment attendu par la marquise, on avait vu, dès midi, un élégant coupé s'arrêter dans la vaste cour de la rue Saint-Dominique, un homme en était descendu très lentement, malgré l'aide d'un domestique. Pourtant, à peine avait-il eu mis pied à terre, qu'il sautait assez légèrement sur les marches du perron, en souriant et en jetant les yeux autour de lui : cet homme était le comte de Rhinville, l'ami de la marquise de Fontenay-Mareuil.

Il était assez difficile à la première vue de déterminer au juste son âge, et l'observateur le plus habile eût hésité un moment avant de décider si c'était un homme très vieux, que des soins assidus protégeaient contre les tristes résultats du temps, ou un homme encore jeune, dont la vie orageuse en avait doublé les ravages.

Mais l'incertitude avait cessé avant que les vingt-trois marches de l'escalier qui conduisait à l'appartement eussent été franchies : car, après s'être assuré par un regard qu'on n'avait à redouter aucun témoin, cette taille élevée, encore droite par momens et renfermée dans les contours d'un habit élégant, s'était courbée, une main s'appuyait sur la rampe, l'autre pesait lourdement sur le bras du domestique ; il fallait un effort à chaque pas ; les rides de ce visage qui avait cessé de sourire semblaient s'être creusées tout à coup plus profondément sous la légère couche d'un vermillon emprunté qui ne les cachait pas, et il était devenu évident que les cheveux noirs et soyeux qui couvraient cette tête à mouvemens involontaires et incertains avaient pris naissance sur un front plus jeune au moins de trente ans que le front hâve et desséché qu'ils ombrageaient.

Cependant la taille se redressa, le pas se raffermit, et la tête se releva souriante, avec une sorte de fierté, en entrant dans une antichambre assez vaste, mais très simple, où le vieillard qui avait essayé de se déguiser en jeune homme s'arrêta. Alors la seule personne que renfermait cette pièce, et qui ressemblait plutôt à une modeste rentière du Marais qu'à une femme de chambre, se leva ; et sans attendre que le domestique eût prononcé le nom de son maître, elle ouvrit doucement une porte, entra sans bruit dans une chambre à coucher ; et, s'approchant respectueusement d'une femme âgée, occupée à mettre ses gants avec un soin minutieux, elle annonça presque à voix basse :

— Monsieur le comte de Rhinville.

— Je suis prête, comte, dit, en se levant du grand fauteuil où sa petite personne se cachait en entier, et en s'avançant vers la porte, la marquise de Fontenay-Marceuil. Mille grâces pour votre complaisance et votre exactitude, ajouta-t-elle ; puis, au moment de quitter la chambre, elle se retourna pour parler à la personne qui avait été annoncé. Mademoiselle Huguet, je ne rentrerai pas de la journée, dit-elle avec une expression de dignité hautaine qui lui était habituelle ; celle-ci s'inclina, et la marquise, posant le bout de ses doigts sur la main que lui tendait le comte de Rhinville, sortit avec lui.

La chambre que madame de Fontenay-Marceuil venait de quitter représentait passablement, par son étendue, son élévation, ses ornemens et ses meubles, la chambre d'une grande dame d'autrefois ; mademoiselle Huguet rappelait assez bien une femme de charge, et même à la rigueur une espèce de dame de compagnie. Les manières de la marquise avaient cette dignité imposante qui sait vous avertir que la politesse est une concession de la grandeur qui ne doit pas tirer à conséquence : mais là se bornaient les faibles apparences d'une position détruite, d'un rang devenu sans puissance, de dignités disparues, de fortune anéantie. La marquise de Fontenay-Marceuil était ruinée ; les révolutions avaient enlevé les biens héréditaires d'une famille jadis rivale des plus riches et des plus puissantes ; la devise de ses armes rappelait encore des droits et attestait un rang qui lui avaient permis de prétendre au trône, quand les plus grands se choisirent un maître parmi leurs égaux.

Cependant, il faut bien le répéter, la marquise était ruinée si complétement, qu'elle devait à l'amitié de la princesse de T... les deux chambres composant tout son appartement dans l'hôtel de son amie, qui n'avait pu lui faire accepter davantage. Il avait fallu que la princesse s'entendît avec mademoiselle Huguet et avec un homme d'affaires pour suppléer, à l'insu de la marquise, à la pension sur la liste civile supprimée depuis 1830, et qui fournissait à ses très modestes dépenses. Heureusement, l'habitude de ne se point s'occuper des détails d'argent, de laisser les soins importuns des petites affaires de chaque jour aux mains d'une personne de confiance, servait les projets de l'amitié. La marquise n'avait à elle ni hôtel, ni château, ni voiture ni domestiques ; mais elle habitait un hôtel magnifique, passait l'été dans de fort beaux châteaux, ne sortait qu'en voiture, était minutieusement et respectueusement servie par mademoiselle Huguet, et avait à ses ordres, si elle en eût eu besoin, tous les domestiques de la princesse. Cependant elle ne possédait rien au monde, et son petit-fils, le jeune duc Yves de Mauléon, venait de dissiper l'héritage que son père lui avait laissé.

Ainsi, de deux familles dont l'origine se perdait dans la nuit des siècles, qui avaient possédé des provinces, porté des couronnes ducales, et disputé ses droits à la royauté, il ne restait plus qu'une vieille femme vivant des bienfaits d'une amie, et un jeune homme de vingt-six ans, qui la veille avait perdu le peu qui lui restait, en pariant contre une partie de billard jouée à cheval, que monsieur le marquis de M... L... avait gagnée dans les salons du Jockey-Club.

Et, ce jour-là, la marquise de Fontenay-Marceuil avait donc été obligée de monter la voiture d'un vieil ami pour se rendre où elle était attendue.

Le comte de Rhinville, initié depuis longtemps aux tristes pensées de la marquise, et voyant la préoccupation qui la poursuivait pendant la route, chercha évidemment à chasser un souvenir pénible par une belle espérance, et il prononça lentement ces mots :

— On dit... aussi... que cette jeune personne aura un jour quatre millions !

— Au moins !.. reprit la marquise en souriant.

— Et le mariage est arrêté ? dit le comte.

— A peu près... répondit la marquise.

— Et les millions furent amassés et... ?

Madame de Fontenay-Marceuil ne lui laissa pas le temps d'achever sa phrase et ajouta :

— Une fille unique... seize ans... une mère veuve...

— Qui veut que sa fille soit duchesse, dit le comte en souriant.

— Voyez-vous, mon ami, reprit avec une légère amertume madame de Fontenay-Marceuil, quand les droits, les talens et les vertus ne peuvent plus nous servir, il faut bien s'aider des vices et des travers des autres...

— Et malgré tout ce qu'on a dit et fait depuis un siècle, continua le comte avec un sourire moqueur, un titre... un nom...

— Sont des appâts où toutes les fortunes de la finance viennent encore se prendre, ajouta la marquise ; la vanité bourgeoise n'y résiste pas : elle est aussi faible ou, si vous voulez, aussi robuste qu'au temps où Molière se moqua du bourgeois-gentilhomme ; seulement, elle a d'autres formes. Oh ! aujourd'hui, l'on a de nouveaux ridicules, c'est vrai, mais cela n'empêche pas les anciens de servir encore.

Tou. deux se mirent à rire : la bonne humeur était revenue ! Le comte de Rhinville, ami d'habitude de madame de Fontenay-Marceuil, riait à ses bons mots, applaudissait à ses espérances, avait l'air de s'associer à tous ses projets, comme il avait l'air de partager ses sympathies, qui toutes d'ailleurs se rapportaient à lui-même. De cette condescendance réciproque résultait une liaison intime durant depuis quarante ans sans trouble et sans susceptibilités, peut-être parce qu'elle était sans passion et sans tendresse.

Le comte de Rhinville était un de ces égoïstes qui restent garçons par amour de la vie paisible et par crainte des embarras de famille, concentrant sur eux-mêmes tout ce que leur cœur a de sensibilité et tout ce que leur esprit peut former de combinaisons. Nul n'avait un soin plus particulier de l'existence que le ciel lui avait donnée, et jamais l'ouvrage que Dieu fit à son image ne fut confié à des mains plus dignes de sentir le prix d'un tel présent, et plus soigneuses de tout ce qui pouvait contribuer à sa conservation, à son bien-être et à sa sécurité.

Tous les événemens de ce monde ne le touchaient que par leurs rapports avec lui ; et leur degré d'importance à ses yeux était tout juste celui de la mesure de leur contact avec ses intérêts. Une guerre désastreuse pour son pays l'eût certes bien moins affecté qu'un incident qui se fût opposé à sa promenade habituelle. Ses amis lui reprochaient de n'avoir vu dans la révolution de 1830 qu'un dérangement, qui, en dépavant les deux extrémités de la rue qu'il habitait, l'empêcha pendant plusieurs jours de sortir en voiture, et l'exposa à la pluie d'un orage. Ils lui reprochaient aussi de ne s'intéresser à rien, de ne rien aimer vivement, de modifier toutes ses idées et toutes ses opinions; d'en changer même quand son intérêt s'y trouvait : on avait tort, il ne changeait jamais, il avait toujours la même idée, toujours le même intérêt dans la vie : c'était son amour exclusif pour le comte de Rhinville.

Son appartement était commode, chaud, en bonne exposition; et un thermomètre avertissait des variations d'une atmosphère qui devait toujours rester la même : cela donnait lieu à des soins continuels. Il y avait aussi dans toutes les parties de son habillement des modifications fréquentes.

Comment lui serait-il resté une minute pour s'occuper des autres ? il avait à peine le temps de faire pour lui-même tout ce qu'il croyait nécessaire. Et cependant, comme il faut toujours que l'être le plus matériel garde quelque chose ressemblant à la passion, le comte de Rhinville avait, dans un de ces petits fronts étroits où se logent d'ordinaire les plus grosses vanités, un désir fort vif de passer pour être d'une haute naissance. Sa noblesse, un peu douteuse, se constatait à ses yeux par son intimité avec la vieille marquise si dédaigneuse des nouvelles familles. Les soins qu'elle obtenait de lui s'arrangeaient parfaitement bien avec les habitudes de tous les jours d'une grande dame ruinée, et elle l'avait introduit chez les plus nobles et les plus fiers. Il y avait donc entre eux une espèce de convention tacite ; on ne s'était jamais entendu là-dessus, et l'on s'était toujours compris à merveille.

Monsieur de Rhinville vivait en lui-même et pour lui seul. La marquise vivait, au contraire, hors d'elle-même, et peut-être ces deux personnes, si différentes sur quelques points, se convenaient-elles autant par leurs contrastes naturels que par les habitudes de société semblables qui les avaient réunies.

Après un silence de quelques minutes, la marquise s'écria : — Enfin nous arrivons et nous allons la voir !...

En ce moment, la voiture s'arrêtait à un couvent de la rue des Postes.

Il en est aujourd'hui du parloir et des grilles d'un couvent comme de plusieurs institutions dont la forme et le nom se conservent encore, bien que la pensée qui les avait conçues et les conséquences qui devaient les suivre n'aient plus gardé place parmi nous.

Le couvent avait bien ses grilles, son parloir, son tour, sa clôture, mais pour souvenir sans doute, car ils ne fermaient plus, contre la volonté des recluses une porte que la loi tenait ouverte, et ne gênaient même plus les conversations des étrangers avec les personnes de la maison. A peine, en effet, la marquise et le comte y avaient-ils été introduits, qu'une religieuse vint les chercher et les pria de passer avec elle dans le salon qui fait partie des bâtimens intérieurs du couvent, où la supérieure devait les retrouver dans quelques instans ; il fallait traverser une cour pour s'y rendre, et, au moment où ils en franchissaient le seuil, un homme âgé, qui semblait familier avec les habitudes de la maison, et qui venait de sortir par une des petites portes qui donnaient sur la cour, s'arrêta, et, s'approchant de la marquise, la salua avec les apparences du respect le plus humble, en disant : « *Elle est ici, madame la marquise, c'est moi qui l'ai amenée.* » Puis, relevant les yeux qu'il avait baissés jusqu'à terre pendant ce peu de mots, il recommença une humble salutation aussi profonde pour le comte de Rhinville ; mais celui-ci, au lieu d'y répondre, tint suspendue la main qui se portait, par habitude, à son chapeau pour le salut machinal qui répond toujours à un autre salut, et, restant immobile et plus droit encore que de coutume, il ne répondit ni de la voix ni du geste au bonjour humble et empressé de cet homme. La marquise en parut plus contrariée qu'étonnée, et les deux vieillards échangèrent un regard indéfinissable, où il y avait, du côté du comte, un mépris cruel, et, de l'autre, un sentiment profond de douleur et de résignation.

Monsieur de Rhinville, sans laisser à la marquise le temps de répondre à cet homme autre chose que quelques monosyllabes, l'entraîna dans le salon, et laissa celui qui les avait ainsi abordés seul, au milieu de cette cour, où il resta immobile quelques instans : puis sa main desséchée se promena lentement sur son front et sur ses yeux comme pour y recueillir ses idées. Il prononça alors faiblement des paroles sans suite, et rentra dans la maison à pas lents et la tête baissée.

Rien ne contrastait plus fortement avec la vieillesse parée, riante et fardée de monsieur de Rhinville, que la vieillesse abandonnée, triste et découragée de l'inconnu. Quelques rares cheveux entièrement blancs, un visage décoloré, une bouche qui ne savait plus sourire, et des yeux qui savaient encore pleurer ; cet abattement et cette insouciance de soi-même qui révèlent qu'on n'attend rien des autres : tout indiquait en lui les plus fortes impressions de l'âme, tandis que la sécurité et le contentement de soi, qui rayonnaient sur le paisible visage du comte, représentaient l'absence de toute émotion.

En entrant dans le salon, la marquise voulut sans doute excuser ses relations avec l'inconnu ; car elle dit :

— C'est un homme très pieux, qui passe ses jours en bonnes œuvres.

— Un hypocrite ! reprit rudement le comte.

— Il connaît... la mère... de cette jeune personne, ajouta plus bas la marquise... Ce mariage... c'est lui qui...

Le comte, par un geste, sembla indiquer que cette excuse suffisait à la justification de sa vieille amie, et qu'un intérêt d'argent expliquait tout ; mais le geste se perdit dans un mouvement de surprise et presque d'impatience ; car il venait de voir ce même inconnu aborder un jeune homme qui traversait la cour accompagné d'une vieille religieuse et qui lui avait tendu la main amicalement, et ce jeune homme était le duc Yves de Mauléon, qui entra presque aussitôt dans le salon où ils étaient, salua le comte, baisa respectueusement la main de sa grand'mère, et resta debout sans dire un seul mot.

Yves de Mauléon avait vingt-six ans, une taille très élevée et une très belle figure ; tous ses mouvemens développaient une élégance digne et gracieuse, dont le type est presque perdu de nos jours, et que nos habitudes politiques feront bientôt entièrement disparaître ; on retrouvait en lui ces nobles manières qui, sans apprêts, sans gêne et sans prétention, donnent pourtant, dès la première vue, une si haute idée de celui qui les possède, qu'elles décèleraient son rang même sous un costume vulgaire et grossier ; les expressions de son visage respiraient, pour ainsi dire, un respect de soi-même qui imposait le respect aux autres; le son de sa voix vibrant et accentué, et sa prononciation sonore et douce, indiquaient des habitudes distinguées et une éducation élégante. Tout dans l'aspect du jeune duc révélait une nature pleine de force et de grâce; car sa manière de plaire était imposante, et l'on sentait qu'il y avait à ce qu'il faut pour se faire craindre aussi bien que pour se faire aimer. Son front grand et bien développé, donnait à sa belle figure le caractère d'une haute intelligence ; ses yeux étaient bleus et doux, et ses cheveux châtain clair ; souvent un air de dédain se montrait sur ses lèvres, mais rien n'était plus gracieux que le sourire qui venait quelquefois remplacer l'expression un peu hautaine qui lui était habituelle, expression qu'il tenait de sa famille.

En ce moment il était calme et sérieux ; rien, sur son visage, ne trahissait aucune émotion ; mais dans les âmes fortes ce qui est violent se cache sous l'apparence de l'impassibilité.

— Eh bien ! mon ami, dit la marquise après quelques minutes de silence et avec un regard curieux qui semblait interroger la pensée du jeune homme.

— Me voilà, ma mère ! furent les seuls mots qu'il prononça lentement avec un doux et triste sourire ; puis, comme si ces mots eussent répondu à tout, il garda de nouveau le silence.

Le salon où ils étaient tenait toute la profondeur de la maison ; il y avait d'un côté deux fenêtres et une porte donnant sur la cour, et de l'autre aussi deux fenêtres et une porte, mais donnant sur un jardin où plutôt sur une grande cour intérieure plantée d'arbres et consacrée aux récréations des pensionnaires. En ce moment elles sortaient de dîner, et leurs cris joyeux annonçaient l'heure de la liberté : les jour allaient commencer, elles se dédommageaient du silence du réfectoire en parlant et en riant toutes ensemble, et le jeune homme, de même que les deux vieillards, jeta un regard d'intérêt et de bienveillance sur ces bruits bien connus et qui évoquaient des souvenirs de joie pour tous. Mais ils n'avaient pas eu le temps de se communiquer leurs réflexions, quand la porte du jardin s'ouvrit violemment au milieu de grands éclats de rire, et leur montra une jeune et belle fille aux couleurs vives, aux cheveux noirs, à l'air plein de gaieté, à la figure presque enfantine, quoique sa taille fût grande et assez forte. Elle riait avec folie et traînait après elle une autre jeune personne délicate, blonde, timide et pâle, qui semblait céder avec peine à ce que voulait d'elle sa vive et étourdie compagne.

— Eh bien ! s'écria-t-elle, voilà mon pari gagné !

Et, rouge jusqu'au front et tremblante de sa hardiesse, après avoir fait quelques pas dans le salon, elle se retournait vivement pour regagner le jardin, quand un cri de surprise et presque d'effroi... s'échappe en même temps des lèvres de la jeune fille pâle et des lèvres de monsieur de Mauléon.

— Qu'as-tu donc, Élénore ? s'écria la téméraire brune; et enlevant presque dans ses bras sa timide amie qui restait immobile, elle la reporta au milieu d'un groupe de pensionnaires ; elles étaient là près de trente, attentives et effrayées, qui se tenaient dans le jardin à quelque distance de la porte, qu'une d'elles referma brusquement dès que les deux audacieuses eurent fini leur excursion.

Tout cela avait été si prompt, si inattendu, que la surprise avait pu arracher l'exclamation du jeune homme ; et les autres, trop occupés de ce qui se passait, ne l'avaient pas même entendue, et ne pouvaient lui en demander la raison.

— Voilà deux jeunes filles bien bruyantes et bien étourdies, remarqua la marquise.

— Oui, mais elles sont bien belles toutes deux, reprit le comte.

Aucune émotion, aucune réflexion ne troublant jamais sa pensée, il voyait toujours les choses exactement telles qu'elles étaient.

— La brune m'a semblé d'une merveilleuse beauté, et je ne me souviens pas d'avoir vu des couleurs aussi roses sur une peau aussi blanche. Quelle gaieté et quelle vivacité dans ses yeux brillans !

— Et ! reprit la marquise en riant, je ne me souviens pas de vous avoir vu, mon cher comte, une admiration aussi énergique ; mais la blonde me semble à moi plus agréable : elle est timide et craintive, c'est l'autre qui l'entraînait malgré sa volonté, elle a d'ailleurs ces formes délicates et mignonnes des femmes comme il faut... Qu'en pense Yves ? Il doit être meilleur juge que nous sur cela, mon vieil ami.

Le visage du jeune homme était parfaitement calme et froid, quoiqu'un peu plus pâle qu'avant l'entrée des jeunes filles.

Mais il n'eut pas le temps de répondre, car la supérieure du couvent venait d'entrer en disant :

— Pardon, madame la marquise, si je ne me suis pas trouvée ici pour avoir l'honneur de vous recevoir à votre arrivée ; pardon aussi pour l'inconvenance de deux pensionnaires qui sont venues vous interrompre en se présentant de la façon la plus ridicule... Je les ai vues de la fenêtre d'une chambre du haut, où j'étais retenue par la visite d'une ancienne élève, séparée de nous depuis douze ans, et que j'avais un grand bonheur à revoir ; car nos élèves sont nos filles pour ce monde et pour l'autre, nous les aimons comme les mères aiment leurs enfans. J'ai reconnu, madame, les deux jeunes filles qui viennent de vous donner sûrement une bien mauvaise idée de l'éduca-

tion que l'on reçoit dans notre maison ; mais je dois à la vérité de détruire cette injuste idée. De ces deux personnes, il n'y en a qu'une qui ait été élevée ici, encore celle-là, mademoiselle Élénore, nous a-t-elle quittées depuis trois ans.

Au nom d'Élénore, Yves fit un léger mouvement, et prêta une grande attention au récit de la religieuse.

— Son éducation était achevée, elle avait dix-sept ans ; elle sortit de cette maison. Depuis quelques semaines seulement elle est revenue ; au reste, vous aurez vu, madame, et vous, messieurs, que c'est malgré elle et par force qu'on l'a décidée à cette étourderie. C'est une très douce jeune personne, que tout le monde aimait et que tout le monde a revue ici avec plaisir quand elle est revenue nous demander de lui donner une chambre pour passer quelque temps au couvent. Son caractère, un peu triste et très paisible, est fort éloigné certes de la bruyante gaieté de l'autre.... mais l'autre....

La marquise, craignant sans doute que l'importance mise, dans la retraite, aux plus minutieux détails et aux plus petits événemens, ne prolongeât indéfiniment le récit de la supérieure, l'interrompit en disant :

— Oh ! qui ne sait, madame, accorder de l'indulgence à ces torts innocens de la jeunesse ? N'en parlons plus, je vous en prie...

— L'autre, reprit la religieuse comme si elle n'eût pas entendu la marquise, n'est... pas notre élève ; elle est entrée ici pour la première fois il y a trois mois seulement.

Un geste de la marquise sembla dire :

— Assez sur ce sujet.

La supérieure, après un instant de silence, continua avec un peu d'embarras : — Il faut pourtant bien que je vous le dise, madame la marquise, l'autre... est mademoiselle...

— La religieuse s'arrêta comme si elle n'osait prononcer le nom de la jeune personne. La marquise eut un mouvement très marqué de curiosité, et le jeune homme, distrait depuis un moment, se mit à écouter de nouveau avec attention et anxiété. — Au reste, cette jeune demoiselle n'a été élevée ni dans cette maison ni dans aucune autre, reprit la supérieure en souriant : elle n'a reçu aucune espèce d'éducation; c'est presque une jeune sauvage, en vérité.

— Comment cela! dit la marquise avec un intérêt toujours croissant.

— Oui, je crois de mon devoir, ajouta la religieuse avec plus de sérieux et d'un ton presque sévère, de vous dire toute la vérité. Élevée à la campagne, seule, courant et jouant du matin au soir, si elle ne reçut aucune idée du monde, elle ne reçut du moins aucun mauvais principe ; c'est une bonne nature inculte. Il serait trop long de vous dire, madame, par quels raisonnemens fort peu raisonnables sa mère justifie la singularité qui préside à cette bizarre éducation; mais, il y a trois mois, cette jeune fille nous fut amenée pour faire sa première communion, acte si important, négligé par elle jusqu'alors, et qui devait nécessairement précéder son mariage. Nous hésitions à nous en charger, et, sans les prières d'un homme très pieux et dont chaque journée est marquée par de bonnes œuvres, nous eussions refusé cette pensionnaire, qui pourtant devait rester en chambre et ne point frayer avec nos autres élèves. Mais, dès le second jour de son installation dans notre maison, nous ne pûmes l'empêcher de se mêler tout à coup avec elles pendant une récréation. Les enfans essayaient leurs forces dans les exercices de la gymnastique qui sont maintenant établis dans toutes les maisons d'éducation; la nouvelle arrivée, seule avec sa mère qui était venue la voir, les regarda longtemps avec un air dédaigneux et moqueur ; puis, se jetant sans rien dire et spontanément au milieu de leurs jeux, les surpassa tellement en force et en adresse, qu'elle enleva tout d'un coup les applaudissemens et l'admiration des autres jeunes filles étonnées. Bientôt elle s'anima, inventa de nouveaux jeux, et fut d'une gaieté si vive et si communicative, qu'elle charma les maîtresses comme les élèves. Pendant ce temps, la mère sollicitait et obtenait pour sa fille le droit de prendre part aux jeux comme aux études, chaque fois qu'elle en aurait la fantaisie, et moi, madame, je ne m'y opposai pas, car j'avais reconnu que cette bruyante et singulière enfant était ignorante de tout mal; que ses manières étaient plus étranges que communes, et son caractère doux et bon malgré une espèce de violence apparente. Les soins qu'exigea sa première communion, qu'elle a faite il y a quinze jours, ont du reste absorbé une si grande part de son temps, que nous n'avons pu nous occuper d'une instruction qui, je l'avoue, laisse... tout à faire... Bien jeune encore, car elle a à peine seize ans, quelqu'au premier aspect on puisse lui en donner davantage, le temps perdu aurait pu se réparer; mais... il paraît... qu'elle va... nous quitter.... — En disant ces mots, la supérieure jeta un coup d'œil sur le jeune homme, qui restait plongé dans de profondes réflexions. — Et j'ai cru, madame, ajouta-t-elle en se levant, que j'étais obligée, en conscience, pour vous et pour l'honneur de notre maison, de vous apprendre ce que je viens d'avoir l'honneur de vous dire. Les jeunes personnes élevées ici ne ressemblent en rien à celle que vous allez revoir: voilà pourquoi j'ai souhaité vous parler d'abord. Et lorsque tout à l'heure vous avez vu si brusquement celle que vous veniez chercher, permettez-moi, madame la marquise, de vous demander votre indulgence pour elle, et d'aller moi-même prévenir et envoyer près de vous mademoiselle Gabrielle Rémond. Sa mère est ici pour cette solennelle entrevue, et attend avec impatience. Un léger sourire parut encore sur la figure de la religieuse, qui sortit en prononçant ces derniers mots.

Le jeune homme, toujours debout et pâle, était resté immobile tant que la religieuse avait parlé; dès qu'elle eut quitté le salon, il marcha lentement vers la porte de la cour, posa la main sur la serrure comme prêt à sortir, s'arrêta et dit:

— Adieu, ma mère!

— Est-ce possible! s'écria la marquise en allant à lui vivement; qu'avez-vous?

Il resta quelques momens incertain: une vague indécision se peignait sur son visage; il avait l'air de vouloir exprimer une pensée secrète, mais de craindre les suites de son aveu.

— Parlez donc! lui dit sa grand'mère.

Après un peu d'hésitation, sa physionomie changea, et il dit avec douceur et insouciance:

— Cette religieuse, ma mère, a dissimulé, j'en suis sûr, une partie du mal et augmenté le bien, en s'ôtant toute responsabilité. Ne vous a-t-elle pas laissé comprendre que ce mariage est ridicule? et moi, je ne veux pas, je ne peux pas... faire une chose ridicule.

— Oh ciel! dit la marquise retombant sur son siège, saisie et découragée; vous ne voulez pas...?

— C'est une bien belle personne! oui, admirablement belle, dit le comte de Rhinville, cherchant à présenter à l'esprit du jeune duc ce qui devait compter pour beaucoup près d'un homme de son âge.

Quant à la marquise, toute sa personne paraissait en proie à un douloureux étonnement; son visage était décomposé, ses mains tremblaient, son corps ne pouvait se soutenir: c'était le grand intérêt, la seule passion de sa vie, que ces paroles frappaient d'un arrêt foudroyant, d'une condamnation complète.

— Mon ami! s'écria-t-elle en se tournant vers le comte de Rhinville, comprenez-vous ce qu'il dit? mais cela n'est pas possible!... Vous ne voulez pas, mon fils, vous ne voulez pas!... Qui eût osé dire cela jadis? qui eût osé s'opposer à ce que l'intérêt de sa famille exigeait? Oh! mon Dieu! il faut que j'aie vécu, ajouta-t-elle, à une époque bien malheureuse; car, dans mon enfance, obéir était une obligation dont la jeunesse n'eût pas osé se dispenser; et, pendant que je vieillissais, les mœurs ont changé de telle façon que les enfans ne savent plus ce que c'est qu'obéir à leurs parens! Et cependant, mon fils, vous savez si c'est pour moi que j'ai désiré quelque chose? vous savez si j'ai

contrarié vos goûts? quand vous avez fui la société de votre grand'mère, les nobles maisons qui vous étaient ouvertes, et déserté le quartier où vivaient tous les vôtres pour aller à l'extrémité de Paris chercher des amusemens dispendieux, des amis peu convenables et des relations dangereuses, n'ai-je pas, moi, caché vos torts, excusé vos folies et pallié vos travers, tant que je l'ai pu? et maintenant, faudra-t-il vous voir comme quelques-uns traîner un illustre nom dans la misère et la honte?

— Ma mère, arrêtez, dit vivement Yves de Mauléon; même par vous, de pareils mots ne peuvent être prononcés en ma présence; je ne les supporterais pas. — Toute la hauteur dédaigneuse et passionnée de la figure du jeune homme éclatait dans ses paroles, il y eut un moment de silence. — Après tout, reprit-il avec douceur et calme, autant faire ce que vous souhaitez, je n'ai rien à attendre de l'avenir. — Puis, prenant un siège, il s'assit et dit d'un ton ferme: — Je reste.

Avec les habitudes bienveillantes que donne le grand usage de la bonne compagnie, et aussi le besoin d'entretenir la paix autour de soi pour en jouir à son tour, le comte de Rhinville continua à chercher les paroles capables de détruire les impressions fâcheuses qui venaient de s'élever dans l'esprit du jeune homme.

— Il n'y a plus maintenant en France rien de ridicule que la pauvreté, dit-il. Dans le monde où vous avez vécu, monsieur de Mauléon, n'entendiez-vous pas, quand on s'informait de quelqu'un, toujours pour première question: Qu'est-ce qu'il a?

— Dans le monde où mon fils eût dû vivre, reprit la marquise, pour recevoir un nouveau-venu, il suffit qu'on puisse répondre à ces mots: Qui est-il?

— Il y a peut-être aussi un monde, ajouta le jeune homme lentement, d'un air pensif et comme à lui-même, ou pour accueillir un inconnu, l'on se demande d'abord: Qu'a-t-il fait? ou l'on est classé par son mérite, et où, le talent passe avant tout?... Ce monde... s'il existe... est le seul... où la vie puisse avoir quelque prix... le seul où le bonheur se trouve sans doute... car il n'est certainement pas dans le monde des vanités ni dans celui des plaisirs!

Le jeune homme prononça ces derniers mots avec une indicible tristesse, et, au grand étonnement des deux autres qui, se rappelant alors comment le petit-fils de la marquise avait employé son temps et sa fortune, ne purent s'empêcher de sourire.

Yves les imita, et, se levant brusquement:

— Eh bien! dit-il, où donc ai-je l'esprit ce matin? — Et, bâillant légèrement en tournant sur lui-même avec enfantillage et étourderie: —Je me suis levé de trop bonne heure aussi, cela rend malade; c'est ce qui me plonge dans d'aussi singulières réflexions! Réfléchir est un état contre nature, et penser est une maladie. — Puis il ajouta avec une gaieté toujours croissante, et qui parut au moins aussi singulière à la marquise que sa tristesse précédente: — Les idées sérieuses sont bonnes pour les fous: s'amuser est tout; et il n'y a rien dans les affaires de la vie qui vaille la peine de s'ennuyer une demi-heure.

Le comte remarqua avec surprise l'agitation et l'incohérence des paroles de monsieur de Mauléon, qui d'ordinaire, malgré la folie de ses actions, mettait dans tous ses discours et dans toutes ses manières beaucoup de calme et de dignité; et, ne sachant ce qu'on pouvait dire dans une disposition d'esprit qui sortait de l'ordre habituel, il n'osa plus rien ajouter.

La marquise craignait quelque nouveau caprice de son petit-fils, et attendait avec impatience et anxiété.

Yves de Mauléon essaya encore quelques phrases qu'il s'efforçait de tourner à la plaisanterie; mais les mots lui manquaient, et, voyant que sa gaieté factice n'imposait à personne, il se laissa retomber dans une profonde rêverie.

Tous trois restèrent alors tristes et silencieux; mais la figure du jeune homme était empreinte d'ironie et de dédain, comme s'il voulait se venger de la destinée ou la défier, en n'opposant plus que le mépris au sort qu'elle lui avait fait, et qui semblait pourtant éveiller dans son âme de profondes et vives agitations.

II

UNE FEMME DU PEUPLE ENRICHIE.

— Eh bien! qu'as-tu donc, Gabrielle? tu es rouge comme une cerise, et tremblante comme une feuille, disait d'un ton un peu brusque, mais plein de bonté et d'affection, madame Rémond à sa fille qui venait la trouver dans la chambre de la supérieure. Et la jeune personne essoufflée, riant et pleurant à la fois, ne faisait entendre que des monosyllabes pour réponses.

— Si tu savais... maman... j'ai gagné un pari... mais j'ai eu bien peur en entrant dans le salon, et cette bonne Élénore que j'avais entraînée, elle s'est trouvée mal!... tu m'as fait appeler, et elle est encore sans connaissance! elle est sujette à ces accidens-là, c'est vrai... mais .. c'est moi peut-être qui en suis cause cette fois; je suis désolée. Et, en achevant ces mots, la jeune fille riait malgré elle.

— Pourquoi es-tu entrée dans le salon? et pourquoi as-tu eu peur? demandait madame Rémond, tout en rajustant les cheveux dérangés et le fichu en désordre de l'étourdie, mais contemplant en même temps avec amour l'éclat éblouissant de la fraîcheur de sa belle enfant :
— Est-ce qu'il y a déjà du monde ? ajouta-t-elle.

— Oui... une dame et deux messieurs, je crois; mais je n'ai pas eu le temps de les bien voir, reprit Gabrielle encore tout agitée.

— C'est probablement cela, dit madame Rémond avec une attention très marquée de finesse qui la fit regarder par sa fille avec curiosité. — Surtout ne va pas être intimidée tout à l'heure, continua la mère; tu es l'égale de tout le monde, toi... personne n'a rien à te dire; aussi est-ce qui t'a jamais contrariée? qui est-ce qui t'a jamais forcée à apprendre quelque chose. La jeune fille regardait sa mère avec attention, sans l'interrompre. Celle-ci continua donc en s'échauffant de plus en plus; mais sa voix, en s'élevant, gardait son inflexion bonne et tendre.

— Est-ce que tu aurais besoin de faire quelque chose, toi? Dieu merci, tu peux te tenir les bras croisés du matin au soir, si tu veux... Gabrielle, toujours étonnée, cherchait à deviner où sa mère en voulait venir. — Et ne va pas rougir, continua celle-ci, et trembler comme une ouvrière qui rapporte de l'ouvrage à une grande dame exigeante! ça n'aurait pas de raison. Que moi je sois un peu décontenancée devant le beau monde, ça se concevrait... J'ai été élevée (entre nous soit dit, car personne ne s'en douterait), j'ai été élevée dans une arrière-boutique où le soleil ne pénétrait pas quatre fois par an, et où les belles manières n'ont jamais pénétré du tout; et quand je serais embarrassée, ça se comprendrait; et pourtant je ne le suis pas : j'ai une assurance de duchesse, et je leur fais croire que je suis leur égale. — Gabrielle continuait à écouter, mais sans comprendre; sa mère poursuivit : — Ce n'est pas que j'y tienne pour moi. Mais le monde est drôle, vois-tu; il paraîtrait qu'il est plus honorable à ses yeux de n'avoir jamais fait que dépenser de l'argent, que d'avoir pris la peine d'en gagner, et que plus il y a de temps qu'on n'est bon à rien et qu'on ne sert à rien, plus on vous compte pour quelque chose... Aussi je leur laisse croire tout ce qui leur plaît... D'ailleurs, pour toi c'est vrai... jamais de ta vie tu n'es seulement entrée dans une boutique, si ce n'est pour y faire des emplettes.... et maintenant tu vas avoir seize ans, et je vais faire de toi une belle dame... Voilà ce que j'avais à te dire; je vais te marier !

— Ah! dit la jeune fille, sans avoir l'air d'attacher aucune idée triste ou gaie à ce que sa mère venait de dire, et comme si le mot de *mariage* n'avait aucun sens pour elle.

— Je l'ai choisi tout ce qu'il y a de mieux, reprit madame Rémond.

— Que vous êtes bonne! dit Gabrielle en penchant son frais visage pour remercier sa mère par un baiser, suivant son habitude chaque fois qu'elle en recevait quelque parure ou quelque bijou nouveau, et sans y mettre plus d'importance.

— C'est vrai que je suis bonne, quoique un peu vive; mais c'est que je n'ai pas été élevée comme une princesse, moi... Mon père était un ouvrier... un serrurier qui, à force de travail, d'intelligence et de probité, a fait fortune... mais tout le monde travaillait chez nous : c'est comme cela que l'argent est venu dans la maison. Mon père avait fini par avoir des forges immenses et une telle réputation que Rémond, déjà riche marchand de fer, vint me demander en mariage. C'était aussi, lui, un ouvrier qui avait fait sa fortune et qui avait gardé les habitudes d'un ouvrier; mais un brave homme, qui n'aurait pas fait tort d'un sou à personne; et ça lui a profité. C'était comme une bénédiction; tout lui réussissait! « Femme, me disait-il quelquefois, je crois que nous deviendrons millionnaires! » et il riait, il riait que c'était plaisir à voir. Et il n'en travaillait que de plus belle; si bien qu'un beau jour il prit une fluxion de poitrine dont il mourut, le pauvre homme! — Madame veuve Rémond prit en ce moment une figure de circonstance, dont le triste reflet assombrit le riant visage de Gabrielle. Mais tout à coup, et sans transition, ayant payé tout juste apparemment ce qui était dû à la douleur à ce souvenir déjà vieux, la veuve affligée dit en riant :
— Et je me trouvai veuve avec plusieurs millions et une fille unique, ma chère Gabrielle, pour qui je n'ai pas voulu me remarier; aussi j'espère que son bonheur m'en récompensera.

Et la mère, prenant la jolie tête de la belle enfant entre ses deux mains, baisait le front blanc et pur de sa fille avec une vive et énergique tendresse.

Madame Rémond était grande, et la vie active des premières années de sa jeunesse avait développé en elle des forces masculines, qu'un immense embonpoint recouvrait d'une apparence de fraîcheur malgré ses cinquante ans. Elle avait mis, pour cette entrevue, une de ces magnifiques étoffes de Lyon, couleur d'or, brochée de fleurs de toutes nuances; faisant ainsi, d'une robe de grande parure de soirée d'hiver, une robe de négligé d'été, pour bien constater l'opulence qui lui permettait d'avoir des objets du plus haut prix. Un énorme châle de Cachemire était sur ses épaules la variété et la beauté des plus riches tissus, en étouffant sans pitié celle qui le portait durant une des journées les plus chaudes que l'année eût encore vues, quoiqu'on fût arrivé au mois de septembre; un chapeau rose, ombragé d'innombrables plumes blanches, encadrait un gros visage dont les vives couleurs commençaient à tirer sur le cramoisi; et des boucles de cheveux noirs mal arrangés en désordre complétaient cette singulière figure, avec chaîne d'or, bracelets, épingle, boucles d'oreilles et bagues, tout cela très brillant et d'énorme dimension. Il y avait sur madame Rémond de quoi fournir à la toilette de toutes les mariées du douzième arrondissement.

Le rapide changement de sa fortune avait jeté une inconcevable incohérence dans ses idées naturellement pleines de sens et de raison. Le travail et une minutieuse économie avaient occupé quarante années de sa vie; pour elle alors le comble du bonheur et tous les avantages de la fortune semblaient être concentrés dans le plaisir de dépenser beaucoup d'argent et de rester oisive; mais depuis dix ans qu'elle était veuve et riche, l'oisiveté l'ennuyait, et elle ne dépensait l'argent qu'à regret.

C'était un mélange de petites lésineries et de gros luxe maladroit, de vanité qui aimait à montrer son opulence, et de défiance d'être trompée qu'elle la lui faisait cacher.

Sans deviner au juste ce qui manquait à ses idées, madame Rémond sentait que sa vie passée la rendait peu capable d'apprécier tout le bonheur de sa vie présente, et elle imagina pour sa fille un genre de vie aussi éloigné que possible du travail forcé auquel elle avait été soumise.

Avant de mourir, son mari était devenu propriétaire d'un ancien château avec des terres et des forêts considérables, à trente lieues de Paris, Madame Rémond y installa sa fille, encore enfant, avec une vieille institutrice, priée de ne jamais la tourmenter pour aucun genre de travail, dès qu'elle lui aurait appris à lire et à écrire, et qui se garda bien d'en faire davantage.

Madame Rémond passait une partie de l'été à cette terre, où elle s'occupait exclusivement du soin d'un vaste potager et d'une basse-cour considérable, laissant à sa fille l'emploi de son temps, sans s'informer seulement de la manière dont elle le remplissait, persuadée d'ailleurs qu'elle avait parfaitement conformé l'éducation de son enfant à celle des enfans des plus grandes dames, en l'affranchissant de tout travail et de toute contrariété. Pour les choses que madame Rémond avait pu voir par elle-même, son jugement était simple, mais vrai et plein de raison et de sagesse; mais les idées qu'elle s'était faites sur le monde étaient presque toutes dénuées de sens commun.

Les gens du peuple imaginent plutôt des choses bizarres sur ce qu'ils ne savent pas, qu'ils ne devinent la simplicité et la vérité; il y avait plusieurs points sur lesquels la raison naturelle de madame Rémond ne l'avait nullement éclairée; et, dans le doute, elle avait laissé à sa fille une ignorance complète. L'enfant n'avait reçu aucune idée d'aucun genre sur le monde : la société et les mœurs, comme les usages de notre époque, lui étaient absolument inconnues.

Pendant que Gabrielle grandissait, ainsi livrée à elle-même, sa mère quittait souvent la campagne pour Paris, où elle habitait, à l'extrémité de la rue Vivienne qui touche au boulevart, le premier étage d'une grande maison qu'elle avait fait bâtir. Les enrichis aiment particulièrement les rues nouvelles et les maisons neuves; le bruit des boulevarts, la foule et le mouvement extérieur leur plaisent, et madame Rémond trouvait un bonheur très vif à se sentir ainsi placée au centre de cette agitation commerçante, qui, en lui montrant l'activité continuelle et inquiète de ceux qui cherchent la fortune, lui faisait apprécier à chaque instant l'avantage de l'avoir trouvée. Elle avait acheté plusieurs fois des chevaux et une voiture; mais, par une habitude devenue aussi forte que la nature, elle faisait à pied toutes les courses nécessaires, ne croyant devoir se servir que pour la promenade de ses inutiles chevaux; or, la promenade ennuyait excessivement madame Rémond. Aller causer avec quelques anciennes connaissances était son seul amusement, et ces connaissances eussent été humiliées ou se fussent moquées de l'équipage, auquel leur fortune n'atteignait pas. Madame Rémond allait donc chez elles à pied; et comme elle ne s'était pas défaite non plus des habitudes économiques de son enfance, elle vendait bientôt les chevaux qu'il fallait nourrir pour n'en rien faire, jusqu'à ce que sa vanité, conseillée de nouveau par quelqu'un intéressé à ce qu'elle eût une voiture, lui eût persuadé qu'une personne aussi riche ne pouvait s'en passer. Il en était de même de ses domestiques : tantôt la vanité lui en faisait rassembler un assez grand nombre; puis elle souffrait de cette dépense superflue, les renvoyait, et se bornait à une seule femme, qu'elle aidait elle-même dans les soins du ménage et dans les arrangemens d'un assez vaste appartement, où s'entassaient des meubles d'un grand prix.

Ainsi, la marquise de Fontenay-Mareuil, sans rien posséder, vivait encore par ses anciennes habitudes et ses anciennes relations comme une femme riche; et madame Rémond, avec ses quatre millions, gardait encore les habitudes communes et économiques auxquelles force la pauvreté !

Mais, en ce moment, l'orgueil de la fortune et la tendresse maternelle imprimaient une joie triomphante et expansive à la figure de madame Rémond lorsqu'elle dit à sa fille :

— Je vais donc à présent, Gabrielle, te donner une bien grosse part de ma fortune.

— A moi ! dit la jeune fille, et pour quoi faire ? Est-ce que j'ai besoin de quelque chose ?

— Ce sera pour ton mari, reprit madame Rémond.

— Ah ! oui ; un mari, dit Gabriel en riant comme une enfant. Je vais donc avoir un mari ! Mais pourquoi lui donner ton argent, maman ? Garde-le pour toi. Il m'épousera bien sans cela.

— Tu crois ? dit la mère avec un sourire d'incrédulité.

— Il travaillera, reprit la jeune fille... sans paraître attacher pourtant grand intérêt à ce qu'elle disait.

— Lui ! s'écria madame Rémond avec surprise.

— C'est aussi un bon sujet, instruit et sage..... ajouta Gabrielle.

— D'où le connais-tu donc ? répondit la mère, dont l'étonnement croissait.

— D'où je connais mon cousin Georges ? reprit la jeune fille en riant ; mais est-ce que je ne connais que lui !

— Georges ? ton cousin Georges Rémond ! s'écria la mère, avec une espèce de terreur et de stupéfaction. Tu crois que moi, ta mère, moi, qui ai de l'argent, de l'argent, qu'il ne tiendrait pas dans cette chambre... j'irais te faire faire un pareil mariage ! une pareille mésalliance ! Epouser ton cousin ! un bourgeois qui n'a pas le sou, et pas de titre ! J'aurais amassé de l'argent pendant quarante ans, en me privant de tout ; mon père, mon mari et moi, nous aurions travaillé toute notre vie pour que notre unique enfant, notre héritière à nous tous, s'appelât madame Rémond tout court !..... Ce serait joli ! une jolie idée ! Quatre millions pour être madame Rémond ! Tu es donc folle ?

— Mais c'est le nom de mon père, dit doucement Gabrielle surprise ; c'est le tien !

— Ton père était un brave homme et qui entendait bien les affaires ; je ne lui fais pas injure, reprit la mère un peu honteuse du reproche de sa fille : Georges aussi est un bon garçon, il ne fera pas fortune, lui. Il est auteur ; on dit qu'il a du génie ; mais ce n'est pas un état, ça. Et si sa mère ne lui avait pas laissé une petite maison qui lui vaut un millier d'écus de rente, il pourrait bien mourir de faim, comme on dit que c'est l'usage pour les poètes. Puis elle ajouta en essayant de prendre un air sévère : — Mais il ne s'agit pas de cela, Gabrielle, il s'agit de savoir ce que vous voulez dire, et si vous avez de l'inclination... pour...

— Pour personne, dit la jeune fille en se levant et en sautant à pieds joints au milieu de la chambre, avec une légèreté et une insouciance qui prouvaient la vérité de ses paroles : j'ai dit mon cousin, parce que... je n'ai jamais vu que lui venir ici depuis trois mois que j'y suis ; qu'il a répété plusieurs fois en me regardant : « Votre mari sera bien heureux, ma cousine ! »

— Ah ! il a dit cela ? demanda madame Rémond.

— Mais moi, continua Gabrielle en sautant, cela m'est bien égal ; lui ou un autre, un autre ou lui... Et, s'approchant de sa mère, qu'elle embrassa : — Ce que tu veux, maman, je le ferai toujours. Tu es une bonne mère ; il faut que tu disses aussi de moi : Tu es une bonne fille.

Alors, elle se remit à danser, comme si le mariage dont il était question, non-seulement n'éveillait en elle aucune idée sérieuse, mais même ne lui inspirait pas le plus léger mouvement d'intérêt et de curiosité ; et madame Rémond laissait l'insouciante enfant à ses capricieuses habitudes que rien n'avait jamais contrariées.

— Ecoute donc, pourtant, dit-elle enfin, tu seras duchesse.

— Duchesse ? répéta la jeune fille en restant un pied en l'air, et cherchant à donner un sens précis à ce mot qui ne lui présentait que de vagues idées.

— Oui, reprit sa mère... Celui que tu épouses est monsieur le duc Yves de Nauléon.

— Yves de Mauléon? répéta Gabrielle; c'est un joli nom.

— Un nom superbe! un ancien nom! On dit que ce sont les meilleurs; et celui-là a peut-être deux mille ans, ajouta avec emphase madame Rémond, qui n'avait pas des idées bien précises sur les dates.

Gabrielle était toujours arrêtée au milieu de ses pirouettes, et son esprit se lançait dans les conjectures.

— Mon mari sera duc? Je n'en ai jamais vu, dit-elle.... A moins que... Mais oui... un jour, à la campagne, avant que je fusse jamais venue à Paris, il y a deux ans, une telle voiture se brisa; on dit que c'était celle de monsieur le duc... oh! je ne sais plus le nom... Il était blessé; il fallut le faire sortir par le haut de la voiture versée; je regardais avec les autres; il était vieux, vieux! un bonnet de soie noire... la goutte... il ne pouvait pas marcher; on le porta sur le bord du chemin, en disant : Monsieur le duc... Je me souviens de cela. Oh! qu'il était laid!

En achevant sa phrase, Gabrielle acheva aussi sa pirouette, pour chasser peut-être la laide figure du duc, qui revenait à sa mémoire; et, quand elle s'arrêta, son visage se trouva tout près de celui de la supérieure, qui venait la chercher pour la conduire au salon, et qui ne put réprimer un mouvement de surprise en voyant quel emploi la jeune fille faisait des momens qui précédaient le plus sérieux et le plus important événement de sa vie.

— Madame la marquise de Fontenay-Mareuil est au salon, dit-elle d'un ton grave et mécontent à madame Rémond, qui ne le remarqua point; mais qui, se levant et rajustant encore la toilette de sa fille, lui dit :

— Allons, Gabrielle, de la raison; c'est une entrevue de mariage, comme je te l'ai dit.

— Déjà? s'écria la jeune fille avec une petite moue risible, mais sans pourtant prendre un grand souci de ce qu'on lui annonçait là.

Depuis que Gabrielle était au monde, elle avait entendu sa mère parler de mariage à son occasion; car madame Rémond songeait déjà à cet événement et exprimait déjà ses pensées à ce sujet avant que l'enfant objet de ses folles espérances eût la force de marcher. Et, depuis la cérémonie brillante du baptême, dont les anciens habitans du quartier Saint-Martin se souvenaient assez pour citer la somptueuse magnificence, madame Rémond rêvait une cérémonie plus brillante encore pour le mariage de l'héritière présomptive des millions de la famille.

Aussi ces mots de mari et de mariage avaient frappé si souvent l'oreille de Gabrielle, dès son enfance, qu'elle s'était habituée à les entendre dans un temps où ils ne pouvaient éveiller aucune idée; elle avait continué à les écouter de même jusqu'à ce moment, et ce fut en sautant et sans penser à rien qu'elle suivit sa mère jusqu'au salon, où les attendait la marquise avec son fils et le comte de Rhinville, tous trois silencieux, graves et inquiets.

— J'ai l'honneur, madame la marquise, de vous présenter ma fille Gabrielle, dit madame Rémond en entrant avec cérémonie, et en parlant avec emphase et à haute voix.

La marquise s'était levée, et rien n'était plus frappant que le contraste de ces deux femmes, que la naissance, les habitudes et l'éducation avaient si complètement séparées; dont l'une était née dans une sale boutique de serrurier du faubourg Saint-Martin, et l'autre dans un hôtel princier de la rue de Varennes; dont une avait eu le Dauphin Louis XVI pour parrain, et l'autre un pauvre cabaretier; dont l'une avait vécu au milieu des plus grands, des plus distingués, des plus riches, l'autre parmi les plus petits, les plus communs et les plus pauvres : elles étaient là réunies pour que leurs deux uniques enfans fussent liés à jamais par le plus intime et le plus indestructible des liens!... L'avenir devait être commun entre eux, et le passé avait été si différent!

Madame Rémond jeta un coup d'œil sur la simple toilette de la marquise; elle n'en vit pas le bon goût modeste mais le peu d'éclat, et la supériorité de la sienne lui parut incontestable. La joie qu'elle éprouva parut aussitôt dans les nombreux mouvemens qu'elle combina pour faire ressortir l'une après l'autre toutes les parties de sa riche parure avec un véritable enfantillage.

Les gens du peuple ressemblent beaucoup aux enfans; comme eux ils ont peu vu, n'ont rien comparé, et leur confiance dans eux-mêmes et dans les autres ne leur a pas permis de deviner le ridicule. Ils sont naïfs, jouissant vivement et sans cacher leurs joies. Madame Rémond était triomphante et le montrait; la marquise était humiliée et le cachait.

Gabrielle, en face du comte de Rhinville, examinait avec une singulière expression sa vieille figure ornée de jeunes ajustemens.

Yves de Mauléon avait gardé le froid dédain dont il s'était enveloppé en se résignant à son sort. La marquise fit quelques pas pour se rapprocher de lui, et, le prenant par la main, dit avec une grâce aimable, quoiqu'un peu hautaine :

— Madame, j'ai l'honneur de vous présenter mon petit-fils, monsieur le duc Yves de Mauléon.

Et le jeune homme, obéissant au geste de sa mère, s'approcha de Gabrielle, qui, se tournant vivement de son côté, s'écria avec une indéfinissable expression de surprise et de joie :

— Et moi qui croyais que c'était monsieur! indiquant le comte par un geste si drôle, et reportant sur le jeune homme un regard si joyeux et si plein de naïf étonnement, qu'un rire involontaire et général éclata et changea en gaîté la disposition solennelle des personnes réunies au salon.

Madame Rémond se mit à faire là-dessus d'énormes plaisanteries qui ne parurent de bon goût à personne, et que la marquise tenta vainement d'arrêter. Madame Rémond ne voulait pas lâcher prise : ce ne fut qu'après avoir lancé maint gros propos joyeux qu'elle cessa de parler; et alors elle regarda le jeune duc avec une scrupuleuse attention, baissant, levant et tournant la tête pour le voir de tous côtés, comme elle aurait examiné une marchandise afin de s'assurer qu'elle était bien conditionnée, sans défauts, sans avarie, qu'on ne l'avait pas trompée, qu'on ne lui avait pas survendu, et qu'elle en avait bien réellement pour ses deux millions.

On s'assit, en souriant encore; mais la conversation était bien difficile entre gens si étrangers les uns aux autres, et qui ne pouvaient aborder le seul sujet qui établit entre eux quelques rapports. Gabrielle avait rougi jusqu'aux yeux en rencontrant le sourire moqueur d'Yves de Mauléon, et elle regardait invariablement le parquet sans faire le moindre mouvement. Sa pensée faisait trop de chemin pour qu'elle s'aperçût que sa personne restait immobile.

Le comte, qui avait d'abord souri de la méprise de la jeune fille, recevait une triste impression de sa joie, et n'était plus en disposition de rompre le silence.

La marquise essayait quelques paroles, avec ce talent de dire des riens que possèdent toutes les femmes qui ont appris dans le monde à cacher, sous l'indifférence de phrases banales, les vives émotions de leur âme, et qui peuvent soutenir une conversation dont leur pensée est absente. Mais personne ne lui répondait.

Monsieur de Mauléon avait senti une espèce de joie d'instinct de cette naïve satisfaction que semblait éprouver Gabrielle à le voir jeune et beau; mais l'aspect sauvage de la fille et l'aspect ridicule de la mère le rendait inquiet, mécontent, incertain, et l'agitation intérieure de ses idées se cachait sous un calme affecté et silencieux.

Tout le monde se trouvait mal à l'aise : aucun sujet ordinaire de conversation ne venait à l'esprit de personne. La marquise se sentait un dégoût pour madame Rémond; et celle-ci éprouvait un embarras dont elle ne se rendait pas compte. Elle aurait bien voulu, pensait-elle, *amuser la société*; mais ses plaisanteries n'avaient pas réussi, et le silence continuait.

En ce moment, l'inconnu dont nous avons déjà parlé traversait de nouveau la cour, et madame Rémond l'apereut immobile à quelque distance de la fenêtre, et plongeant un regard inquiet sur ce qui se passait au salon. Elle lui fit signe d'entrer, en s'écriant : « Voilà monsieur Simon ! » Mais celui-ci s'éloigna promptement, sans paraître remarquer l'invitation qui lui était faite.

— Ce bon monsieur Simon, il s'éloigne, dit madame Rémond ; quel brave homme ! Un peu singulier, n'est-ce pas ? Vous le connaissez tous ?

Comme ses yeux s'arrêtaient en cet instant sur le comte de Rhinville, il se crut obligé de répondre un non dédaigneux, qui annonçait au moins la volonté de ne pas le connaître.

La marquise reprit d'un ton assez aimable :

— Il y a un mois à peu près que j'ai vu pour la première fois monsieur Simon.

— Qu'un mois ! s'écria madame Rémond étonnée ; mais il y en a près de trois qu'il m'a parlé de vous et de monsieur votre fils ! C'est lui, sans doute, qui le connaissait ? Et les yeux et la voix de madame Rémond interrogeaient le jeune homme, qui répondit presque malgré lui :

— Il y a plus de huit ans que nos relations ont commencé.

Le comte et la marquise le regardèrent avec étonnement.

— C'est un singulier personnage, dit madame Rémond, heureuse d'avoir trouvé un sujet d'entretien ; et si je vous racontais comment il a fait notre connaissance... Mais c'est Gabrielle qui va nous conter ça ; aussi bien elle n'a encore rien dit, et il faut enfin que la compagnie sache de quelle couleur sont ses paroles. Eh bien ! Gabrielle, réponds donc.

Alors seulement Gabrielle s'aperçut que sa mère lui parlait ; car la jeune fille distraite ne voyait rien, n'entendait rien de ce qui se passait autour d'elle.

— Que veux-tu, maman ? dit-elle avec un mouvement de surprise.

— Ce que je veux ? reprit madame Rémond ; mais à quoi penses-tu donc ? n'entends-tu pas que je te prie de raconter comment tu as rencontré monsieur Simon ?

La marquise pensa sans doute que la jeune fille allait faire avec gaucherie quelque récit ridicule qui déplairait à son petit-fils, car elle voulut détourner la conversation ; mais la mère insista, et le jeune duc prit un air de résignation dédaigneuse, comme quelqu'un décidé à se moquer d'un supplice qu'on lui inflige.

Gabrielle ne savait point causer ; elle ignorait l'art de dire des choses indifférentes ou inutiles pour placer un peu de bruit au milieu d'un silence moins insipide que d'insipides paroles ; elle n'avait pas l'idée de ce qu'on appelle une conversation ; mais ici on lui demandait de raconter un fait, de rappeler ce qu'elle avait vu, elle trouva donc tout simple de parler ; et, sans timidité, sans hardiesse, sans affectation, elle parla comme elle aurait marché, dansé, sans soin et sans apprêt.

— Au printemps dernier, j'étais au château d'Arnouville... — A ce nom, la marquise fit un mouvement et regarda le comte de Rhinville ; Gabrielle continua sans s'en apercevoir : — C'est un beau château, dit-elle ; le parc a plus de trois cents arpens, et des bois immenses l'environnent ; tout cela est à trente lieues de Paris. J'y ai passé mon enfance sans que rien contrariât mon désir de courir en liberté à mon aise. A l'extrémité du parc, des arbres d'une hauteur prodigieuse forment un bosquet si épais, que le soleil y pénètre à peine, et qu'on y est à l'abri de ses rayons comme à l'abri de la pluie les jours de mauvais temps. Des lilas, des chèvrefeuilles et des jasmins font tout à l'entour un mur impénétrable. Ce bosquet est sur une espèce d'élévation, et la route est au bas ; souvent je m'amusais à y regarder les voitures et les voyageurs ; plus souvent encore j'y passais des heures entières sans rien voir et sans rien regarder, couchée sur le gazon, bercée par l'odeur des jasmins que le vent apportait jusque sur mon visage, et par le chant du rossignol que je tâchais d'imiter. Un matin, au point du jour, j'étais venue pour le

surprendre avant que les bruits de la journée eussent fait cesser ses chants, et, à force de les écouter et d'essayer les mêmes inflexions, j'étais parvenue à rendre toutes les modulations de ses joyeuses mélodies, quand j'aperçus tout près de moi un pauvre vieillard qui m'écoutait. Il revint ainsi bien des jours de suite, et il avait l'air si triste que je n'eus pas l'idée d'en avoir peur. Cependant je m'étonnai de le voir là constamment, et un mouvement involontaire de curiosité me fit descendre par un petit escalier qui conduisait de la terrasse à la route ; il n'y avait plus entre lui et moi que la grille de fer qui entoure le parc ; il ne m'avait point entendue et ne me voyait pas. Se parlant à lui-même comme s'il eût été seul : « Elle est si riche, cette enfant ! disait-il, si riche ! ah ! s'il était possible !... »

« Alors il me vint subitement la pensée que cet homme parlait de moi, et que ces richesses qu'il me supposait excitaient ses regrets ou son envie ; que lui, peut-être, ne possédait rien de tout cela, où à mes côtés, pendant que j'avais tant de choses inutiles, un vieillard pouvait manquer du nécessaire. Je courus dans ma chambre pour y prendre de cet or que ma mère me donnait sans compter, et qui restait là sans que j'eusse l'occasion ou le désir de le dépenser. J'en pris tout ce que ma main put en contenir, et, sortant du parc, j'arrivai tout près de cet inconnu sans qu'il m'eût aperçue, et je glissai doucement dans son chapeau qui était à ses côtés les pièces d'or que j'avais apportées. Mais il se retourna brusquement, étonné et mécontent, et, ramassant l'or qu'il me rendit et qu'il me força de recevoir : « Je n'ai pas besoin de cela, dit-il, je n'ai pas besoin de votre or. » J'étais confuse, je craignais de l'avoir irrité ; car on dit qu'il y a des gens humiliés d'être pauvres. Il devina sans doute ma pensée, et, prenant un air doux et bon : « Merci de votre intention, dit-il, vous ne vous êtes pas trompée en me croyant malheureux ; mais mon malheur n'est pas de ceux qui se consolent avec de l'or ; pourtant c'est vous, vous seule qui pourriez soulager mes regrets. »

» Et comme je l'interrogeais, que je voulais savoir quels maux je pouvais réparer, il refusa de répondre, et me regarda longtemps sans rien dire.

» Maman vint alors me retrouver, causa longtemps avec l'inconnu, l'engagea à entrer dans le parc. Il y revint plusieurs fois, nous dit son nom et qui il était, et, peu de temps après, nous revînmes habiter Paris, moi dans ce couvent choisi par lui, qui depuis longtemps est connu de la supérieure ; et je crois que, maintenant, tout ce qui se passe autour de moi se fait par l'influence de monsieur Simon. Aussi paraît-il moins triste ; quelquefois même je l'ai vu sourire ; mais, ce qui m'étonne, c'est que souvent il semble plongé dans de si amères réflexions, que sa pensée lui fait oublier tout ce qui est autour de lui ; il se croit seul, des mots s'échappent de ses lèvres sans être adressés à personne ; un jour même, oh ! je m'en souviendrai toute ma vie, des larmes coulaient sur son visage si pâle et si souffrant... et il disait : « Mon Dieu ! ils ne savent donc pas oublier... » Et moi, en voyant ses larmes, j'éprouvai une surprise qui me faisait mal, et je m'écriai malgré moi : « Est-ce que les vieillards pleurent aussi ? Je croyais que les enfans seuls avaient des larmes ! Oh ! il faut donc que vous ayez bien du chagrin. » Il me regarda alors d'un air si triste et si bon, que depuis ce temps-là j'ai senti dans mon cœur de l'amitié pour lui, et que je voudrais bien pouvoir le consoler.

» Voilà tout ce que je sais de monsieur Simon. »

Gabrielle se tut : il y eut un moment de silence ; le ton naïf et gracieux dont elle avait fait ce simple récit, sa voix argentine, sa physionomie mobile qui avait passé du rire joyeux à des expressions tendres et tristes, toutes les délicieuses nuances enfantines, gaies et sérieuses de ses paroles, de sa figure et de sa voix, si bien en harmonie entre elles, s'étaient emparées de l'attention de ceux qui l'écoutaient, étonnés, charmés et ravis.

Et la jeune fille, dont les regards se portaient pour la seconde fois sur le jeune homme, trouva les siens fixés sur elle avec une indéfinissable expression : leurs yeux se rencontrèrent ; une étincelle rapide s'élança de l'âme de chacun pour s'unir à l'âme de l'autre. N'existe-t-il pas une subite et incompréhensible émotion qui se communique parfois entre deux êtres, à l'insu de leur volonté, de leur raison, de leur pensée ? aucune réflexion n'a précédé, aucun projet n'a été conçu, aucune idée ne s'est formée : c'est une sensation que rien ne peut faire naître quand elle ne naît pas d'elle-même, que rien peut empêcher ni détruire si elle ne se détruit pas d'elle-même ; c'est une puissance inconnue : ce n'est pas l'amour encore, mais je ne sais quel attrait mystérieux avertissant qu'on peut s'aimer. La naïve enfant et l'homme ennuyé avaient partagé un instant cette impression involontaire ; elle suffit au jeune homme pour l'absoudre à ses yeux de ce mariage qui lui répugnait ; elle suffit à la jeune fille pour l'entraîner avec joie vers les projets de sa mère ; et, dans cet instant, le mariage, qui avait été conçu par les deux vanités maternelles, fut accepté par un mouvement sympathique des deux enfans.

La marquise se leva : elle sentit avec sa finesse de femme et son cœur de mère qu'il fallait laisser son fils sous l'influence des douces paroles de Gabrielle ; et elle termina sa visite par un salut qu'elle s'efforça de rendre amical pour madame Rémond, afin de lui faire connaître que le mariage était arrêté. Il ne reste plus que les détails et le temps nécessaire à déterminer. Ainsi, les combinaisons de monsieur Simon, le gros orgueil de madame Rémond et les projets de la marquise avaient réussi à faire ce qu'ils souhaitaient, et la sauvage enfant allait devenir duchesse de Mauléon. Prenant la main du comte de Rhinville, madame de Fontenay-Mareuil sortit du salon, suivie par son fils, laissant madame Rémond assez satisfaite de l'effet qu'avait dû produire sa riche parure pour se consoler de n'avoir pas montré toute son éloquence. Cependant la supérieure du couvent, qui guettait la sortie de la marquise, vint la retrouver au milieu de la cour pour l'accompagner jusqu'à sa voiture. Pendant qu'elles échangeaient quelques phrases de politesse, les yeux du jeune homme ne quittaient pas une des fenêtres du deuxième étage ; et, quand la marquise voulut continuer sa route, elle fut obligée d'appeler deux fois son petit-fils pour le faire sortir de la contemplation qui le retenait immobile au milieu de la cour. C'est que, derrière la vitre d'une fenêtre, une mélancolique et pâle figure, entourée de cheveux blonds, se penchait pour le regarder furtivement en essuyant une larme ; et cette figure c'était celle de la blanche et douce Éléonore, la jeune fille timide et tremblante que la joyeuse Gabrielle avait fait apparaître un instant au salon, à l'arrivée de la marquise.

Au moment où la porte venait de s'ouvrir pour donner passage à madame de Fontenay-Mareuil, au lieu du coupé du comte de Rhinville, se présentait une élégante calèche, dont un domestique venait d'abaisser le marchepied pour y faire monter une femme encore jeune, dont la parure pleine de grâce et de fraîcheur présentait un de ces types parisiens dont il est plus facile de sentir le charme que de l'analyser. Elle arrivait à la porte en même temps que la marquise, qui s'écria : « Madame de Savigny, ici, à cette heure ! » Celle-ci essaya bien de montrer quelque surprise à la vue de la marquise et de son fils ; mais, avec un peu d'adresse, on pouvait deviner qu'elle n'ignorait point leur séjour dans ce couvent, et que ce n'était pas sans la participation que le hasard les faisait sortir tous deux à la même minute. Il y avait même dans le regard contraint et mécontent qu'elle jeta au jeune homme toute une série de questions, ou plutôt de reproches, sur le motif de sa visite. Cependant on échangea quelques phrases insignifiantes et gracieuses, où madame de Savigny rappela à la marquise que c'était dans ce couvent qu'elle avait été élevée, et lui offrit de la reconduire. Mais celle-ci ne voulut point quitter le comte, qui l'avait amenée ; et, malgré tout le désir que l'on devinait dans les yeux de madame de Savigny de se faire accompagner par monsieur de Mauléon, elle n'osa

en faire la proposition au jeune homme. Celui-ci semblait d'ailleurs fort soigneux d'éviter tout mouvement qui, en le rapprochant d'elle, eût offert la possibilité de lui adresser quelques mots en particulier. Madame de Savigny monta seule dans sa voiture, baissa sur son visage, déjà légèrement amaigri et fatigué, le voile de dentelle posé sur sa capote blanche, s'appuya ou plutôt s'enfonça au milieu des coussins, croisa ses mains délicates dans une attitude de résignation, et se plongea dans une de ces rêveries dont la triste amertume n'est pas sans charmes, quoique des chagrins l'aient causée et que le découragement doive la suivre.

Elle avait trente ans !

A trente ans, tout ce que le ciel a donné d'intelligence à une femme est dans la plénitude de sa force et de son étendue ; cet âge est celui de la vigueur morale et physique, c'est le complet développement de toutes les facultés qui ont grandi jusque-là, et c'est aussi l'âge où la beauté doit avoir tout son charme et toute sa puissance. Pourquoi donc voit-on sur le front attristé de tant de femmes de trente ans une empreinte de faiblesse en même temps que de douleur ? pourquoi devine-t-on sur leurs traits amaigris, sur leur visage déjà flétri, les traces de mille agitations intérieures ? pourquoi leurs frêles personnes semblent-elles renfermer des âmes en peine dans des corps en souffrance ? C'est peut-être qu'alors une femme a déjà connu ce que le monde offre de plaisirs et de déceptions, ce que le cœur a de joies et de douleurs, ce que la beauté procure d'avantages et de dangers, ce que la société présente de grave et de futile, ce qu'elle demande de sacrifices, ce qu'elle offre de compensations ? Et devant toutes ces images diverses se sont effacées les simples et pures idées consolantes que son enfance avait reçues pour appuyer sa faiblesse ! Les entraves de la morale et de la religion se sont brisées aux orages des passions ! les passions se sont brisées à leur tour, emportant les illusions à leur suite, et laissant à leur place le dégoût du passé, la crainte de l'avenir et le sentiment du vide et de l'instabilité de toutes les choses de cette vie, à côté de l'oubli ou de l'incertitude de l'autre.

Madame de Savigny semblait avoir subi toutes ces funestes influences, car sa figure mélancolique en gardait encore l'empreinte. Ce fut donc triste et soucieuse qu'elle fit la route qui menait de la rue des Postes à la rue de l'Université, où elle demeurait ; pendant que la marquise, dans la voiture du comte, retournait chez elle assez contente de la fille pour oublier la mère, où qu'Yves de Mauléon revenait à pied, voulant chasser par le mouvement les mille pensées contradictoires qui troublaient son esprit. C'était la pâle figure d'Éléonore, les vives et joyeuses couleurs de Gabrielle, le triste sourire de madame de Savigny ! C'était le souvenir de monsieur Simon, cet homme singulier qui arrangeait pour lui ce singulier mariage ! C'étaient les espérances de sa grand'mère, ses projets à lui, ou plutôt cette absence de projets qui le livrait à la volonté des autres. C'était enfin une foule de souvenirs et de liens qui l'attachaient au passé, sans lui laisser aucun désir, aucun intérêt, aucun espoir qui pussent animer la dédaigneuse insouciance qu'on lisait sur son visage ! Il avait beaucoup vécu, c'est-à-dire qu'il avait en peu d'années créé autour de lui une multitude d'intérêts et de sentimens qui ne s'étaient formés que pour être détruits ; qu'il avait attaché à sa destinée des êtres bientôt après repoussés de son cœur et de sa pensée ! Il avait beaucoup vécu parce qu'il avait usé en peu de jours les plaisirs qui eussent suffi à la vie d'un autre ; qu'il avait changé d'amis, changé d'amours ; qu'il avait essayé de tout, sans profit pour lui ni pour les autres ; que son temps avait été employé à goûter ses jouissances, à user ses désirs, à détruire ses illusions ; enfin il ne restait à son âme ni une belle espérance, ni un sentiment vrai ; il n'avait plus aucune sainte croyance, ni aucune crédulité naïve, et il appelait cela avoir beaucoup vécu !

III

YVES DE MAULÉON.

Pour bien comprendre les nuances du caractère fort complexe du jeune duc Yves de Mauléon, il faut savoir comment s'étaient passées pour lui les années qui venaient de s'écouler.

Un jour avait marqué dans sa vie : le 25 juillet 1830. C'était pour lui un bien beau jour en effet.

Dès cinq heures du matin il était levé; pourtant il avait peu dormi, les idées qui se pressaient dans son esprit y jetaient trop d'agitation, mais toutes ces idées étaient heureuses, brillantes et gaies.

Yves de Mauléon venait d'avoir dix-huit ans; il sortait de l'école militaire, il était officier! Ce jour-là il devait essayer son uniforme pour la première fois, et aller remercier le ministre de la guerre, qui venait de permettre à son oncle, le général L. C., de le prendre avec lui comme aide de camp.

Pour sentir ou seulement comprendre l'espèce d'enivrement qui s'était emparé de lui, cette joie infinie qui s'échappait en mots sans suite, qui brillait sur son visage et apparaissait jusque dans ses moindres mouvemens, il faudrait savoir quelle ardente impatience de liberté avait tourmenté son esprit dans les derniers temps de ses études.

Pendant plusieurs années, les jours des récréations, le travail des classes et les succès des concours avaient suffi à remplir sa vie; mais, depuis un an, un indicible ennui présidait pour lui aux occupations comme aux plaisirs, et, jusqu'à la société et la joie de ses camarades, tout lui était devenu importun dans le séjour de l'école. Dire ce que l'uniformité de cette vie régulière, ce que cette rigidité minutieuse et surtout cette séparation d'un monde qu'on croit si beau à dix-huit ans, éveillent parfois d'ardeur et de curiosité inexprimables dans l'âme de quelques jeunes gens, est impossible. Il en est chez qui le dégoût pour ce qui les entoure et le désir d'objets nouveaux et inconnus vont si loin, que leur santé s'altère par cette dévorante impatience; et le jeune duc de Mauléon était de ceux que fatiguait le plus cette chaîne près de se rompre.

Le jour où il en fut affranchi, il lui sembla qu'un poids qui l'oppressait venait de laisser à sa poitrine la faculté de respirer, à son cœur resserré le pouvoir de battre, à ses pieds retenus la force de marcher; qu'il était libre enfin, qu'aucun frein, aucun obstacle ne pouvait se placer à l'avenir devant sa volonté, et que tous les biens de la terre allaient s'offrir à ses plaisirs.

Et, dans sa joie, il essayait cet uniforme qui, s'il faut tout dire, lui allait à merveille, et justifiait ce sourire d'approbation que chaque glace obtenait de lui. La veille, sa grand'mère, la marquise de Fontenay-Marcuil, avait dit : « Yves, vous ressemblez à votre père. » Et madame de Savigny était là; et madame de Savigny, à ses yeux la plus jolie des femmes, qui toutes lui semblaient ravissantes, avait ajouté, avec un peu d'embarras : « Monsieur le duc de Mauléon passait, m'a-t-on dit, pour le plus bel homme de Paris. — Oui, répondit la marquise avec un soupir, quand il épousa ma fille, il n'était personne qui pût disputer avec lui pour la beauté de la figure et la noblesse des manières; il avait grand air, c'est-à-dire que tout annonçait en lui le rang où il était né! »

Mais quand Yves se rappela le lendemain l'embarras et les paroles de madame de Savigny, il y eut une expression un peu menaçante sur son joyeux visage; et le bonheur qu'il en ressentait ressemblait à un défi; c'est que, deux ans auparavant, il était, un jour de vacances, entré chez sa grand'mère pendant que madame de Savigny était près

d'elle; et, ce jour-là, elle ne leva pas la tête et ne regarda pas quand il entra; mais interpellée par la marquise qui disait : « Voyez, ma chère, comme Yves grandit, » elle jeta sur toute la personne du jeune homme un rapide coup d'œil, si indifférent, si curieux, si glacial, et qui se termina par un si indéfinissable sourire de malice et de dédain, qu'il éclaira toute une portion de son intelligence restée jusqu'à ce jour dans les ténèbres complètes. Aussitôt ses regards se portèrent machinalement sur une glace, et pour la première fois il s'y vit enfin, oui, pour la première fois! Il s'était bien regardé dans le miroir qui servait à sa toilette; il avait bien mille fois arrêté ses yeux sur quelque glace; mais il n'avait rien vu apparemment, car pour la première fois il se vit tel qu'il était, tel qu'il paraissait à madame de Savigny, c'est-à-dire avec toute la gaucherie disgracieuse d'un écolier.

Sa taille avait pris depuis quelque temps un développement qui n'était plus en rapport avec les proportions d'un uniforme de l'école, qui datait d'une année, et dont les manches s'étaient élevées à une distance si respectueuse des mains qui en sortaient, qu'il eût été impossible de les en rapprocher; une taille trop mince était encore resserrée dans les contours de cet habit trop étroit; et son cou long et raide laissait bien loin au-dessous de lui le col exigu du malencontreux uniforme. Il était laid! bien pis, il était ridicule! et plus encore, il était sans conséquence! Une soudaine illumination du ciel, comme a dit un grand orateur, ou plutôt le malin sourire d'une jolie femme, lui avait fait voir tout cela dans le miroir; et ce sourire était souvent revenu à sa pensée depuis, pour y exciter une sensation désagréable allant parfois jusqu'à l'impatience.

Mais, la veille, elle ne l'avait pas reconnu en entrant dans le salon, et l'expression de sa figure, les mots qu'elle prononça, l'accent de sa voix, tout avait été si différent, qu'il avait senti bien vite que lui aussi était différent d'autrefois. Et, comme il l'examinait alors avec des yeux trop hardis peut-être et sûrement trop expressifs, il la vit rougir sous ses regards en détournant les siens : il n'était plus un être ridicule et sans conséquence! Un je ne sais quoi indéfinissable l'en avertissait et agissait en même temps sur madame de Savigny à son insu. Car elle aussi jeta une inquiétude sur le miroir un de ces regards furtifs avec lesquels une femme interroge sa beauté dans les grandes occasions.

Les rôles étaient changés; il reprenait ses droits; pour lui on voulait être jolie : il était devenu, lui, l'examinateur, le juge : c'était un homme enfin!

Peu d'instans après, à son grand regret, Henri de Marcenay était entré, et il l'avait conduit au bois de Boulogne, bien moins pour écouter les conseils que son ami avait la prétention de lui donner, que par un mouvement involontaire qui le portait à se dérober à madame de Savigny, à ses séductions redoutables, ou du moins qu'il jugeait telles alors.

Henri de Marcenay avait cet air insolent qui, dans la mauvaise compagnie, passe pour un air distingué. Sans fortune et sans naissance, il vivait parmi les plus grands et les plus opulens, et il vivait comme eux : tout à coup, une particule inaccoutumée s'était doucement glissée devant son modeste nom, et il défendait ses usurpations par un si grand mépris pour ceux qui n'étaient pas riches, et un si profond dédain pour ceux qui n'étaient pas nobles, que personne n'eût osé le soupçonner de n'être ni l'un ni l'autre.

Des noms historiques avaient seuls le droit de passer par sa bouche, mais dépouillés du mot monsieur et de toute espèce de titre, afin d'attester l'intimité de celui qui les prononçait ainsi avec ceux auxquels ils appartenaient.

Modeste et inexplicable vanité qui aurait dû disparaître de nos jours, si la vanité pouvait jamais rien laisser perdre! mauvaise attestation qui ne prouve que ce qu'elle voudrait cacher. Car, plus le rang qu'on occupe dans le monde est élevé, et plus l'on accorde à chacun tout ce qui lui est dû : on ne veut pas, quand on a beaucoup à prétendre, donner par son exemple le droit de refuser à quelqu'un, en égards, en titres, en honneur, la moindre chose de ce qu'il lui revient. Il n'y a rien à gagner à cela, si ce n'est pour celui qui n'a droit à rien.

Yves ne faisait point alors de telles réflexions! Henri lui imposait avec les cinq années qu'il avait de plus que lui : son inexpérience le prenait pour le type du bon goût, et le jeune officier, avide de connaître ce monde qui s'ouvrait devant lui, et d'y paraître avec éclat, suivait galement celui qui se chargeait d'éclairer sa route. Sa confiance dans l'ami qui s'empressait de s'offrir était aussi grande que la bonne opinion qu'Henri avait de lui-même, et certes ce n'est pas peu dire !

Ce fut cet ami expérimenté qui tourna vers des idées de vengeance cette émotion qu'avaient fait naître les nouvelles observations du jeune duc sur madame de Savigny : lui, de son propre mouvement, il n'aurait su qu'aimer avec passion la première femme qui l'eût aimé ; l'idée que la belle madame de Savigny, si brillante, si délicieusement aimable, eût pu le distinguer, ne s'était pas même offerte à son esprit ; il avait senti seulement qu'il faisait maintenant partie de ceux auxquels une femme désire plaire, et cette seule révélation l'avait ému, troublé, ravi ! Ah ! si en ce moment la pensée lui fût venue qu'il était possible qu'un jour il fût aimé d'une femme comme madame de Savigny, son cœur eût bondi de joie ; il aurait béni le ciel, et adoré la femme qui pouvait donner un tel bonheur ; car il avait encore toute son âme de vingt ans.

Mais Henri jeta tant de glace sur ce foyer brûlant, qu'il lui fit comprendre tout le danger de cette naïveté d'impressions ; il lui prouva qu'il n'y a pas une de nos vertus qui ne facilite un des défauts de nos amis : dévouement, lui disait-il, produit la tyrannie ; la passion inspire l'envie d'en abuser ; avec les femmes, par exemple, ajouta-t-il, pour n'avoir jamais à s'en plaindre il faut qu'elles aient à se plaindre de nous. Et il lui montra clairement que l'empressement prouve le désir d'un succès encore incertain, tandis qu'une légère nuance de dédain atteste au contraire aux yeux de tous un succès déjà obtenu.

Il parla de madame de Savigny, dont le jeune officier ne voulait point parler, peut-être par l'instinct qui le portait à éviter la légèreté moqueuse de son ami comme on évite machinalement ce qui peut blesser ; mais Henri parla malgré lui, et frappa juste à tous les endroits où il voulait détruire respect, enthousiasme, admiration, tendresse. Combien n'y en a-t-il pas de ces esprits étroits et envieux qui travaillent à éteindre dans l'âme des autres tout ce que la leur ne peut comprendre ; et, comme ce tyran leur emblème, s'efforcent d'abattre tout ce qui s'élève au-dessus de leur niveau ?

Madame de Savigny avait, disait-il, épousé par intérêt un vieux et riche mari qu'elle n'aimait pas. Madame de Savigny était coquette, et cherchait sans cesse des hommages nécessaires à sa vanité ; sa réputation de vertu était de l'hypocrisie et de l'adresse ; son esprit de la malignité, et probablement Yves était une victime destinée à donner un nouvel éclat à des charmes dont quatre années passées dans le monde avaient un peu détruit le pouvoir et diminué le prestige.

Alors le jeune duc, qui ne devinait pas que le seul tort peut-être de madame de Savigny était d'avoir assez d'esprit pour qu'on ne pût être impunément un sot devant elle, partagea les idées de son ami, et il lui vint des idées de vengeance. Ce ne fut déjà plus pour aimer qu'il eut le désir de plaire.

Puis, en revenant du bois, Yves arrêta son cheval pour tendre la main à un ancien camarade de collége, pauvre jeune homme plein de mérite qu'il aimait et estimait beaucoup ; mais Henri s'épuisa en raisonnemens plus fins et plus subtils les uns que les autres, pour lui faire comprendre que s'il allait ainsi tendre la main à tous les honnêtes gens pauvres et mal mis qu'il rencontrerait ou que le hasard lui ferait connaître, il passerait bientôt pour ce qu'il y a de pire au monde, pour un homme qui vit avec la mauvaise compagnie.

Enfin, il n'y avait pas encore huit jours que le jeune Yves de Mauléon était sorti simple, bon, naturel et vrai de l'école militaire, et déjà il était affecté, fat et insolent. On voit qu'il était disposé à ne pas perdre de temps : en marchant toujours de ce train-là, et dans la même route, il était probable qu'il finirait par aller loin.

Voilà dans quelles dispositions d'esprit l'avait trouvé le 25 juillet 1830 ; voilà les idées qui se pressaient dans sa jeune tête pendant qu'il se rendait à l'audience qui lui était accordée par le ministre.

A l'instant où Yves de Mauléon entrait dans un premier salon, ses yeux se portèrent sur un homme âgé, dont l'attitude exprimait une souffrance résignée, et dont le pâle visage laissait voir autant de triste découragement que celui du jeune homme montrait d'espérances brillantes, et ce contraste frappant fut peut-être ce qui captiva malgré eux toute leur attention réciproque.

Qui n'a pas rencontré de ces pâles vieillards sur lesquels le malheur semble avoir laissé des traces si profondes que c'est presque une souffrance de les regarder ? On les voit seuls, à l'écart, quelquefois assis sur un banc à l'extrémité des promenades ; ils ont l'air de redouter l'approche des hommes, de chercher à tenir le moins de place possible, comme s'ils avaient honte d'eux-mêmes et peur des autres. Ce n'est pas l'âge, ce n'est pas la misère qui ont seuls sillonné leur visage ; on voit qu'un mal secret, plus triste que la vieillesse, plus amer que la pauvreté, a rongé leur cœur ; ce sont des passions violentes, des mécomptes douloureux, de longues inquiétudes, de ces choses qui serrent le cœur, froissent l'orgueil, et vont chercher au fond de l'âme ce qu'elle a de plus délicat et de plus sensible pour établir là une plaie douloureuse et incurable... Yves de Mauléon avait été frappé par une de ces figures-là, et ne pouvait en détacher ses yeux, quand un huissier vint annoncer que le ministre faisait dire à monsieur le duc Yves de Mauléon d'entrer. A ce nom, et au mouvement que fit le jeune homme pour quitter le salon, le vieillard se leva hors de lui.

— Monsieur le duc de Mauléon ! vous êtes monsieur le duc de Mauléon ! s'écria-t-il, et ses mains tremblantes s'étendaient vers lui.

Yves, surpris, s'arrêtait pour l'interroger, mais l'huissier répéta que le ministre attendait, et il fallut bien que le jeune duc le suivît dans la pièce voisine sans avoir satisfait sa curiosité.

Le ministre regarda le jeune homme avec attention et bienveillance ; il parut satisfait de voir une aussi noble figure représenter une aussi noble famille. La monarchie alors pensait encore un peu aux avantages extérieurs de ceux qu'elle employait dans les rangs élevés ; c'était un reste d'habitude du temps où, pour commander, il avait fallu savoir plaire ; la démocratie ne pense point à ces futilités.

— Monsieur le duc, dit le ministre, qu'alors on appelait encore Votre Excellence, et qui, d'ailleurs, aimait à donner à chacun le titre qui lui était dû, le sien étant le premier de tous ; monsieur le duc, vous entrez dans le monde à une belle époque : le trône se consolide, et la royauté, que votre naissance vous oblige à défendre, n'aura bientôt plus rien à craindre de ceux qui ont tenté depuis quelque temps de diminuer sa grandeur et sa puissance. La noblesse, ainsi que la monarchie, va retrouver toute sa splendeur : les grandes familles comme la vôtre, qui ont tant souffert depuis quarante ans, seront enfin replacées au rang qu'elles auraient dû toujours conserver pour le bonheur de la France.

Le ministre ajouta à ces paroles des phrases pleines de bienveillance pour le jeune duc, sur les espérances qu'il pouvait justement concevoir, sur ses aïeux, sur leurs droits à monter dans les carrosses du roi, sur l'alliance qui existait entre leurs deux familles, sur les charges et le rang qu'elles avaient occupés, sur le titre qu'avait Yves à la pairie comme dernier de son nom, et sur l'offre qu'il lui fit de l'obtenir du roi. Il parla ensuite du besoin de trouver des hommes capables d'arriver au pouvoir, parmi ceux dont la naissance garantissait le dévouement, afin de ne pas laisser les autres s'en emparer. Il dit encore quelques mots sur la nécessité de dédommager de leur fortune, perdue dans les jours orageux des révolutions, les héritiers de ceux qui avaient donné leur sang à la royauté malheureuse; puis il quitta le jeune homme, après avoir ainsi ouvert devant lui une carrière sans bornes aux espérances les plus brillantes.

Yves était ébloui. Lui, la veille encore enfant, sujet à la discipline de l'école et à l'égalité qui règne entre camarades, il venait en un instant de sentir les avantages du rang qui l'élevait au-dessus d'eux. Ce n'était pas un jeune sous-lieutenant qu'un ministre venait de recevoir; c'était monsieur le duc de Mauléon, héritier d'un des plus grands noms de France, qu'un prince venait de traiter en égal; ce n'était pas seulement une carrière militaire qu'il faudrait, comme tout autre, acheter avec du temps, de la gloire et du bonheur; c'était une perspective de faveurs royales, de distinctions, de puissance peut-être, qui venait de se révéler à lui, et sa joie du matin en devenait à ses yeux le pressentiment.

Yves de Mauléon oublia les idées de vanité, de fatuité, de plaisir et d'amour même; tout s'effaça devant une vague ambition qui fit bondir son cœur. Il sentit qu'il était de ceux qui doivent commander, agir, gouverner, et, pour la première fois, son âme comprimée, inquiète et incertaine, vit un but digne d'occuper complètement sa pensée et son énergie.

Mais ce ne fut pas le côté éblouissant qui satisfait la vanité par l'éclat du rang, des titres et des honneurs, qui l'emporta dans cette jeune âme : non, elle pensa à ceux qui avaient rendu leur nom célèbre, et non à ceux qui l'avaient reçu brillant; à ceux qui avaient agi avec talent, avec force et puissance, et non à ceux qui avaient dissipé leur vie dans les folles joies des cours; enfin, Yves de Mauléon ne rêva point, en cet instant, pour son avenir, une oisive existence de grand seigneur, mais il s'élança vers la possibilité de l'utile existence d'un grand homme.

Le jeune officier, en traversant le premier salon pour sortir, était donc tout ému et tout triomphant, quand la pâle et triste figure qui s'était troublée à son nom se représenta devant lui, fixant avec anxiété ses sombres regards sur le joyeux visage d'Yves de Mauléon. Celui-ci commençait sans doute à ressentir les effets de la prospérité qu'il rêvait, car il ne put retenir un mouvement d'impatience lorsqu'il vit ce triste personnage se lever à sa vue et sortir après lui dans la cour. Cette impatience s'accrut par l'impossibilité de lui échapper. Henri de Marcenay, venu avec Yves jusqu'à la porte du ministère, lui avait demandé son cabriolet pour faire une visite, avait-il dit, et le lui renvoyer aussitôt; mais sans doute la visite s'était prolongée ou il en avait fait d'autres; car le jeune duc fut forcé de revenir à pied, et il remarqua que l'inconnu s'attachait à ses pas tout le long de la rue Saint-Dominique, en cherchant à se dérober à son attention.

Ennuyé de cet espionnage, Yves de Mauléon, se trouvant à la porte de l'hôtel d'une personne de sa connaissance, entra, et, pendant qu'il parlait au concierge, il vit l'inconnu passer, regarder le numéro de la maison, l'inscrire dans un portefeuille, afin de conserver le souvenir de ce qu'il prenait sans doute pour l'habitation du jeune homme, puis continuer son chemin.

La personne qu'Yves avait demandée n'était pas chez elle; il fallut donc sortir, après avoir laissé passer assez de temps pour que le curieux importun se fût éloigné. Yves le retrouva au coin de la petite rue de la Planche, et il fut pris de l'envie de savoir quel était celui chez qui son nom avait excité de si grandes émotions, et quelle pouvait en être la cause. Il le suivit à son tour, le vit arriver à une petite et très simple maison, et, au moment d'y entrer, s'arrêter devant une jeune femme qui en sortait, lui parler avec un respect qui annonçait pourtant des relations assez affectueuses, et cette femme répondre avec amitié et intérêt. Mais quel ne fut pas l'étonnement du jeune homme en reconnaissant que cette femme était madame de Savigny !...

Yves restait immobile à sa place, regardant, sans pouvoir l'entendre, une conversation qui semblait animée. Elle était finie, madame de Savigny s'était éloignée sans seulement le remarquer, que lui était encore là, surpris et mécontent sans savoir pourquoi. Mais, revenant à lui, et obéissant à un mouvement involontaire, il se précipita sur les pas de l'inconnu qui venait d'entrer dans la maison, et, sans se donner la peine de demander quelque chose à la porte, il arriva, presque en même temps que cet homme curieux dont il venait de surpasser la curiosité, dans une vaste chambre, obscure et tellement privée de tout objet de luxe, qu'excepté un lit, une table et quelques chaises, aucun meuble n'en cachait les grands murs nus et noirs.

Mais, dans le moment où le vieillard se retourna au bruit que faisait Yves en entrant, les yeux du jeune homme furent frappés en même temps de l'aspect étonné et effrayé de l'inconnu, et de la vue d'un vieux tableau qui seul se faisait remarquer sur la muraille. Ce tableau répétait exactement un portrait que la marquise de Fontenay-Mareuil gardait avec soin dans sa chambre, et c'était le portrait de son mari, du marquis de Fontenay-Mareuil, grand-père d'Yves de Mauléon, mort sur l'échafaud révolutionnaire en 1793.

La figure effrayée du vieillard, l'exclamation du jeune homme, donnaient quelque chose d'étrange à cette entrevue, qui semblait aussi surprenante à l'un qu'à l'autre.

L'inconnu s'écria avec une angoisse inexprimable :

— Que voulez-vous? Qui peut vous conduire ici? Au nom du ciel éloignez-vous; car ce n'est pas là votre place, et moi, moi je ne puis pas, je ne veux pas supporter votre présence de grâce, monsieur de Mauléon, éloignez-vous!

— Monsieur, dit Yves étonné du trouble violent de cet homme et de l'accent suppliant qu'il mettait à sa prière, mon nom vous est connu; vous avez voulu me parler, vous m'avez suivi; je trouve chez vous le portrait de quelqu'un de ma famille : ma curiosité est excusée peut-être, et je voudrais, moi, s'il est possible, connaître les motifs de la vôtre.

L'inconnu essaya de se remettre, et dit avec un peu plus de calme :

— Monsieur, votre nom, prononcé devant moi, m'a rappelé de cruels souvenirs que depuis longtemps je cherche à effacer : je n'ai pas été maître de moi...

— Le marquis de Fontenay-Mareuil était mon grand-père, dit le jeune homme en indiquant le portrait; vous l'avez connu?

— Oui, monsieur, répondit le vieillard après un instant d'hésitation.

Yves l'examinait avec attention et retrouvait dans ses traits sillonnés le type d'une noble tête que le temps et la douleur avaient altéré sans le détruire entièrement, et ce fut avec la déférence la plus polie qu'il ajouta :

— Vous fûtes son ami, peut-être? — Il se repentit bientôt de ces simples paroles... car l'inconnu sembla éprouver alors une violente douleur... et balbutia des mots inarticulés... — Pardon! reprit Yves de Mauléon avec tristesse, j'ai réveillé, je le vois, de pénibles idées.

Ces mots étaient à peine prononcés, que le vieillard parut saisi d'une vive souffrance; les plaintes douloureuses qu'il laissa échapper attirèrent un domestique âgé, qui, ayant jeté un coup d'œil inquiet sur Yves de Mauléon, s'approcha de son maître avec une grande apparence d'intérêt... le soutint et l'entraîna jusqu'au lit, où il le plaça doucement; puis, se rapprochant du jeune homme :

— Monsieur, dit-il, mon maître est sujet, vous le savez peut-être, à des crises nerveuses qui, sans mettre ses jours en danger, le tourmentent cruellement; un repos complet est alors nécessaire...

Et comme ces paroles semblaient indiquer le désir de le voir s'éloigner, Yves de Mauléon, malgré son inquiète curiosité et le regret qu'il éprouvait, fut forcé de quitter la chambre.

Il rentra donc chez lui l'âme tout agitée des événemens de la matinée, et tellement préoccupé qu'il n'aperçut pas ce que le mouvement des rues de Paris offrait ce jour-là d'inaccoutumé.

Le lendemain, c'était le 26 juillet 1830, on se battait. Pendant trois jours, la vie fut trop active, trop étonnée, trop hors de toute prévision, pour que personne eût le temps de réfléchir, Yves moins que tout autre. Cette guerre civile, si prompte, si vive et si courte, le frappa de stupeur; rien ne l'y eût préparé; sa grande jeunesse l'avait laissé étranger aux débats des journaux; les personnes qui l'entouraient étaient de celles qui n'avaient rien prévu, et les paroles que lui avait adressées la veille le chef du ministère annonçaient une telle sécurité, qu'Yves croyait à peine ce qu'il voyait...

Mais, avec ces fortes émotions de la jeunesse, il éprouvait une espèce de vertige à l'aspect des massacres dans les rues, au bruit du canon, du tocsin et des cris populaires. Si la patrie eût été en danger par quelque cause venant du dehors; s'il avait fallu repousser un ennemi au péril de sa vie, et donner tout son sang pour la victoire, Yves n'eût pas hésité; mais ici, tout était pour lui incertitude; ce que les idées qui animaient le peuple ont de généreux et de grand exaltait son esprit; ce que la royauté attaquée avait de malheurs et de vertus excitait toute son admiration et toute sa pitié; ce qu'elle avait de droits sur lui décida de sa destinée. Il venait de se voir associé à ses grandeurs, il se crut lié à ses dangers ainsi qu'à ses infortunes, et, comme il ne faisait encore partie d'aucun régiment, il courut à Saint-Cloud offrir son bras et son épée. On le renvoya à Paris porter deux ordres au général en chef, et, au moment où il traversait une des petites rues qui avoisinent les Tuileries, après avoir rempli sa mission, son uniforme attira sur lui une funeste attention. Des gens du peuple et des enfans armés se jetèrent sur celui qui semblait vouloir les attaquer, et il était impossible qu'il ne succombât point dans cette lutte inégale; déjà une épée touchait sa poitrine, et un pistolet dirigé par un écolier s'approchait de sa tête, quand un cri d'effroi et une main protectrice l'arrachèrent à la mort qui allait le frapper. Un homme s'était élancé entre lui et ceux qui l'entouraient, s'était emparé du pistolet, avait détourné l'épée, et reçut à la main une légère blessure.

— Arrêtez, mes amis! disait cet homme; s'il faut une victime, tuez-moi! mais ne touchez pas à cet enfant! il n'a pu vous faire aucun mal; sauvez-le, sauvez-le, et tuez-moi plutôt que de le frapper!

Yves de Mauléon reconnaissait avec surprise celui qui l'avait tant intrigué deux jours auparavant, et son étonnement aujourd'hui était sans bornes en voyant cet inconnu prêt à se dévouer ainsi pour lui.

— Vous tuer, père Simon! est-il un de ces hommes du peuple; y pensez-vous? est-ce que vous nous prenez pour des assassins?

— Ah! c'est le père Simon! s'écrièrent-ils tous à la fois; ce brave homme qui fait tant de bien, soigne les malades, donne de l'argent aux pauvres! est-ce que nous pourrions lui faire le moindre mal?...

— Le premier qui toucherait à un cheveu de sa tête...

Et un geste menaçant achevait la pensée de l'orateur.

— Si ce garçon-là est votre fils ou votre neveu, reprit un autre, eh bien! emmenez-le, et qu'il ne se batte pas contre le peuple; voilà tout ce que nous vous demandons.

Et ils coururent chercher des dangers ailleurs.

Yves venait d'être sauvé par cet homme; sa curiosité redoubla.

— Qui donc êtes-vous? s'écria-t-il; quel intérêt vous

attache à moi? Ne pourrai-je apprendre à qui je dois ainsi la vie? — Monsieur Simon ne répondait pas. — Quel ami inconnu ai-je là devant moi? répétait Yves. Et comment lui exprimerai-je ce que je sens?

Monsieur Simon laissa prendre sa main par celle du jeune homme, et serra avec tendresse cette main qui venait le chercher. Yves crut voir une larme sur le visage du vieillard, qui restait toujours silencieux. Emu, et touché lui-même au point de sentir des pleurs mouiller ses yeux, Yves, cédant à un mouvement involontaire, tendit les bras à l'inconnu, et se jeta dans les siens avec une effusion de reconnaissance qui avait toute la naïveté de l'enfance et toute la chaleur de la jeunesse.

Ce fut un transport de joie qui fit presser Yves sur le cœur du vieillard; mais cet éclair rapide fit subitement place à un sentiment d'effroi. Monsieur Simon se recula en s'écriant.

— Que faites-vous? Non, non, cela ne doit pas être. Et il le repoussait tristement, tout en tremblant encore de joie d'avoir pu le tenir un instant dans ses bras. Pauvre enfant! dit-il avec tendresse.

Et si le jeune homme ne l'eût retenu, c'est à ses pieds qu'il eût achevé les mots sans suite qu'il prononçait.

— Expliquez-vous donc, répétait Yves interdit.

— Que je m'explique? répondit enfin monsieur Simon; que je m'explique, quant à chaque moment la mort vous menace! Quand il n'y a déjà plus rien à espérer pour votre parti et pour ceux qui le servent! Venez, disait-il, en entraînant Yves du côté de la rue de Rivoli; voyez, les troupes quittent la ville, et à peine étiez-vous parti de Saint-Cloud que le palais était désert.

— Et le roi, où est-il? s'écria le jeune officier.

— Il s'éloigne, et des dangers le menacent, reprit monsieur Simon.

— Ma place est près de lui, dit Yves avec calme; adieu donc! Mon bienfaiteur me sera peut-être toujours inconnu; mais tant que mon cœur battra, monsieur Simon, votre nom y restera gravé.

Monsieur Simon serra la main que le jeune homme lui présentait, hésita un peu, et dit avec embarras:

— Vous partez; qui sait s'il vous sera possible de rentrer dans Paris? Maintenant vous n'avez plus le temps de retourner chez vous, demain on vous poursuivra peut-être... Tenez!

Et, sans achever sa phrase, sans expliquer sa pensée, il mit entre les mains du jeune homme un petit portefeuille, et échappa si promptement à ses questions en disparaissant qu'Yves ne put même pas lui adresser un mot. Il ouvrit le portefeuille, espérant y trouver quelque explication; mais il ne renfermait rien qu'un billet de mille francs.

En ce moment le jour baissait; quelques officiers venaient aussi de prendre la rue de Rivoli pour sortir de Paris; ils entraînèrent avec eux leur jeune camarade, que sa présence d'esprit avait entièrement abandonné.

Le lendemain ils suivirent ensemble la route de Rambouillet; ensuite ils se rendirent à Cherbourg, où le roi s'embarqua.

Yves attendit là des nouvelles de Paris, après avoir écrit à sa grand'mère, la marquise de Fontenay-Mareuil. Il fit rendre à monsieur Simon ses mille francs; puis, ayant reçu de l'argent et le consentement de la marquise pour le voyage qu'il voulait faire, il se rendit à Londres.

Voir disparaître ainsi en trois jours les brillantes espérances qu'il avait légitimement formées, c'était commencer la vie rudement et par une épreuve singulière. Yves en fut déconcerté et non découragé; les grands événemens, même les plus funestes, ont cela de bon, qu'en accoutumant la pensée aux choses extraordinaires, il lui offrent l'espoir de toutes les chances. Si les coups du sort ont été si subits et si puissans pour détruire, pourquoi ne le seraient-ils pas pour réparer? Sans se rendre bien compte de tout cela, Yves sentait que la vie se présentait pour lui avec le vaste champ que les révolutions ouvrent à

tous les ambitieux ; et si les chances favorables qu'il tenait du hasard venaient d'être dérangées ou détruites, ne
pouvait-il pas en créer de nouvelles qu'il ne devrait qu'à
lui seul ?

Cependant, les événemens importans qui venaient de
jeter des idées sérieuses dans ses folles joies de jeune
homme n'avaient pas enlevé entièrement à Yves le goût
des distractions, des plaisirs et des amusemens de tous
genres qu'il avait tant souhaité connaître.

Le jeune duc arrivait à Londres avec un nom historique, avec l'auréole de la proscription, le mérite de la
fidélité, dix-huit ans, et une très belle et très noble figure : il fut merveilleusement accueilli par l'aristocratie
anglaise, dans ce monde qu'on peut appeler grand, parce
qu'il réunit tous les genres de grandeurs, le rang, la fortune, le pouvoir et le talent.

Yves admira d'abord la délicieuse et aérienne beauté
des jeunes Anglaises, puis la dignité et la distinction de
quelques hommes, et leur haute capacité. Il éprouva un
sentiment de respect pour le pays où l'on peut encore entrer grand dans la vie et s'y maintenir, où les uns ont
pu devenir ministres à vingt-deux ans, où les autres ont
pu garder le pouvoir jusqu'à quatre-vingts ans ; et il ressentit aussi une impression pénible par un retour sur sa
patrie, la France ! où depuis cinquante ans les héros du-
rent si peu ; où les réputations et les hommes s'usent
si vite ; où chacun détruit pour arriver et être détruit à
son tour ; où toutes les illustrations s'évanouissent l'une
après l'autre, et où il n'y a de stable que le changement.

Sans la rapide révolution dont Yves avait été le témoin, il n'eût peut-être vu en Angleterre que la société
et les mœurs ; mais la politique s'était tout à coup présentée à lui dans ses résultats les plus importans, et il
eut pour les institutions du pays qui l'avait recueilli plus
d'attention que pour ses usages. Il vit donc ce pays sous
son plus bel aspect ; et comme il n'eut ni le temps ni la
possibilité d'approfondir ses observations, il resta sous le
charme, et garda sa haute admiration ; peut-être aussi
parce qu'il sentait que là, né dans le rang où le sort l'a-
vait placé, il eût pu ajouter à son éclat celui du talent, et
jouir de tous deux avec honneur.

Yves chercha l'oubli de ses espérances trompées dans
les plaisirs de son âge ; et sa vie, dissipée dans les salons
pendant trois mois, et dissipée dans les châteaux pendant
le reste de l'année, se passait assez bien, quand on vint
lui offrir une part de périls et de gloire dans les champs
de la Vendée. Yves crut son honneur engagé ; il partit.

La France, lui avait-on dit, n'attendait qu'un signal
pour retourner à ceux qui la regrettaient sur un sol
étranger : le trouble était dans Paris, le regret dans l'armée, les dangers dans la Bretagne. Ce fut là qu'il se rendit. En route, sa jeune imagination rêvait le dévouement
et la gloire ; en arrivant ni l'un ni l'autre n'étaient déjà plus
possibles.

Sa vieille grand'mère, la marquise de Fontenay-Mareuil, désirait le revoir ; elle voulait, disait-elle, l'embrasser encore avant de mourir... Il revint à Paris.

Ce qu'il retrouva jeta du trouble dans ses idées et de
l'incertitude dans son âme. Quels projets faire pour l'a-
venir ? A quel espoir s'arrêter ? Et la première suite de
l'incertitude est le vague et l'ennui ! Henri de Marcenay
était là avec son insouciance moqueuse et ses petites vanités toujours contentes et jamais satisfaites ; il s'empara de l'arrivant de Londres ; c'était une occasion pour lui
d'en exercer quelques-unes, soit par l'effet qu'il produisait sur l'âme du jeune homme, soit par l'effet qu'il produisait par lui sur les autres.

Yves de Mauléon chercha vainement monsieur Simon ;
il ne put le retrouver, mais il revit souvent alors madame
de Savigny ; il allait chaque jour chez elle ; le monde
parla de ses assiduités ; mais l'ennui du jeune homme
continua.

Un jour qu'il se promenait avec Henri de Marcenay, il
aperçut monsieur Simon, et quitta brusquement son ami

pour le retrouver. La joie de l'un fut aussi visible que
l'embarras de l'autre à cette rencontre inattendue. Monsieur Simon annonça même son départ pour le soir de ce
jour-là, afin de ne pas laisser à Yves les chances de le
revoir, que celui-ci tâchait de faire naître ; mais à l'approche d'Henri qui venait les rejoindre, monsieur Simon
balbutia une espèce d'excuse, et les quitta subitement.

— En vérité, mon ami, lui dit Henri, voilà une singulière connaissance pour le duc de Mauléon !

— Vous savez quel est cet homme ? s'écria Yves en prenant le bras d'Henri, et tellement sous l'influence de la
curiosité, qu'il n'avait pas remarqué le ton ironique qui
présidait à la question.

— Cet homme ! reprit Henri avec dédain, tout le monde
le connaît, et personne ne veut le connaître ; on l'évite
généralement avec autant de soin que vous semblez en
mettre à le rechercher.

— Qu'y a-t-il donc contre lui ? reprit avec inquiétude
monsieur de Mauléon.

— Ma foi ! je ne sais pas au juste, répondit avec un insouciant mépris Henri de Marcenay ; on dit qu'il s'est
mêlé aux scènes sanglantes de la révolution de 93 d'une
horrible manière... Je ne sais pas de détails, ni rien de
précis... mais, ce qui est certain, c'est qu'on le fuit comme
un homme odieux.

— Vraiment, Henri, dit Yves d'un ton sérieux, votre
insouciance et vos paroles me semblent un étrange contro-
sens.

— Est-ce qu'on a le temps de vérifier ce qui se dit dans
le monde ? Cet homme a l'air si honteux, si embarrassé,
qu'il justifie ainsi tout le mal qu'on dit de lui. D'où le
connaissez-vous donc ?

— Il m'a rendu un grand service.

— Cela ne m'étonne pas, il cherche les occasions d'être
utile... c'est un faiseur de belles actions. Mais, tenez, si,
au lieu d'employer son argent à soulager les pauvres, il
s'en servait pour amuser les riches, personne ne lui re-
procherait rien. — Yves voulut interrompre Henri, qui
ajouta avec une gaieté pleine d'amertume : — Il faut avoir
le courage de sa position : quand on est honteux de son
sort, de sa fortune ou de sa personne, on est méprisé ; il
vaut mieux, en vérité, un bon vice dont on se pare qu'une
vertu dont on rougit.

— Vous plaisantez, dit le jeune homme d'un ton de reproche.

— Je vous en citerais mille exemples : un tort grave,
un vice, un crime peut-être, pourvu qu'il ne soit pas du
ressort de la Cour d'assises, dont les bancs sentent le
peuple et sont de mauvaise compagnie, tout cela, mon
ami, porté effrontément, n'empêche, de notre temps, ni
de faire son chemin, ni d'être bien reçu partout.

— L'opinion publique, reprit Yves avec humeur, n'est-
elle donc pas une puissance ?

Henri répondit d'un ton plus sérieux :

— L'opinion publique, dans un temps de révolution, a
été si souvent égarée par les passions, qu'elle a perdu sa
force, comme tous les pouvoirs dont on abuse. Les habiles
la dirigent, les insoucians s'en moquent, et chacun dans
ce monde s'arrange à sa manière sans s'embarrasser des
autres. Prenez votre parti, mon ami, amusez-vous ; laissez les choses telles qu'elles sont ; ne vous affligez pas
ainsi que vous le faites des torts ou des erreurs des hommes ; profitez-en pour votre plaisir ; évitez les ennuyeux
moroses comme monsieur Simon ; ne faites pas de réflexions morales, c'est de mauvais goût ; et surtout ne
tentez pas aussi comme les autres votre petite révolte
contre la société : quand on arrive mal à propos, au lieu
d'être un héros, on est un don Quichotte.

C'était ainsi qu'Henri se faisait, pour Yves, une espèce
d'organe de ce que le monde a de décourageant, de petit
et de mesquin. La position du jeune homme était par
elle-même assez triste ; aucun avenir ne s'offrait à lui !
La société qui l'entourait était placée en dehors de tout,
et sa fortune étant très bornée, il fallait qu'il vécût inac-

tif, retiré, sans carrière pour exercer son intelligence, sans ce luxe qui ressemble presque à la gloire par l'éclat. Tout cela lui semblait insipide ; il tomba dans un ennui si profond que sa santé en fut altérée. Henri s'inquiéta, et voulut le distraire ; dans la jeunesse, avec le caractère ardent qu'avait Yves, si l'on ne fait pas de grandes actions, on fait de grandes folies : il faut donc se décider pour les dernières, les premières étant impossibles.

Parmi les nombreuses distractions que lui chercha Henri, se trouva celle de le faire recevoir au *Jockey's-club*.

Le Jockey's-club est une création nouvelle ou plutôt une importation anglaise, fruit du désœuvrement et de l'ennui, et l'asile des plus sottes vanités, celles de la naissance, de l'argent et de la folie.

Avant sa réception, Yves avait résolu pour sa fortune l'emploi dont avait parlé monsieur de Rhinville. Ses propriétés vendues lui avaient donné quatre cent mille francs qu'il comptait manger en quatre ans ; aussi le duc de Mauléon, jeune, beau, ennuyé, et extravagant pour échapper à l'ennui, fut-il reçu au Jockey's-club comme un naturel du pays.

Au milieu de Paris, au centre de l'activité, du mouvement et de la vie, dans l'endroit même où s'agitent mille intérêts et mille passions, sur un des boulevards où la foule inquiète se presse à toute heure, entre l'Opéra, la Bourse et les Tuileries, il est d'élégans et riches salons, où vit dans le plus complet désœuvrement, dans l'oisiveté la plus absolue, et dans l'indifférence entière de toute chose utile, la partie la plus jeune, la plus active et la plus vivante de cette population parisienne si vivante et si active. Il y a là des hommes dont l'intelligence fut cultivée dès l'enfance ; à qui la fortune assure l'indépendance, et qui passent leurs jours étrangers aux affaires du pays, où ils ont un rang, une famille, et où le sol leur appartient... Ils fument, jouent, s'habillent et parlent, donc ils font partie de l'espèce humaine : mais ils mettent leur vanité à savoir retrancher habilement de leur vie tout ce qui tient à l'intelligence et aux émotions de l'homme.

S'il y a parmi eux quelques hommes distingués poussés par la curiosité ; quelques amateurs de chasses et de chevaux qui cèdent à ce goût, délassement des gens occupés et occupation des gens désœuvrés ; s'il y a encore là de ces intrigans sans ressources qui trouvent pâture à exploiter des étourdis riches et oisifs ; s'il y a aussi quelques jeunes gens de la finance qui essayent de se donner ainsi un brevet d'aristocratie, et quelques autres moins opulens qui conservent dans leur apparence de luxe les habitudes économiques du commerce, et cherchent à être mauvais sujets et grands seigneurs au meilleur marché possible, la plupart de ceux qui composent cette folle réunion sont nés dans les premiers rangs de l'ancienne noblesse, possèdent de grandes fortunes, et ont reçu une brillante éducation. Pourtant ils oublient tout cela pour s'occuper exclusivement de ce qu'ils s'amusent à rendre la plus sotte chose du monde, leur personne ; ils se vantent de repousser tout plaisir où la pensée serait pour quelque chose, passent gravement des heures entières à discuter la forme d'un gilet, le nœud d'une cravate, la coupe d'un habit ; à parler d'un jockey, d'un cheval, et à chercher le moyen d'attacher leurs anciens noms historiques à quelque bizarre absurdité, genre d'illustration dédaigné de leurs aïeux. Il y en a qui aventurent toute leur fortune sur des cartes, sans aimer le jeu ; d'autres qui se ruinent pour une danseuse qui leur déplaît ; quelques-uns risquent leur vie pour une course de chevaux, et celle des autres dans un duel sans en vouloir à personne ; tous se vantent d'être blasés sur les plaisirs, indifférens à ce qui fait battre noblement le cœur, et insensibles aux passions ; mais ils boivent à perdre la raison, font des excès à s'abrutir, et prétendent qu'à trente ans ils se tueront. Hélas ! ils ne garderont pas même l'énergie nécessaire à ce dernier acte de folie, et leur intelligence ne pourra plus comprendre alors qu'ils

ont usé tout ce qui existait en eux pour les années sérieuses et grandes de la destinée de l'homme.

Eh bien ! ces hommes si nuls, si insoucians, si frivoles, si absurdes, vous croyez peut-être que c'est la raison, l'esprit, la volonté, la force qui leur manquent ? Non. Ce qui leur manque, c'est la place pour employer tout cela.

Car s'il était possible qu'à la fin d'une de ces journées remplies par tout ce que le mauvais goût peut inventer de plus singulier ; quand le jeu s'est lassé de faire quelques victimes sans regrets et quelques heureux sans joie ; quand le plaisir s'est envolé de fatigue ou de dégoût, et que les dernières lueurs de raison viennent de s'éteindre dans l'ivresse, ce dernier degré de l'abrutissement, s'il était possible qu'un homme, comme Napoléon par exemple au temps où sa grandeur éblouissait le monde, ou bien tout autre chef dont la gloire eût constaté la puissance, s'il était possible qu'il parût tout à coup au milieu de ces jeunes fous, et qu'il leur dît :

« A l'extrémité de la France la plus éloignée de Paris, et plus loin encore de ses plaisirs et de ses idées par les habitudes que par la distance, il est une ennuyeuse petite ville où l'on ne sait pas même qu'il existe un Opéra, et où rien ne rappelle la vie brillante, pleine de luxe et d'élégance, à laquelle vous êtes habitués ; là, il est un poste dangereux où il faut avant le jour veiller à ne point se laisser surprendre, après avoir pendant la nuit interrompu son sommeil pour s'occuper de sa sûreté ; là on a, à chaque heure, à chaque instant, la chance d'être tué ; mais si l'on y porte courage, sang-froid et présence d'esprit, on peut sauver la France, et au retour on aura dans les premiers rangs de l'armée le droit de consacrer sa vie à de nobles dangers ; »

Eh bien ! il n'en est peut-être aucun, parmi ces jeunes extravagans, qui ne disputât un tel honneur, acheté par tant de périls, et qui ne sortît avec transport de sa vie indolente et dissipée pour cette vie glorieuse et pénible.

Car tous avaient été amenés là par quelques raisons semblables à celles qui y conduisaient Yves de Mauléon ; mais ils n'en convenaient ni entre eux, ni devant personne, ni peut-être avec eux-mêmes, et Yves de Mauléon fit comme eux.

Quatre ans se passèrent ainsi pour lui à se distraire de son ennui par des folies, à user ses facultés dans des excès : au bout de ce temps, il avait perdu un peu de son esprit, un peu de sa délicatesse, et un peu de son énergie ; mais il trouvait qu'il avait fait un bon marché en payant la perte de tout cela quatre cent mille francs.

La marquise de Fontenay-Mareuil avait deviné toutes ses pensées et appris toutes ses actions ; ses avis n'avaient pas été écoutés dans les jours de folie ; sa douleur fit plus d'effet dans les jours de regrets. D'ailleurs Yves, ayant usé une partie des forces de son caractère, céda plus facilement à la volonté de sa mère.

Il ne lui restait plus que deux partis à prendre : un mariage ou un coup de pistolet ! L'un ne le tentait guère plus que l'autre ; mais sa vieille mère était à ses pieds, pleurant, il la laissa disposer de son sort.

Peu de temps avant cette époque, le notaire de la famille était venu dire un jour à madame de Fontenay-Mareuil : « Votre petit-fils, monsieur le duc Yves de Mauléon, est entièrement ruiné, voulez-vous lui faire épouser une personne qui aura quatre millions ? Un de mes amis, un monsieur Simon, est lié avec la mère de cette jeune fille, et se charge de tout arranger. »

Voilà comment monsieur le duc Yves de Mauléon s'était décidé à se marier, et pourquoi il était venu voir au couvent sa prétendue, mademoiselle Gabriel Rémond.

IV

CONFIDENCES DE JEUNE FILLE.

Dès que la marquise de Fontenay-Mareuil avait eu quitté le salon avec son petit-fils et le comte de Rhinville, le jour de l'entrevue, madame Rémond avait poussé un gros soupir de satisfaction qui pouvait se traduire ainsi : « J'espère que je me suis tirée avec honneur d'une situation difficile, et qu'ils doivent tous être aussi contens de la future belle-mère, que de la mariée et de la dot... » et ce fut sans doute pour que l'approbation de Gabrielle vînt ajouter à sa joie, qu'elle lui adressa un :

— Eh bien ! mon enfant ? qui semblait attendre un éloge, mais l'éloge ne vint point.

La jeune fille était pensive; elle répéta machinalement :

— Eh bien ! maman ? et garda le silence. Sa curiosité commençait enfin à s'éveiller sur ce mariage si important aux yeux de sa mère, et jusqu'à ce moment si indifférent aux siens.

— Voilà un mariage arrangé ! reprit gaiement madame Rémond; j'ai vu que c'était affaire conclue; j'en étais presque sûre, ajouta-t-elle en jetant un coup d'œil sur sa fille et ensuite sur elle-même... du moment que l'entrevue avait lieu !... Et le sourire de satisfaction, de confiance et d'orgueil de la riche madame Rémond montrait tout ce que la fortune peut donner de vaniteuse assurance. — Pourtant, mon enfant, continua-t-elle, il ne faut en parler à personne, car, tant que le prêtre et le notaire, comme on dit, n'y ont point passé, un mariage peut manquer; et ceux qui nous envieraient une si belle alliance seraient trop heureux de se moquer de nos espérances, si elles ne se réalisaient pas. Il faut donc être discrète avec toutes les petites compagnes... et qu'aucune d'elles ne sache rien avant que tu sois tout à fait duchesse.

Madame Rémond n'aurait pas fait cette recommandation à sa fille, que Gabrielle, jusque-là si confiante, si étourdie et si expansive, n'eût point pensé à initier ses compagnes de ses bruyans enfantillages aux sérieuses rêveries qui s'étaient fait à coup emparées de sa pensée.

Cependant ces nouvelles impressions éveillaient avec elles dans l'âme de la jeune fille une curiosité involontaire; elle chercha Elénore, la plus réfléchie des jeunes filles, celle dont le séjour dans le monde avait dû developper un plus grand nombre d'idées, et, pour la première fois, elle la chercha, non plus pour la distraire par quelques folies de ses méditations rêveuses, mais pour essayer de découvrir ce qui faisait naître ses rêveries, et peut-être pour y trouver une explication aux idées vagues et inconnues qui venaient l'assaillir.

Dès que madame Rémond, ayant embrassé sa fille avec plus de tendresse encore qu'à l'ordinaire, eut pris le bras de monsieur Simon pour sortir de la maison, Gabrielle alla donc bien vite demander Elénore. Elle avait oublié l'accident causé par son étourderie, et elle apprit avec autant d'étonnement que de chagrin qu'il s'était passé longtemps avant qu'Elénore reprît connaissance, et qu'elle n'était pas entièrement remise de son indisposition. Elle courut aussitôt dans sa chambre, et, à sa grande surprise, elle la trouva tout en larmes; mais cet événement contribua à assurer le secret de Gabrielle sur la visite qu'elle venait de recevoir. Elénore ignorait complètement que les personnes qu'elles avaient vues ensemble au salon eussent été revues depuis par son amie; elle ne lui en parla donc pas, et Gabrielle, qui craignait des reproches ou des questions, fut charmée de ce silence; son désir de rester près d'Elénore s'en accrût, les jeux bruyans ne la tentèrent

point, et elle s'installa à côté de son amie, qui la laissa faire par une espèce de condescendance. Ordinairement la turbulente enfant ne souhaitait la mélancolique jeune fille que pour opposer en contraste sa vive gaieté à la douce tristesse de son amie; et l'autre laissait agir les distractions sans les chercher et sans les repousser. C'était une complaisance presque maternelle qui semblait céder aux jeux de l'enfance plutôt par indulgence que par plaisir. Elle consentit donc à laisser Gabrielle près d'elle, plutôt qu'elle ne désira sa société. Au reste, il en était ainsi de toutes les choses pour Elénore; posée à côté de cette joyeuse vie d'enfant, de ces amusemens et de ces naïfs chagrins, elle ne prenait aucune part ni aux uns ni aux autres. Le bruit lui causait à peine une distraction; la folle gaieté faisait à peine passer sur son pâle visage un léger sourire, s'effaçant si vite qu'on devinait que cette joie passagère restait toute à la surface et n'allait pas jusqu'à son cœur; de même, les petites espiègleries les plus mutines, au nombre desquelles on comptait Gabrielle, la contrariaient quelquefois, sans jamais l'impatienter.

C'était une indifférence bien complète pour toutes choses, mais sans aigreur et sans caprice. Peut-être cette insouciante complaisance avait-elle contribué à l'attrait qui poussait vers elle la plus capricieuse de ces jeunes filles. Gabrielle aurait pu souvent exciter l'impatience d'une autre, et elle aimait Elénore pour sa douce résignation à toutes ses fantaisies.

Mais, en ce moment, où mille pensées nouvelles venaient tout à coup de germer dans la jeune tête de la sauvage enfant, un instinct incompréhensible lui avait fait soupçonner que cette complète indifférence d'Elénore pour tout ce qui se passait autour d'elle venait peut-être d'un intérêt qui absorbait son âme tout entière dans les choses inconnues aux paisibles habitans de la retraite où elle vivait, et ce fut un attrait nouveau, plus vif que le premier, qui l'entraîna vers la jeune rêveuse.

— Elénore, viens avec moi — dit-elle, en prenant la main de son amie, qui d'abord la laissa faire, se leva, et la suivit par habitude, mais qui s'arrêta tout à coup, se rappelant sans doute les suites récentes de sa complaisance. Gabrielle sourit. — Oh ! ne crains rien, dit-elle, nous n'allons qu'au jardin. Les pensionnaires sont rentrées, tout le monde est parti, nous sommes seules; le jour baisse, l'air est doux, et l'on souffre à être ainsi renfermées. Viens nous asseoir tout au fond de la sombre allée que tu aimes tant.

Et, sans attendre de réponse, elle marcha vers la porte, et Elénore la suivit. Elles n'étaient ni l'une ni l'autre assujetties aux habitudes intérieures qui retenaient les élèves : l'âge d'Elénore, qui avait vingt ans, et son séjour momentané dans la maison, de même que la grande fortune et le caractère de Gabrielle, avaient établi pour toutes deux une liberté dont il était d'ailleurs impossible qu'elles fissent un bien dangereux usage, puisqu'elles se bornaient à parcourir seules la maison et les jardins à l'heure où personne du dehors n'y pouvait pénétrer.

Elles arrivèrent donc ensemble dans le fond d'une allée, et s'assirent sur un banc de gazon, toutes deux pensives cette fois ! Ainsi près l'une de l'autre, Gabrielle dépassait Elénore de la moitié de la tête; ses cheveux noirs et ses vives couleurs faisaient le plus frappant contraste avec la tête blonde et la figure décolorée de sa jeune amie, qu'elle avait attirée doucement contre la sienne en la forçant de s'appuyer sur son cœur.

— N'es-tu pas bien là, Elénore? disait Gabrielle, qui semblait protéger par sa force physique la faiblesse de sa compagne : car la sauvage fille du peuple avait, en effet, des formes qui annonçaient un précoce développement. Si sa taille était très mince à la ceinture, sa poitrine large, ses épaules bien placées, ses bras déjà un peu forts quoique ses mains et ses pieds fussent excessivement délicats, le son argentin de sa voix, ses sourcils prononcés et se rapprochant de ses yeux transparens, ses vives couleurs qui s'augmentaient ou s'effaçaient à la plus légère impression physique ou morale, tout annonçait une de ces vigoureuses constitutions qui n'ont jamais été étiolées par l'air des salons, ni comprimées ou tourmentées par aucune de leurs lois et de leurs idées. Le feu de ses regards et la mobilité de sa physionomie apprenaient en même temps que ce beau corps, si bien développé, renfermait une nature aussi puissante au moral qu'au physique, et que l'âme devait être aussi énergique que les formes qui la recouvraient.

Au contraire, la mignonne Elénore avait déjà sur sa délicate figure, avec toute l'apparence de la faiblesse, la trace de ces regrets et de ces douleurs qu'apportent les relations avec le monde, douleurs qui sont rendues plus cruelles par la nécessité de les lui cacher ; et c'étaient ces traces légères de chagrins ignorés et de pensées inconnues que Gabrielle voulait sonder à l'insu de son amie. Pour la première fois elle essayait d'apprendre quelque chose de la vie ; car, pour la première fois, l'insouciante enfant commençait à se douter qu'elle ignorait quelque chose.

— Elénore, disait la jeune curieuse, raconte-moi donc comment se sont passées pour toi les années où tout le couvent et tes anciennes amies te regrettaient ? dis-moi pourquoi tu les avais quittées ? pourquoi, à ton âge, à l'âge où l'on n'est plus enfant, tu es revenue chercher une vie enfantine qui te convient si peu ? — Elénore la regarda avec surprise. — Tu t'étonnes de mes questions ? — reprit Gabrielle ; mais ne devrais-tu pas bien plutôt t'étonner que je ne te les ai pas déjà faites ? Elénore, sais-tu que plus d'une fois, pendant que tout était bruit et joie autour de toi... tu restais là pensive et regardant sans voir ? Lorsque j'allais te faire juge de nos jeux ou arbitre de nos discussions, tu ne savais ce que je voulais te dire, tu étais près de nous les yeux attachés sur ce qui t'entourait, mais tu n'avais rien vu. Où était donc ta pensée ? Que regrettais-tu ? Et qui donc remplissait tout ton cœur pour qu'il fût si insensible à mon amitié ?

— Qui ? reprit Elénore en regardant sa compagne avec inquiétude, comme peut-être Gabrielle ne l'interrogeait ainsi que parce qu'elle avait déjà découvert quelques raisons à son insouciance et à sa rêverie ; et cette idée colora sa pâle figure d'une légère nuance de rose.

— Oui, qui ? — dit en riant la jeune fille ; car voilà déjà que je sais que c'est quelqu'un ! mais ne crains rien, Elénore, je ne suis plus une enfant ; je viens d'avoir seize ans, et maman dit qu'elle veut me marier bientôt. Une femme mariée c'est quelque chose de très raisonnable, j'espère... et tu me devras du respect !..... mais je t'en tiendrai quitte pour de l'amitié..... si tu as eu confiance en moi maintenant.

Elénore la regarda avec attention, et le drôle de petit air imposant que voulait prendre alors la figure enfantine de la future mariée fit sourire sa rêveuse amie. Dans la jeunesse, la tristesse même est gracieuse ; l'orage brise quelquefois les fleurs, mais en tombant elles sont encore jolies. Les regrets d'Elénore ne l'empêchaient pas d'éprouver quelquefois encore une douce gaieté, et la laissaient toujours charmante.

— Je te respecterai déjà si tu veux, Gabrielle ; mais je ne t'attristerai jamais ! Ce serait dommage, ajouta-t-elle en riant.

— Ne dirait-on pas que la vie se compose seulement de malheur, reprit gaiement Gabrielle ; que le monde est rempli de précipices ! que l'on ne peut faire un pas dans les salons sans tomber dans un abîme ! Va... quand j'arriverai là aussi, moi, je marcherai paisible et sans soucis, comme dans le parc d'Arnouville : j'espère bien m'en tirer comme des buissons d'églantiers, au milieu desquels je courais avec tant d'adresse que je n'attrapais jamais une égratignure ! toi, je parle de toi, tu y aurais laissé la moitié au moins de ta toilette, et un peu de ta personne ! Avec ton air raisonnable et calme, tu vas toujours sans voir, et, avec mon étourderie, moi, rien ne m'échappe.

Elénore la regarda encore en souriant.

— C'est possible ! dit-elle ; mais crois-moi, Gabriel-le, il est des choses qu'on ne peut ni prévoir ni éviter... Il faut alors plier sa tête sous la douleur, ne point lutter contre la destinée, et peut-être, ajouta-t-elle avec un soupir, la résignation nous compterà-t-elle comme une vertu.

Gabrielle était d'une nature si vive et si impressionable que toutes les émotions se communiquaient subitement à elle... Attendrie à ces mots, elle pressa avec affection Elénore contre son cœur, et rien n'était plus gracieux que ces deux charmantes jeunes filles ainsi groupées ; toutes deux vêtues de blanc, toutes deux belles de beautés différentes, et toutes deux se communiquant tour à tour leurs joyeuses ou mélancoliques impressions ; Elénore souriant à la gaieté de Gabrielle, Gabrielle s'attendrissant à la rêverie d'Elénore, sans qu'elles sussent pourquoi dans ce moment plus que dans aucun autre l'une était disposée à la gaieté, l'autre à la tristesse.

Elénore, avec un sourire mélancolique, regarda longtemps la figure de Gabrielle avant de dire :

— Tu es jolie... très jolie !

Gabrielle se mit à rire :

— Jolie ? dit-elle, sans avoir l'air d'attacher plus de sens à ce mot qu'elle n'en attachait, le matin même de ce jour, à celui de mariage. Mais tout à coup elle reprit un air sérieux, et ajouta : — Tu me trouves jolie, Elénore, parce que tu m'aimes ; mais quelqu'un qui me verrait pour la première fois, crois-tu qu'il me trouverait jolie ?

— Sans nul doute, répondit Elénore.

— Et quand on est jolie, on vous aime ? — demanda Gabrielle.

— Oui... les hommes, — dit en riant Elénore ; car les femmes, au contraire, vous détestent.

— Ah ! tu me détestes donc, toi ? — reprit Gabrielle en riant.

— Oh ! c'est différent... je parle des femmes du monde... des femmes mariées qui veulent plaire à tous, ou bien qui aiment quelqu'un... Vois-tu, moi qui t'aime tant, eh bien ! il y a... une personne...

Elle s'[....] ; Gabrielle ajouta :

— A qui... ne me pardonnerais-tu pas de vouloir paraître jolie, n'est-ce pas ?

— Peut-être ! — dit Elénore en soupirant : mais pourtant qu'importe !

Gabrielle vit un nuage passer sur le front de son amie, et se baissa pour y déposer un baiser.

— Chère Elénore ! reprit-elle avec tendresse : toi aussi tu seras heureuse, tu seras aimée ; car tu es bien jolie et bien bonne.

— Heureuse ! reprit tristement la jeune fille ; je ne l'ai jamais été... Sais-tu que je ne me souviens de rien avant l'époque où l'on me mit dans ce couvent ? J'étais encore enfant, je n'avais plus de mère... et monsieur Simon...

— Monsieur Simon ? interrompit Gabrielle étonnée : c'est aussi monsieur Simon ?

— Jamais, dit Elénore, je n'avais vu que lui prendre intérêt à mon sort, jusqu'au jour où ce fut lui encore qui vint me chercher, il y a trois ans, pour m'emmener hors d'ici. Jamais un père n'eut pour sa fille une plus vive tendresse que celle qu'il me montre chaque jour ; mais, en vérité, je crois que son amitié porte malheur.

— Que dis-tu ? s'écria Gabrielle effrayée.

— Ne crains rien, toi, Gabrielle, dit Elénore en souriant ; tu as de quoi conjurer les mauvais sorts : ton caractère d'abord, une bonne mère ensuite, et une immense fortune ! Moi je n'ai rien de tout cela.

— Mais tu as une amie, Elénore, reprit Gabrielle ; une amie à qui ton bonheur est devenu nécessaire, et si, à toi seule, tu n'as pas pu l'arranger, eh bien ! ce sera sûrement plus facile à présent que nous serons deux pour cela.

— Gabrielle, dit avec reconnaissance Elénore, tu as toujours été bonne, mais il y a aujourd'hui en toi quelque chose de tendre et d'affectueux que je ne t'avais jamais vu ; je t'aimais comme une aimable enfant, et, dans ce moment, je t'aime comme une sœur à qui je puis ouvrir toute mon âme ; car tes paroles me font du bien, et je sens que je puis pleurer près de toi.

— Oui, reprit Gabrielle, ce jour marquera dans une amitié qui sera de toute la vie. Écoute ; voici une petite bague que trois années déjà ont vue constamment à mon doigt, mets-la au tien, qu'elle te rappelle à chaque instant que tu as une amie sur qui tu peux compter à jamais.

Éléonore était émue...

— Oui, dit-elle, je la garderai.... et, séparées ou ensemble, elle restera là... seulement elle te reviendra un jour... Quand je sentirai la mort s'approcher, je te la rendrai, et tu la porteras ensuite pour l'amour de moi.

Elles s'embrassèrent tendrement. Éléonore essuya une larme et continua :

— Il y a trois ans, monsieur Simon vint ici, un matin, pour me chercher ; j'avais dix-sept ans, et je savais qu'à cet âge je devais quitter le couvent. Au moment de sortir, monsieur Simon me dit : « Vous n'avez plus de mère, Éléonore ; mais votre père existe, et, s'il ne s'est pas fait connaître à vous, c'est que la destinée de sa fille est ce qu'il a de plus cher au monde, et qu'il vaut mieux pour cette fille chérie que le nom de son père lui reste encore inconnu. » Heureusement ces derniers mots laissaient un espoir dont je me fis une consolation, et je demandai à cette ignorance sur ma famille durerait longtemps. « Dès que votre sort, répondit monsieur Simon, sera assuré par un bon mariage, votre père ne se refusera plus au bonheur d'embrasser son enfant, et, en attendant, il veut que votre vie offre assez de distractions et de plaisirs pour que vous n'ayez aucun regret. Il a voulu même que, dans le monde où vous allez entrer, vous eussiez pour appui une personne qui vous est déjà connue, dont l'âge se rapproche du vôtre, et qui fut votre compagne dans la maison que vous quittez. » En effet, Gabrielle, c'était chez une personne élevée ici, et que j'y avais vue quand j'étais tout enfant, que monsieur Simon me conduisait.

» Cette femme, oh ! ma chère Gabrielle, permets-moi de te cacher son nom ; je puis te confier mes secrets, mais non te dire ceux d'une autre. Elle se trouve tellement liée à mes chagrins que je serai obligé de la mêler à mes récits, et, quoique sans doute tu ne doives jamais la connaître, je ne te la désignerai que par un nom de baptême, par le nom... de... Rose.... qui est un de ses noms, et qui vraiment lui était dû, car rien n'était plus frais que sa beauté deux ans auparavant... Il est vrai que, depuis cette époque, ses couleurs et sa gaieté avaient disparu... elle se plaignait de sa santé... peut-être pour cacher un autre mal qu'elle ne voulait pas avouer, et qui détruisait sa jeunesse avant le temps.

» Rose, lorsque j'arrivai près d'elle, avait à peine vingt-sept ans ; son mari en avait plus de soixante ; ses habitudes, plus encore que son âge, le faisaient vivre souvent loin de sa femme, et au milieu de relations qui n'étaient pas les siennes ; elle souhaitait une compagne... une amie... et monsieur Simon, qu'elle voyait quelquefois, avait arrangé notre réunion. En moi, Gabrielle (et ce sera sûrement la même chose pour toi, c'est un défaut ou une qualité de femme), eh bien ! en moi, tout est attrait involontaire ; mon cœur se sent pris ou repoussé à la première vue, et tous les raisonnements possibles ne peuvent me faire vaincre ma répugnance ou détruire ma sympathie.

» Rose excita vivement la mienne ; son accueil fut affectueux ; elle semblait éprouver pour moi ce que je sentais pour elle ; nous devinmes en deux amies intimes ; son expérience du monde m'éclairait sur mille choses, et je passai ainsi deux années délicieuses, qui me parurent aussi être douces et bonnes pour elle, malgré le fond de mélancolie et de regret que renfermait son âme.

» Son chagrin commençait à devenir de la rêverie ; elle semblait même résignée ! Voici ce que sa confiance m'avait appris, avec mille détails qu'il serait trop long de te dire : Rose, entourée de toutes les séductions qui assiégent une jolie femme dans le monde, avait longtemps résisté ; mais un homme, aussi distingué de cœur et d'esprit que de manières, était devenu l'objet de toutes ses affections. Son nom, elle ne voulut pas me le dire ; les raisons qui l'éloignèrent d'elle, peut-être ne pouvait-elle pas me les confier, peut-être n'en existait-il pas, car souvent elle répétait : « Ce sentiment qu'on appelle l'amour cesse sans motif comme il naît sans raison : placer le bonheur de sa vie sur une base aussi fragile, c'est la jouer sur un coup de dé, et quand on a perdu, Éléonore, ajoutait-elle, on ne doit accuser personne que soi. »

» Chaque jour on la voyait dans les salons, dans les spectacles ; elle s'occupait de la peinture et de la musique ; sa vie était celle de toutes les femmes ; mais je surprenais sans cesse une pensée intime qui se plaçait à côté de tout pour en ôter la joie. Un mot, un soupir, un regard qui échappait aux autres, me révélait toute une souffrance dont je cherchais souvent à la distraire à son insu, et sans m'expliquer. La plaie était encore trop douloureuse, il ne fallait pas y toucher.

» Souvent elle me parlait de mon avenir, jamais du sien. Quand je l'interrogeais, elle répondait : « Pour moi tout est fini... mais, toi, mon Éléonore ! Il faut que tu sois heureuse ! il faut que tu choisisses librement, avec toutes les lumières de ta raison, les conseils de mon amitié, et l'instinct de ton cœur, un homme jeune dont l'âme ait encore de douces illusions, dont l'intelligence éclairée t'inspire la confiance, dont le caractère doux et sage te donne l'espoir d'une vie douce et paisible ; il faut surtout qu'il te plaise dès le premier aspect, que ton cœur batte en le voyant, que tu éprouves ce qu'aucun autre n'a fait naître en toi ; cela, vois-tu, c'est l'amour ! »

— Que dis-tu ! s'écria Gabrielle interrompant son amie... le trouble, l'intérêt... la crainte qu'on ressent tout à coup... c'est l'amour ?

Éléonore voulut la regarder, mais la soirée s'avançait, elle ne distingua plus le visage doux et confus de Gabrielle ; elle sentit seulement que sa main avait vivement pressé la sienne :

— Est-ce que tu sais cela, toi ? dit-elle.

— Je ne sais rien, dit Gabrielle en riant, mais je veux savoir ! Et ton amie, la femme de vingt-sept ans qui savait... l'apprit donc à quoi tu reconnaîtrais celui que tu devais aimer ? le rencontras-tu bientôt ?

Éléonore reprit :

— Trop tôt, puisqu'il ne m'était pas réservé de passer ma vie près de lui. Il y a des biens qu'il faut ne jamais connaître ou regretter toujours ! Ma fortune consiste en dix mille livres de rente le jour de mon mariage ! Je savais que cela ne suffit pas à la vie dispendieuse des plaisirs et des fêtes, mais que c'est assez pour vivre modestement et sans soucis dans les douceurs d'une vie intime. On m'avait dit : Choisis ! Nous ne recevions que des hommes bien élevés ; plusieurs déjà avaient demandé ma main ; mais nul ne m'avait plu ! J'attendais donc avec beaucoup de calme ; j'étais contente.

» Je suivais Rose dans les fêtes et dans les bals, où je restais avec elle à recevoir du monde. Son mari nous accompagnait quand ses loisirs ou ses infirmités le lui permettaient. Quelques autres personnes venaient aussi avec nous ; rien de particulier ne distinguait notre existence de tous les jours de celle des autres femmes riches. Rose était d'une ancienne famille ; pauvre, elle avait épousé un ancien receveur-général ; elle voyait donc la haute finance et le faubourg Saint-Germain, bien moins séparés qu'on ne pense. Tout ce qui est au premier rang en tout genre a une espèce de confraternité : les premiers parmi les plus riches, les premiers parmi les plus nobles, les premières réputations dans la politique, dans les arts et dans les lettres, sont un monde à part qui se tient : ce n'est que dans les rangs secondaires que le monde se divise en coteries qui s'appellent sociétés ou partis.

» Rose aimait p . librement les fêtes nombreuses, peut-être parce qu'on y échappe mieux à l'attention qui parfois s'attachait trop sur elle. Souvent elle apportait au milieu de ces fêtes une élégante et riche parure ; son visage montrait un désir ou une espérance de succès ; son esprit était brillant et animé ; tous les regards se fixaient sur elle ; tous les vœux tendaient à lui plaire... et tout à coup elle s'arrêtait, son sourire disparaissait : pâle, muette et glacée, elle quittait le bal sans un mot ou un regard pour ceux qui l'entouraient, pour qui elle était aimable, qui croyaient l'être à ses yeux ; et ils restaient stupéfaits d'une indifférence qui leur paraissait au moins singulière, et qu'ils ne lui pardonnaient pas.

» Un jour, nous étions ainsi venues à un bal, elle brillante sans joie, moi joyeuse sans envie de briller. Cette fois, son visage resta radieux toute la soirée, et les hommages les plus empressés l'entourèrent. Je crus enfin avoir deviné son secret, et ma surprise fut grande, je l'avoue ; rien n'expliquait pour moi sa constante gaîté que les assiduités d'une seule personne, il fallait bien penser que cette personne était l'objet des vœux et des regrets qu'elle gardait depuis si longtemps : tout alors sembla s'expliquer naturellement.

» Tu ne sais pas encore, Gabrielle, qu'il est une puissante divinité à qui chacun sacrifie dans le monde, c'est la vanité. Te dire comment une chose indéfinissable, sans plaisirs positifs pour l'esprit, sans douceur pour l'âme, sans jouissances matérielles d'aucun genre, l'emporte sur tout, c'est impossible ! Il faudrait analyser je ne sais quel désir de triompher des autres, je ne sais quelle bizarre idée de leur paraître au-dessus de ce qu'on est ; enfin il faudrait l'apprendre mille subtilités qui te sont inconnues, pour établir les droits incontestables de ce pouvoir qui dirige paroles, actions et pensées dans la société, et, ne pouvant t'en expliquer les causes, je veux te dire un de ses effets.

» Dans ces fêtes que cherchent les jeunes femmes avec tant d'avidité, ce qui semblait offrir un but constant à toutes leurs coquetteries, c'était un jeune prince étranger, souverain d'une de ces petites cours d'Allemagne dont les honneurs héréditaires et le solennel ennui s'échangent parfois contre les joyeux amusemens et les succès des salons de Paris. Il oubliait volontiers sa puissance pour ses plaisirs. Qu'il eût été aimé d'une, ou même de quelques-unes, on eût supposé que l'amour les entraînait vers lui.

» Mais toutes ! mais que celles qui étaient irréprochables avant de le voir, mais que celles qui aimaient ailleurs, que toutes enfin se jetassent sur ses pas, voilà ce que Rose avait cent fois blâmé comme un désir de vanité et non d'amour, et je la voyais là enivrée des hommages de ce même prince ! Il est vrai que j'attribuai bientôt ses épigrammes contre la conduite des autres femmes à une rivalité jalouse, et je vis dans les soins que le prince lui rendit un retour aux sentimens qu'elle avait tant regrettés. L'air de triomphe avec lequel elle prit la main qu'il lui offrit pour danser, le bonheur qui brillait dans ses yeux, tout annonçait un espoir réalisé, une joie vive et complète qui ne laissait plus aucune arrière-pensée de chagrin.

» Mais je comprenais aussi comment une conquête si enviée avait dû lui être disputée ; comment le jeune prince avait pu oublier longtemps : il avait tant à penser ! Je m'effrayais seulement, et je la voyais là, sur les visages des autres femmes exprimaient l'envie, le dépit, la colère, et je devinais qu'un tel amour devait donner plus de crainte que d'espérances.

» Rose ne paraissait plus rien redouter. Conduite encore par le prince au moment de passer à table pour le souper, elle s'arrêta devant moi, et, me désignant un jeune homme debout à mon côté, et qui venait de la saluer : « Elénore, me dit-elle, je te présente monsieur...» Oh ! Gabrielle, je

ne veux pas, je ne peux pas non plus te dire son nom, s'écria la jeune fille d'une voix troublée.

— Enfin ! c'est donc lui ! dit Gabrielle en frappant ses petites mains l'une contre l'autre ; voici le héros de ton cœur ! Sais-tu que j'étais impatiente de le voir arriver ? Tu ne veux pas dire son nom ? eh bien, soit ! mais donne-lui-en un au moins... Albert, Alfred, Arthur, Fernand ou Yves...

— Yves ? répéta Elénore d'une voix singulière.

— Pourquoi pas ? ce nom est joli, simple et peu commun : moi je l'aime ! ainsi appelle-le Yves... pour me faire plaisir.

— Comme tu voudras, reprit la jeune fille un peu émue. Rose me dit donc : « Voilà monsieur... Yves... une ancienne connaissance, que je revois aujourd'hui pour la première fois depuis des années de séparation. » Et, se tournant vers lui : « Je vous présente ma meilleure amie, monsieur, lui dit-elle.»

» Il y avait dans l'inflexion de sa voix quelque chose d'extraordinaire qui me fit croire à une intention cachée. Je regardais donc celui qu'elle semblait désigner à mon attention !... Je ne te dirai rien de ses traits réguliers, de sa belle taille, de ses manières charmantes. Dès le premier moment, il fut pour moi beau comme celui qu'on aime, c'est tout dire.

» Que puis-je t'apprendre après cela, Gabrielle ? Il vint dès le lendemain chez Rose ; nous le retrouvâmes dans le monde, au spectacle, chez elle, presque chaque jour. C'était une foule d'émotions nouvelles, de plaisirs indicibles dès qu'il était là... Il ne me parlait pas d'amour, mais il ne parlait qu'à moi ; c'était à moi à qui son bras était offert, qu'il priait à danser, qu'il écoutait chanter, qu'il cherchait partout.

» Deux mois se passèrent ainsi : Rose, toujours folle de joie, brillante de parure, se montrant à toutes les fêtes, et y étant toujours la plus recherchée et la plus entourée. Enfin c'était la femme à la mode pour cet hiver-là, grâce aux assiduités du jeune prince... car un amour de prince est, à ce qu'il paraît, une espèce d'enseigne qu'on met à sa beauté pour attirer la foule.

» Depuis un jour où elle lui avait montré, dans un bal, un bouquet de roses qu'elle tenait à la main, en lui disant : « C'est mon nom ! » le prince témoignait un goût particulier pour ces fleurs, et nous ne les rencontrions jamais qu'il n'en eût une à la main ou à la boutonnière. Tout le monde le remarquait, et rien n'était aussi public que ce mystérieux amour.

» Moi, je ne voyais partout que monsieur Yves, et je ne doutais pas que Rose ne désirât qu'il en fût ainsi : pourtant je voulais enfin lui faire la confidence de mon cœur, et lui parler amour à mon tour ; mais, le croirais-tu ? le tourbillon dans lequel nous vivions ne me laissait pas un instant seule avec elle... peut-être aussi voulait-elle m'en éviter l'occasion ; car elle était toujours sortie quand je la cherchais dans la matinée, et, plus tard, il y avait toujours du monde. J'éprouvai donc une grande joie quand on annonça le départ pour la campagne, où Rose n'allait plus depuis quelques années, et où elle voulait cette fois se fixer de très bonne heure... Parmi les personnes invitées, était monsieur Yves... Je crus encore comprendre le projet de Rose ; hélas ! ma chère, je m'étais trompée sur tout : il n'y avait de vrai que mon amour.

— Comment cela ? demanda Gabrielle étonnée ; sais-tu que ta Rose, avec son mari, son prince, et peut-être encore l'envie de plaire à monsieur Yves, me semble une inconcevable personne, que je ne puis pas souffrir ? Je suis sûre que c'est elle qui a causé tous tes chagrins.

— Ah ! reprit tristement Elénore, ce fut ma faute et non la sienne. Rose n'aima jamais qu'une seule personne, qui ne l'aimait plus, je crois ; mais qui peut connaître ce qui se passe dans le cœur d'un homme ? Gabrielle, tu ne sais pas qu'il y en a qui sont capables d'aimer plusieurs femmes à la fois.

— Oh ! ce n'est pas possible ! dit naïvement Gabrielle.

— Cela s'est vu, continua la jeune fille qui avait plus d'expérience, ou du moins ils le disent à chacune avec autant de vivacité et un air aussi sincère que si cela était parfaitement vrai.

— Mais alors, comment peut-on reconnaître la vérité ? demanda l'enfant qui voulait s'instruire.

— Je ne sais pas trop, répondit Eléonore incertaine : mais monsieur Yves m'avait convaincue de son amour sans parler.... Il ne doit donc pas être difficile de tromper avec des paroles.

— Comme c'est inquiétant ! se dit à elle-même Gabrielle pensive.

Eléonore reprit :

— Depuis quelques jours nous étions arrivés à cette terre, et je commençais à croire que nous y serions encore plus rarement ensemble qu'à la ville. Déjà on attendait le jeune prince, et l'on préparait une fête pour le surprendre le lendemain à son arrivée ; il devait venir du monde des environs ; la société du château s'augmentait de quelques personnes de Paris, et le mari de Rose était arrivé. Je pensai qu'une fois ce surcroît d'hôtes installés, il me serait encore plus difficile de trouver un instant pour parler seule à mon amie, et mon cœur éprouvait un tel besoin de lui faire confidence de mon secret, que je résolus de descendre chez elle, le soir, dès que l'on serait retiré.

» La veillée se prolongeait moins qu'à la ville ; Rose l'abrégeait souvent, et chacun était rentré dans son appartement à onze heures. Rose habitait le rez-de-chaussée du château, à côté des salons de réception ; moi j'avais choisi l'appartement le plus près du sien : en effet, un petit escalier pouvait me conduire à toute heure dans un boudoir communiquant avec la chambre de Rose par une porte vitrée. Dans le projet que nous avions fait les années précédentes d'habiter ce château l'été, projet qui n'avait pas eu d'exécution jusqu'à-là, cet appartement m'avait été destiné pour faciliter les bonnes causeries intimes qui étaient alors notre plus grand plaisir.

» Je me le rappelai, et je résolus d'en profiter au moins une fois, pour avoir avec Rose une explication qui me semblait nécessaire.

» La veille du jour où le prince devait être reçu au château, Rose abrégea encore plus qu'à l'ordinaire la veillée en commun ; les dames avaient des préparatifs de toilette à faire, les hommes devaient s'aller une heure le lendemain au-devant du prince. Chacun se retira dans sa chambre à dix heures : j'attendis jusqu'à onze pour laisser à Rose le temps de donner ses ordres de maîtresse de maison, et je descendis alors par le petit escalier, persuadée que je devais la trouver seule, et qu'elle partagerait la joie que je me promettais de ces instants de confidence. La chambre était vide, Rose n'y était pas... Je m'assis pour l'attendre, et ramassai machinalement un petit papier évidemment tombé par hasard sur le parquet : il était tout ouvert ; ces mots frappèrent mes yeux :

« Le château m'est connu ! ce soir j'entrerai par la pe-
» tite porte du parc, et, à onze heures, je serai près de
» vous ! »

» Au moment où mes yeux étaient encore attachés sur ce billet, un léger bruit se fit à la fenêtre. Mon premier mouvement fut de me dérober aux regards, en rentrant précipitamment dans le cabinet et en poussant la porte vitrée qui me permettait de tout voir sans être vue, la chambre étant éclairée et le cabinet dans l'obscurité. A peine y étais-je entrée que la fenêtre s'ouvrit : comme elle était au rez-de-chaussée, elle présentait une issue commode, et le prince entra, à mon grand étonnement !... mais ma surprise s'accrut bien autrement quand je vis Rose arriver presque en même temps par la porte, suivie de monsieur Yves qui disait avec emportement :

» — Je vous le répète, madame, c'est lui que vous alliez chercher !

» Et, la prenant par la main brusquement, à la vue du prince :

» — La preuve... s'écria-t-il, c'est que le voilà !

» Rose jeta un cri douloureux à ces mots, et resta en-suite immobile et muette... Les deux jeunes gens se regardèrent avec colère sans rien dire.

» Après quelques instants de silence, monsieur Yves, qui semblait plus maître de lui, prit un ton plein d'ironie, en disant :

» — Puisque vous vouliez, madame, nous envoyer demain matin au-devant de monsieur, vous devez être charmée que je puisse le rencontrer ici dès ce soir, et lui faire compliment sur des succès dont vous ne m'auriez peut-être pas chargé de le féliciter.

» — O ciel ! s'écria Rose effrayée du ton insolent et moqueur de ces paroles, et de l'effet qu'elles produisaient sur le prince, songez-vous à qui vous parlez ?

» — Oui, madame, reprit Yves encore plus dédaigneux ; je sais très bien à qui je parle, et je...

» Le prince l'interrompit à ces mots, en disant d'un ton simple, quoique encore un peu ému :

» — Vous parlez, monsieur, à un jeune homme comme vous... qui croit, comme vous, avoir le droit d'être ici, que vos paroles ont offensé, et dont la présence vous offense ; et ce jeune homme est prêt, monsieur, à vous en demander et à vous en rendre raison ; mais de plus !...

» —Très bien, monsieur, reprit Yves d'un ton plus poli ; mais, souriant amèrement, il ajouta : Nous verrons maintenant à qui restera le champ de bataille...

» Le prince était en uniforme, il avait une épée ; Yves y porta les yeux, et dit :

» — Venez !...

» — Nous ne sortirons pas d'ici ; il y aurait du danger pour vous, monsieur, dit le prince... Avez-vous des armes ?

» — J'allais au-devant de vous, monsieur, répondit Yves, quand j'ai rencontré madame près de la porte du parc : j'étais donc préparé à vous recevoir...

» A ces mots, il prit une épée qu'il avait posée sur un fauteuil en entrant dans la chambre.

» Rose voulut se jeter entre eux.

» — Restez donc tranquille ! dit monsieur Yves avec dédain ; vous êtes notre témoin.

» Rose, sans force contre son mépris, resta sur un siège, anéantie : je vis l'épée du prince se diriger contre le cœur de celui que j'aimais ; j'oubliai tout, j'entrai brusquement, je me précipitai près de lui avec un cri terrible !... Chacun fut interdit de ma présence ; le prince venait d'être blessé à la main droite, le sang coulait abondamment ; il était impossible qu'il tînt son épée, et le combat était fini.

» — Monsieur, dit le prince, je dois à la vérité de déclarer que, si tout a dû me donner l'espérance d'être bien reçu ici ce soir, rien ne m'a jamais donné le droit d'y rester !... En achevant ces mots, il sortit.

» Rose sembla se ranimer un peu à ces paroles.

» — Vous l'entendez ? dit-elle à monsieur Yves ; je n'eus aucun tort envers vous !... et toi, Eléonore, laisse-moi t'expliquer...

» — Je ne veux rien entendre ! m'écriai-je ; je sais tout ! Ah ! c'est affreux !

» — Affreux ! reprit Rose avec une profonde douleur ; car, depuis huit années, tout mon cœur est à lui, à lui seul !

» Et elle désignait monsieur Yves, qui parut plus surpris que touché de ces paroles.

» — Après deux années d'absence, continua-t-elle en sanglotant, deux ans où je l'avais regretté chaque jour, il revint d'Angleterre triste et découragé ; il lui fallait, disait-il, un peu de bonheur pour supporter la vie... Ah ! Eléonore, la meilleure leçon pour une jeune fille, c'est d'apprendre la vérité, de voir le monde tel qu'il est !... Moi, c'était toute mon existence que cet amour ! ce fut à peine pour lui une distraction ! il s'affligeait encore d'une position perdue, d'une carrière interrompue, que sais-je ! de mille choses que je ne comprenais pas... même à mes côtés, même avec mon amour ! et quand j'oubliais tout pour lui, il regrettait encore, il s'inquiétait sans cesse.

Deux années se passèrent ainsi ; lui toujours ennuyé, moi toujours désolée et blessée de son ennui ! Des reproches et des plaintes achevèrent de l'éloigner. C'est ainsi, Elénore, que finissent dans les regrets et les humiliations quelques jours de tourmens et de troubles qu'on appelle du bonheur !... Lui, il chercha des plaisirs nouveaux... le dépit me prêta assez de force pour ne le pleurer qu'en secret. C'est alors que tu vins près de moi, et toi seule as su ce que recouvraient d'amères douleurs ces parures, ces fêtes et ces plaisirs par lesquels je cherchais à m'étourdir.

» Je voulus interrompre Rose, mais elle parlait avec tant d'emportement, qu'elle ne m'entendit pas, et qu'elle continua malgré moi, malgré monsieur Yves, qui restait interdit d'une véhémence si peu naturelle au caractère de Rose, et que la situation cruelle où elle venait de se trouver lui avait seule donnée.

» — Elénore, continua-t-elle, tu t'en souviens ! il y eut une fête où il vint par hasard, où je le le présentai, où ses regards ne me quittèrent pas, où je crus l'avoir retrouvé !... où, me voyant entourée et courtisée par la foule et par les hommes les plus élégans, par le jeune prince dont toutes enviaient l'hommage, il sembla revenir à moi !... Enfin, que te dirai-je ? j'espérai de la vanité ce que je n'attendais plus de l'amour ; je voulus que ma tendresse, dont il ne se souciait plus en secret, fût encore cherchée par lui en public, qu'il y mit de l'orgueil, que mes succès pussent flatter son amour-propre ! Je souhaitais avoir encore des sacrifices à lui faire pour payer son retour !... Que veux-tu ! quand on sent qu'on s'égare et qu'on se perd, on prend tous les chemins qui se présentent, on essaye de toutes les routes que l'on rencontre ; on voudrait atteindre le but à tout prix. Je ne raisonnais plus, je ne voyais plus, je voulais le ramener près de moi... et pour cela tous les moyens me semblaient bons, toutes les folies me semblaient raisonnables. Ah ! tu l'as vu comme moi, Elénore, il était là ! il était revenu !... Je le trouvais chez moi, je le rencontrais dans tous les salons ; il était de moitié dans tous mes plaisirs... il paraissait occupé des assiduités du prince... il vient de s'en offenser... il m'aime donc encore puisqu'il est jaloux ! Je n'ai plus qu'à le convaincre que sa jalousie était le seul but que je poursuivais ; que si ma folie a donné des espérances à un autre, je ne voulais pas, je ne pouvais pas les réaliser, car je n'ai jamais aimé, je n'aimerai jamais que lui.

» A ces mots, qu'elle m'adressait pour convaincre un autre, car toutes ces paroles étaient dites devant lui et pour lui, moi, dont elles enlevaient tout l'espoir, dont elles détruisaient toutes les illusions, je ne pus m'empêcher de m'écrier malgré moi : « Ah ! pourquoi ne me l'avais-tu pas dit ? pourquoi sacrifiais-tu jusqu'au bonheur de ton amie ? »

» Je ne puis te dire, Gabrielle, quel effet produisirent ces paroles, qui s'échappèrent avec amertume de mon cœur... Oh ! je ne me trompai point alors ! Non ! elle était réelle la joie qui brilla dans les yeux de monsieur Yves ! C'était une expression de bonheur, un mouvement involontaire de plaisir, qui lui fit répondre vivement, en s'approchant de moi, et en me prenant les mains :

» — Serait-il vrai, vous m'aviez deviné ? vous partagiez mon amour ?

— Quel bonheur ! s'écria Gabrielle en embrassant Elénore avec transport ; c'est lui qu'il aime !... Ah ! c'est bien à lui, c'est un honnête homme ! et tu pourras lui promettre mon amitié, aussitôt que vous serez mariés... car je parle maintenant que les obstacles vont venir de cette femme, que je déteste puisqu'elle t'a fait du chagrin ! Mais il faut que nous en triomphions ! Je l'aiderai, c'est mon droit, tu es mon amie ; est-ce qu'on aime une personne pour autre chose que pour la rendre heureuse ! Il faudra bien que tu le sois.

Elénore sourit tristement de la vivacité naïve et bonne de Gabrielle, et continua :

— Te dire, ma chère amie, ce que le cœur de cette femme, ulcéré depuis si longtemps, éprouva de ce nouveau malheur inattendu est impossible. Si j'en juge par la souffrance qui parut sur son visage, par les impressions diverses qu'on put y lire, son âme ressentit une telle douleur, que je ne fus pas maîtresse d'un mouvement de pitié ; mais son mal ne s'exprima plus par des paroles. Elle qui avait trouvé tant de mots passionnés pour l'amour, qui espérait encore, resta muette devant le désespoir, ou les mots lui semblèrent impuissans pour exprimer sa pensée. Un geste indicible, dont rien ne peut donner une idée précise, interrogea seul celui devant qui Rose paraissait maintenant trembler : « Est-il donc vrai que vous ne m'aimez plus ? » semblait demander énergiquement le geste muet qui disait tant de choses.

» Monsieur Yves hésita, puis répondit avec douceur :

» — Ma vie, livrée depuis longtemps à de grandes dissipations, ne m'offrait rien qui ressemblât aux douces et tendres impressions que j'éprouvais en voyant votre amie, vous m'attiriez vous-même auprès d'elle... et, sans projets, sans espérances, je cédai au charme puissant de l'innocence et de la beauté, voilà tout !

» Rose voulut parler, demander raison de cette jalousie qui avait ajouté à son erreur : du moins je crus la comprendre, et, lui aussi, il interpréta de même quelques mots inarticulés qui s'échappaient de ses lèvres pâles et tremblantes, car il reprit :

» — Il y avait, madame, tant d'affectation... pardonnez-moi d'oser rappeler ici toute... la vérité... dit-il en s'interrompant. En ce moment monsieur Yves semblait autant craindre d'offenser Rose qu'il avait eu l'air de chercher à l'irriter quelques instans auparavant ; son ton était gracieux et plein de respect ; l'amour qu'il ne partageait plus lui inspirait autant de pitié que la coquetterie et l'infidélité qu'il avait soupçonnées lui causaient avant de dédain et de mépris... il y avait dans la vérité de la passion de Rose quelque chose qui imposait. — Oui, madame, continua-t-il de ce ton franc et bon... Je voyais, je croyais voir de l'affectation à me condamner sans pitié à un rôle ridicule ; à me retenir... pour me rendre témoin de votre... empressement... pour un autre. Je croyais... pardonnez... Et il hésitait à chaque mot, semblant craindre de l'offenser et de l'affliger. Je croyais, dit-il, que les reproches adressés par vous... à mon inconstance... cesseraient enfin quand j'acquerrais devant vous la preuve de la vôtre. Convenez que ma surveillance a dû un moment se croire bien inspirée... que j'ai pu douter de la vérité... et oublions l'un et l'autre, madame, ce qui peut dans tout cela avoir blessé votre cœur et le mien. Je quitte à l'instant le château... Il est probable que nous ne nous reverrons plus... nos entrevues n'offriraient rien d'agréable ni pour vous...

» Son regard me chercha, puis il salua profondément... Je ne l'ai plus revu.

— Comment cela ? demanda vivement Gabrielle.

— Rose tomba sans connaissance à mes pieds, et ne revint à elle qu'avec une fièvre ardente qui mit sa vie en danger pendant plusieurs jours ; les fêtes n'eurent pas lieu ; la société quitta le château. Le monde, dit-on, parla beaucoup de cette nuit funeste, où chacun pourtant était intéressé au secret ; mais rien n'échappe à la malignité. Seulement, dans ce qui devrait rester mystérieux, comme on ne sait jamais au juste les détails, chacun les arrange à son gré, et l'on fait du récit d'un malheur secret mille récits publics plus bizarres les uns que les autres.

» Cependant, dès que la fièvre laissait à Rose la possibilité de reconnaître ce qui l'entourait, ses yeux se portaient sur moi avec tant de colère et de souffrance, et, dès qu'elle fut un peu mieux, tant de trouble et d'agitation continuèrent à la tourmenter à ma vue, que je lui exprimai le désir de la quitter. Elle accueillit si vite cette idée, annonça si promptement à monsieur Simon ma volonté de retourner, au moins pour quelque temps, dans cette maison, et mit tant d'empressement à me faciliter les moyens d'y rentrer, que je me retrouvai ici avant d'avoir eu le temps de réfléchir que j'y rapporterais des chagrins et des regrets qui rendraient la solitude bien difficile à supporter.

— Et depuis trois mois, Elénore, dit Gabrielle avec intérêt, tu n'as pas cherché à savoir ce qu'il devenait ? N'astu confié tes regrets à personne ? N'as-tu pas demandé conseil à monsieur Simon ?

— Hélas ! reprit Elénore, que pouvais-je faire ? Celui que je regrette n'avait-il pas appris qu'il était aimé ? Ne sait-il pas que je suis libre ? Ne pouvait-il pas me chercher s'il m'eût aimé réellement ? Ah ! je connais assez le monde pour savoir tout mon malheur ! Les hommes attachent peu d'importance à notre destinée ; s'ils se marient, c'est pour une fortune, une position, pour mille choses où la femme qu'ils épousent n'entre pour rien.

— C'est peut-être la faute des femmes, dit en souriant Gabrielle.

Elénore continua sans lui répondre :

— Rose fit un voyage dès que sa convalescence le lui permit ; mais j'ai su aujourd'hui même qu'elle était de retour.

— Aujourd'hui ?... s'écria Gabrielle ; tu l'as vue ?

— Je l'ai aperçue ; mais elle n'a pas demandé à me revoir, répondit tristement Elénore.

— Elle est donc venue ici ? demanda Gabrielle. J'aurais pu me rencontrer avec elle ; déjà je la connaîtrais si elle n'avait pas fait un voyage. Oh ! je sens que je n'aimerais pas cette femme ! Mais pourtant, Elénore, je ne veux pas que tu la revoies sans moi. Va, je suis de meilleur conseil que tu ne crois. Il y a bien des choses que j'ignore complétement, mais mon ignorance même me les fait voir autrement et plus juste que toi, peut-être, il me vient alors des idées et des projets auxquels tu n'aurais pas pensé, j'en suis sûre.

— Ah ! reprit Elénore avec découragement, toi aussi, le monde trompera tes espérances ; il est si différent de ce qu'on imagine ! Il y a tant de troubles secrets, tant de causes de malheur cachées ! Et si les catastrophes sont rares, les événements qui pourraient les amener sont bien fréquens !

— Ah ! dit Gabrielle pensive... et tu ne voulais pas m'apprendre tout ce que tu viens de me dire ?

— Oui, j'ai eu tort peut-être, reprit Elénore, de jeter ainsi l'idée du mal, du désordre et du malheur dans ton esprit si pur.

— Elénore ! dit gravement Gabrielle, si j'avais dû passer ma vie à la terre d'Arnouville avec mes fleurs et mes oiseaux, peut-être eût-il mieux valu toujours ignorer. La pensée du trouble et du chagrin est un mal pour le cœur. Écoute-moi ; je ne sais rien, je n'ai rien appris ni rien vu, mais il m'est venu à l'esprit bien des fois qu'il y avait en nous un instinct de l'âme pour la garde de tout mal, comme il y a un instinct machinal qui nous porte à éviter ce qui peut nous blesser, et nous fait détourner du coup qui nous menace... J'ai peur, vraiment, que toutes vos belles idées du monde ne servent qu'à éteindre, ou à diminuer au moins cette lumière que le ciel a mise en nous pour éclairer notre route !... Quand j'arrivai ici, Elénore, ma voix se fit entendre un jour pour exciter à la danse les jeunes pensionnaires, et le maître qui leur apprenait à chanter m'écouta avec surprise ; il vint à moi, me parla de difficultés, de bémols, de dièzes, de méthode et d'étude, que sais-je ? Je ne le comprenais pas, et pourtant aucune de ses élèves ne pouvait imiter qu'à force de travail les accens qui me venaient d'eux-mêmes ; le maître avait au plus vite donner un nom à tous les sons de ma voix qu'il n'avait pu les rendre ; il faisait une science de la musique et ne pouvait pas chanter. Eh bien ! ma chère amie, il me semble qu'il en est de même dans le monde de toutes nos bonnes impressions. On leur a donné des noms : ce sont des vertus, des qualités ; on les enseigne, et c'est peut-être cela qui empêche de les deviner. On dit qu'il faut du courage et du travail pour les acquérir, et peut-être ne faut-il que ne rien mettre de mauvais ou d'inutile à la place qu'elles tiennent naturellement dans le cœur.

» Pourquoi cette jeune femme, cette Rose, que je ne comprends guère, a-t-elle épousé un vieillard qu'elle ne pouvait aimer ? Avec un homme qui eût pu lui plaire, elle eût été sage et heureuse !... Pourquoi courir dans les fêtes à ces dangers d'amour dont on doit se garantir ? Pourquoi...? mais je n'en finirais pas si je te demandais l'explication de tout ce que tu m'as dit d'inexplicable... Moi, sais-tu ce que j'ai vu dans cette campagne éloignée des villes où j'ai passé ma vie ? De pauvres paysans... tout près de la nature. Quand j'arrivais chez un de nos fermiers, vers le soir, je m'arrêtais quelquefois sur le seuil de sa cabane ; là, je voyais une femme présidant aux arrangemens intérieurs, soignant de nombreux enfans, instruisant les uns, occupant les autres, amusant les plus petits ; et bientôt les plus grands revenaient avec leur père des travaux du dehors, travaux qui laissaient, il est vrai, après eux le souci des orages... mais dont ils apprenaient tous ensemble à braver les dangers, car tous savaient supporter la fatigue avec joie, le chagrin avec résignation et les privations avec courage, et ils n'avaient appris cela dans aucun livre, mais dans leur âme.

» Si tu savais quelle joie avait le pauvre ménage à se retrouver ainsi après les travaux du jour ! Comme le mari aimait cette simple compagne en robe de bure ! Comme il y avait du bonheur dans cette tendresse mêlée à cette vie active et utile ! Pourquoi donc la femme aux blanches mains, au gracieux langage, aux parures élégantes, n'auraitelle pas aussi les joies innocentes de la vie ? Laisse, Elénore, ta sauvage amie arranger pour elle et pour toi un avenir auquel le monde ne se mêlera que pour ajouter à nos plaisirs.

— Comme tu es confiante ! reprit Elénore en souriant ; tu crois encore que l'on peut être heureux.

— Pourquoi pas ? dit Gabrielle avec gaieté.

Mais au moment où elle allait continuer, une voix se fit entendre qui les rappelait dans la maison. Depuis longtemps déjà la nuit était profonde ; il fallait rentrer.

Devant la religieuse qui venait les chercher, les confidences cessèrent ; les jeunes filles restèrent silencieuses, mais il y avait une tendresse pleine d'effusion dans les mains qui se croisaient, et qui se serrèrent avec vivacité à l'instant où elles se dirent adieu, et se séparèrent en prononçant ces mots : « A demain. »

Gabrielle rentra dans sa chambre, encore tout agitée de la série d'idées nouvelles qui s'étaient présentées à son esprit dans cette seule journée. Elle pensa aux malheurs d'Elénore, au moyen de les réparer, à la possibilité qu'offrirait peut-être sa grande fortune à elle d'arranger l'avenir de son amie ; à son ascendant sur monsieur Simon, dont elle userait. Puis à tout ce qu'elle projetait pour le mariage d'Elénore se mêlait une joie enfantine qui lui montrait le temps où toutes deux seraient mariées, où elle serait la femme d'Yves de Mauléon, de ce beau jeune homme si gracieux, quoique un peu moqueur.

Et Gabrielle, s'étant mise au lit comme à l'ordinaire, fermait les yeux comme à l'ordinaire, mais ne dormait pas comme elle dormait ordinairement : ce ne fut qu'après avoir repassé plus d'une fois dans son esprit tout ce qu'elle avait entendu de nouveau, qu'elle trouva le sommeil. Encore ne fut-il point calme et profond. Un rêve lui retraça la soirée sombre au fond du jardin, le récit d'Elénore, l'amour espéré par elle, l'amour regretté par Rose,... Et tout à coup le rêve capricieux changea la douce figure d'Elénore appuyée sur son cœur en la noble figure d'Yves de Mauléon. C'était lui qui parlait, lui qui l'écoutait Gabrielle. C'était avec lui qu'elle échangeait des sourires et des larmes ; c'était son bras qui entourait sa taille, et c'était elle qui reposait doucement sa tête appuyée sur celui qu'elle aimait... Mais le songe ne dura pas. A cette image, le cœur de Gabrielle battit si vivement qu'elle s'éveilla.

C'était le premier rêve d'amour de la jeune fille.

Alors elle se rappela tout ce que le récit d'Elénore avait révélé à sa pensée de ces passions, de ce désordre, de ces regrets douloureux d'une femme enviée et brillante ; elle se souvint aussi de la simple famille des villageois, de l'aspect tranquille, du calme joyeux empreint sur le visage de la femme. Et le sommeil fermant de nouveau ses yeux, un nouveau rêve aussi lui présenta cette fois une riche habitation loin des villes... une femme qui répandait le bonheur autour d'elle par le travail et les bienfaits; des enfans qui l'entouraient et la couvraient de leurs caresses; et cette femme, c'était elle!... qui veillait sur eux tout en cherchant, pour prix de ses soins, un sourire d'approbation et de tendresse sur le visage de celui qu'elle aimait, et son rêve répétait encore cette fois la gracieuse figure d'Yves de Mauléon, dont le sourire, plein d'amour et de joie, n'avait plus rien de moqueur.

Le lendemain... Gabrielle rêva tout éveillée aux songes de la nuit... et ce fut dans cette disposition d'esprit qu'elle attendit le moment de son mariage avec monsieur le duc Yves de Mauléon.

V

LE JOUR DU MARIAGE.

— Oui, c'est aujourd'hui, répétait le notaire de la marquise de Fontenay-Marcuil à son vieil ami monsieur Simon. Tout a été terminé pendant le voyage de quinze jours que vous venez de faire, et il était au reste fort aisé de prévoir, au désir de la marquise que son fils devînt millionnaire, et à l'envie de madame Rémond de voir sa fille duchesse, qu'on ne prendrait pour conclure ce mariage que le temps absolument nécessaire aux formalités indispensables.

Ce notaire était depuis longtemps l'ami, et avait été forcément le confident de monsieur Simon. C'était un homme naturellement positif, que ses fonctions avaient encore rendu plus inaccessible à tout ce qui sortait des règles ordinaires; tout était renfermé pour lui dans les formes régulières des contrats. Il regardait donc son ami Simon comme une espèce de fou; ses susceptibilités lui semblaient une faiblesse d'organisation, ses actions généreuses des singularités, et ses regrets ou remords une maladie; mais il y avait vingt ans que durait une habitude de confiance entre ces deux hommes, et il y a bien des amitiés qui vivent à moins.

— Ce voyage était nécessaire, reprit monsieur Simon; il intéressait Elénore, cette chère enfant, dont le bonheur est la seule chose maintenant qui doive occuper ma vie.

— Et je crains, dit le notaire avec une expression de mécontentement, que vous ne vous y preniez pas bien pour l'assurer.

— O ciel! que dites-vous? s'écria tout troublé le pauvre vieillard.

— Oui, reprit son ami, pourquoi sortir des règles ordinaires de la vie? pourquoi ce mystère? n'est-elle pas votre fille? un bon contrat ne vous liait-il pas à sa mère? et cette idée de l'élever comme une inconnue, de lui cacher le nom de son père, de vous refuser au plaisir d'être aimé de votre enfant, est une singularité qui ne peut rien amener de bon! Allez, mon ami, ce n'est pas déjà si facile de marcher heureusement dans ce monde en prenant les routes battues... il ne faut pas encore essayer des chemins inconnus où doivent arriver des événemens que nul n'a pu prévoir, et dont on ne sait comment se tirer.

— Oh! ne dites pas cela, mon ami; je serais trop malheureux! reprit monsieur Simon; si je n'ai pas consulté les idées de la vie? pourquoi ce mystère? n'est-elle pas votre fille? un bon contrat, j'ai consulté mon cœur, le cœur d'un père! j'ai séparé le sort de l'innocente enfant.... du.... sort...

Le notaire vit que ses paroles avaient provoqué un sentiment douloureux; il chercha à en détruire l'effet, et l'interrompit en disant:

— Il faut marier votre fille... la bien marier... sa fortune vient de s'augmenter encore par l'héritage que vous avez recueilli pour elle; c'est maintenant un très beau parti... et je vous trouverai quelqu'un qui la rendra heureuse.

— Que ne vous devrai-je pas? dit le père en prenant avec effusion les mains de celui qui promettait le bonheur pour sa fille... il me semble que le ciel m'a donné cette enfant comme une consolation... Quand je souffrais trop, quand mon cœur se serrait au souvenir du passé, le sourire d'Elénore... dissipait ce nuage, et maintenant, si elle est heureuse, je croirai... que le ciel m'a tenu compte du bien que j'ai voulu faire!... Oui, continua-t-il, oui, mon ami, et votre étonnement... ne peut m'empêcher de dire la vérité telle qu'elle est... si je cherchais à faire quelques bonnes actions... à réparer... un mal... peut-être, hélas! irréparable, c'est que je tremblais que les fautes des pères ne fussent comptées pour les enfans... c'est qu'il me semblait que mes sacrifices, mes regrets, mes vertus, s'il était possible, seraient un titre auprès du ciel pour le bonheur de ma fille; et maintenant... voyez-vous, mon ami, je commence à espérer; car ce mariage qui se conclut aujourd'hui, il assure un sort brillant à monsieur de Mauléon; il lui donne une femme belle, bonne et sage... Une fois... j'ai sauvé la vie à ce jeune homme... eh bien! le passé... doit...

— Ne parlons pas du passé, dit le notaire, qui craignait de voir ce triste vieillard revenir aux idées pénibles qui tourmentaient sa vie... et permettez que je vous quitte, ajouta-t-il, on m'attend chez la marquise de Fontenay-Marcuil.

Monsieur Simon, essayant de se remettre du trouble où le jotaient ces souvenirs, tendit la main à son ami, et le quitta pour se rendre au couvent d'Elénore; car il avait eu pendant son voyage une lettre de la jeune fille, qui faisait pressentir une confidence à recevoir aussitôt qu'il serait de retour.

Elénore avait un air de fête quand monsieur Simon arriva; sa parure élégante annonçait des projets; un sourire doux et joyeux embellissait sa pâle et mélancolique figure. Il la regarda avec tant de joie, il y avait une satisfaction si grande dans les yeux du vieillard, un intérêt si tendre dans l'expression de son visage, que la jeune fille sentit bien que toutes ses espérances seraient réalisées si elles dépendaient de lui, et qu'il était associé à ses désirs avant même de les connaître.

— Oui, dit-elle en souriant, j'ai une confidence à vous faire; oui, le bonheur que vous avez tant souhaité pour moi, eh bien! je veux qu'il soit aussi votre ouvrage et vous!

— Oh! que je serai heureux alors! s'écria monsieur Simon.

— Je le crois, répondit Elénore en lui tendant la main; vous êtes si bon, qu'en vous demandant un service, il semble toujours qu'on fasse quelque chose pour vous.

Et l'air gracieux et confiant de la jeune fille émut de joie le cœur du bon vieillard.

— Parlez, lui dit-il, parlez, chère enfant, que souhaitez-vous?

— Ce que je souhaite? vous le saurez bientôt, reprit Elénore avec gaieté; mais pas en ce moment: car il nous reste à peine le temps de nous rendre où nous sommes attendus... par Gabrielle.

— Pour son mariage? demanda monsieur Simon.

— Sans doute, répondit Elénore. Et, prenant une lettre de son amie: — J'aurai plus tôt fait de vous lire ceci que de vous tout raconter.

Et la jeune fille lut tout haut la lettre de Gabrielle.

« Ma chère Elénore, combien j'ai regretté que maman
» m'ait enlevée à nos confidences et à notre amitié, dès le
» lendemain du jour où la confiance t'avait rendue plus

» chère à mon cœur ! Que de fois aussi, depuis ce mo-
» ment, j'ai désiré t'écrire ! Mais comment le faire sans te
» dire ce qui occupait tou'e ma pensée ? Et l'on exigeait le
» secret sur un événement que je puis enfin t'avouer !

» Je vais me marier, Elénore ! C'est dans trois jours ! On
» dit que je vais devenir une grande dame ! Dieu veuille
» que je sois plutôt une heureuse femme !

» C'est à peine si j'ai vu celui que j'épouse ; mais, en
» revanche, j'ai vu des robes, des bijoux, des meubles,
» des parures à en être étourdie !

» J'ai choisi ce qui m'a paru le plus simple et le plus
» élégant, et non pas ce qui était le plus brillant et le plus
» riche ; j'ai choisi aussi un appartement retiré, entre une
» grande cour et un vaste jardin, afin que le bruit du
» dehors ne vienne pas troubler notre vie intérieure. Je
» t'y garde un logement, mon amie ; tu viendras, je l'es-
» père, y attendre près de moi un bonheur dont nous al-
» lons nous occuper ensemble.

» Le jour mon mariage, j'enverrai une voiture au
» couvent dès le matin, en t'annonçant l'heure de la céré-
» monie. Fais demander à monsieur Simon, qui doit alors
» être revenu de son voyage, de t'accompagner ; une lettre
» l'en préviendra aussi. Il faut que tous ceux que j'aime
» soient là ; cela me portera bonheur.

» GABRIELLE. »

En achevant la lecture de cette lettre, Elénore prit la
main de monsieur Simon et l'entraîna vers la voiture qui
attendait dans la cour ; ils y montèrent ensemble. Pendant
la route, la jeune fille, plus animée que de coutume, et
adroitement interrogée par la tendresse du vieillard, laissa
échapper une partie de son secret ; et ils n'étaient pas arrivés que monsieur Simon savait qu'Elénore avait fait un
choix, qu'elle aimait de cette tendresse profonde et durable
qu'éprouvent les âmes calmes et paisibles ; car moins on
est susceptible de mobilité et accessible aux distractions,
plus les sentiments intimes ont de force et de puissance.
Les confidences s'étaient faites si naturellement par la confiance, et avaient été si bien comprises par l'affection, que
la jeune fille croyait n'avoir encore rien dit, quand il ne
restait déjà plus rien à apprendre à son vieil ami que le
nom de celui qu'elle aimait.

Pendant ce temps-là Gabrielle venait d'achever sa belle
toilette de mariée, moins brillante peut-être que ne l'eût
souhaité sa mère, qui lui pardonnait pourtant, en la voyant
si jolie qu'il était impossible d'imaginer qu'une autre parure pût l'embellir davantage.

Madame Rémond, qui s'était amplement dédommagée
sur elle-même de la simplicité de la toilette de sa fille, et
qui avait bien autant de joie à étaler une splendide opulence qu'à contempler la gracieuse beauté de Gabrielle,
laissait deviner, au milieu de tant de sujets de satisfaction,
un fond de chagrin qui l'oppressait, et même elle ne put
s'empêcher de céder tout à coup à sa douleur.

— Quels regrets n'a-t-on pas, s'écria-t-elle, en pensant
qu'une si belle mariée ne sera vue par personne ! Si j'avais
su cela ! Le plaisir d'être duchesse est payé bien cher par
toi, ma pauvre enfant !

Gabrielle ne put maîtriser un sourire.

— Oui, tu prends ton parti, continua sa mère. Ton mari
te plaît, et, c'est vrai, mon gendre est un beau jeune
homme, qui a une superbe tournure, et tu peux te flatter
d'avoir un beau mari. Mais qu'est-ce qu'un beau mari si
on ne le montre pas ? Qu'est-ce qu'un mariage comme
celui-là, qui se fait à huis clos ? Enfin on n'ira pas même
à la mairie ! Il est vrai que ceci n'est pas mal : le maire se
dérangera, il apportera les registres chez madame la marquise de Fontenay-Mareuil, ou plutôt chez cette vieille
princesse, son amie, avec qui elle demeure ; cela ne se fait
que pour les plus grands personnages, et d'ailleurs les
salles de la mairie sont laides, et l'on ne peut pas y faire
une belle cérémonie... Mais se marier dans la chapelle de
l'hôtel..., dans une maison enfin, et non pas à l'église !

c'est à peine si tu seras mariée. Pourvu que ça ne te porte
pas malheur, vraiment ! car il n'y aura pas d'orgue ! pas
de grand'messe ! Une petite chapelle où l'on tient à peine
quarante ! au lieu qu'une église pouvant tenir deux mille
personnes ! Il pouvait y avoir deux ou trois cents cierges,
de la musique, des voitures à remplir toutes les rues voisines. On se serait dit dans tout Paris : Qui a vu, ou plutôt
qui n'a pas vu le mariage de mademoiselle Rémond, la
fille de cette dame Rémond qui est si riche ? Elle est duchesse ! Il y avait des ducs, des comtes, des marquis à cette
noce-là, et la mère a bien fait les choses !... Voilà ce qui
devait être. Mais non, rien ! C'est bien la peine de donner
des millions de dot à sa fille pour qu'il n'y ait pas de
noce....

Gabrielle vit sa mère dans un tel désespoir au souvenir
de ce qui aurait pu être, qu'elle l'embrassa avec tendresse
pour dissiper ce triste nuage ; mais madame Rémond ne
sentit pas le baiser de sa fille, tant la douleur s'était em-
parée de toute son âme.

— Et pas même de bal ! continua-t-elle ; pas de bal de
noce, ma pauvre fille ! pas une contredanse ! Moi qui en ai
dansé vingt-sept le jour de mon mariage.

— Eh bien ! dit Gabrielle en riant, mets-en douze pour
moi, maman, il t'en restera encore quinze, et c'est fort
joli. Moi, j'ai pour mon bonheur de mariée.... une bonne
mère qui m'aime bien et un mari qui...

— Qui t'aimera, n'est-ce pas ? dit la mère adoucie à
l'idée du bonheur de sa fille ; je crois bien qu'il t'aimera !
Et, regardant avec tendresse la belle enfant si brillante de
jeunesse et de fraîcheur, elle ajouta : — Sais-tu qu'il n'y
en a pas une de ces duchesses du faubourg Saint-Germain
qui ait des couleurs éclatantes comme celles de ton visage !
qui ait de beaux bras comme les tiens, et une taille aussi
belle ? Toutes ces grandes dames sont si maigres, si pâles
et si chétives que j'en ai pitié !... On appelle cela un air
distingué... comme s'il pouvait y avoir quelque chose de
distingué à ressembler à des gens qui n'auraient pas de
quoi dîner ! Et madame Rémond regardait avec ravissement dans une glace l'énorme embonpoint qui attestait à
ses yeux son immense opulence ; puis elle ajouta, comme
une espèce de confidence : — Sais-tu qu'ils étaient ruinés,
la grand'mère et le petit-fils ? et il y en a plus d'un comme
cela au faubourg Saint-Germain !

Ces derniers mots avaient sans doute réveillé un souvenir dans la pensée de Gabrielle, car elle sonna une femme
de chambre, lui parla près de la porte, et, prenant une
lettre dans un secrétaire :

— Joignez-y ce papier, dit-elle, et que madame la marquise de Fontenay-Mareuil trouve tout cela ce soir quand
elle rentrera dans sa chambre.

En ce moment madame Rémond s'aperçut qu'il ne restait plus que le temps nécessaire pour arriver juste à l'heure
où l'on était attendu.

Yves de Mauléon sortait aussi à la même heure de son
appartement de la rue de la Chaussée-d'Antin, appartement de jeune homme où il ne devait plus rentrer.

A l'instant où il allait monter en voiture, Henri de Marcenay s'arrêtait à sa porte, et ils se trouvèrent ainsi vis-
à-vis l'un de l'autre ; mais Yves ne l'aperçut pas, tant ses
réflexions l'absorbaient, et déjà celui-ci l'avait appelé deux
fois par son nom sans se faire entendre, quand il le prit
par le bras pour forcer enfin son attention.

— Que me voulez-vous, Henri ? dit Yves de Mauléon.

— Ce que je veux ? mais ne partons-nous pas tous aujourd'hui pour l'Angleterre ? Lord S... ne nous attend-il
pas pour une chasse au renard ? n'est-ce pas affaire
arrangée ?

Yves s'arrêta avec étonnement : il était en ce moment si
loin des pensées de ce genre, qu'il ne concevait plus qu'on
l'y associât.

Henri quitta son bras, le regarda des pieds à la tête, et,
éclatant de rire :

— C'est vrai, dit-il ! vous vous mariez ! je n'y pensais
plus. Eh bien ! mon ami, ce sera pour le mois prochain !

nous en aurons une autre, une chasse au sanglier ! elle sera magnifique. Lord S... fait les choses à merveille; il sera ruiné avant deux ans; je ne m'amuse nulle part autant que chez lui. Et, comme Yves le regardait sans répondre, sans avoir même l'air d'entendre ce qu'il disait, il ajouta : — Mais vous voilà pâle et triste ! on parle pourtant d'une affaire superbe ; deux millions de dot et autant de retour !... et les héritières sont plus rares qu'on ne le croit !... D'Estival et Melcourt en cherchent tous deux depuis six ans... Quelle mine de marié de province faites-vous donc là ! Quand je voudrai peindre une figure de prétendu dans un de mes ouvrages...

Yves de Mauléon le regarda avec un nouvel étonnement.

— Vos ouvrages ? dit-il.

— Sans doute, j'écris, maintenant; j'ai de l'esprit quand je ne sais que faire, et du génie les jours d'ennui ; prenez garde à vous !

Yves s'efforça de sourire, et dit :

— Ne peut-on être préoccupé par quelque affaire sans donner lieu à vos plaisanteries ?... Vous me reverrez avant peu au milieu de vous et aussi joyeux que vous tous.

En achevant ces mots, il serra la main d'Henri et lui échappa en montant en voiture.

Yves de Mauléon disait-il vrai? comptait-il retourner à sa vie dissipée, ou prendre de nouvelles habitudes; il n'en savait rien lui-même. Engagé dans une route où les circonstances l'avaient jeté sans projets et sans désirs, il s'abandonnait à la destinée qu'il n'avait pu vaincre ; et comme aucune idée ne l'occupait, il recevait des événements de chaque jour quelque nouvelle impression. Quand un projet ou une passion présente un but à la vie, tous les détails et tous les événemens de chaque jour s'effacent et disparaissent : c'est le coursier fougueux emportant avec tant de rapidité celui qui le monte que toutes les aspérités de la route passent inaperçues pour lui; mais quand rien n'appelle vivement la pensée sur un seul point, elle s'attache à tout pour se tourmenter avec des riens.

Depuis quinze jours, tous les détails d'affaires et d'arrangemens étaient pour Yves de Mauléon l'objet de mille impressions diverses qu'il ne disait à personne, et que tout le monde aurait pu deviner. Sa situation de fortune, les discours de madame Rémond à ce sujet, les termes du contrat, tout l'avait blessé ou ennuyé ; et ce dernier jour semblait mettre le comble à une irritation et à un mécontentement dont il subissait l'influence sans s'être bien rendu compte de ses motifs.

C'était lui qui avait donné tous les ordres pour arranger l'appartement que les jeunes mariés allaient habiter rue de Varennes. Gabrielle avait exigé qu'il en fût ainsi; et comme il n'est guère d'usage qu'on laisse une aussi jeune femme sans chaperon, que sa mère ne pouvait lui servir, il fut décidé que la marquise aurait aussi son appartement dans ce même hôtel et vivrait avec eux.

Madame de Fontenay-Mareuil avait voulu que le mariage se fît chez elle, ou plutôt chez la princesse de T***, dont la vieille amitié et même quelque parenté faisaient le chef de la famille ; elle avait exigé aussi qu'il se fît en petit comité.

Et comme, à la grande joie de la marquise, madame Rémond n'avait de parent que son neveu Georges Rémond, elle demanda qu'il fût au nombre des témoins, ainsi que monsieur Simon : elle avait cédé sur tout le reste ; aussi furent-ils acceptés de fort bonne grâce.

Georges Rémond avait trente ans, une douce figure, une taille peu élevée, un air timide et une physionomie qui ne s'animait que dans la confiance de l'intimité. Il écrivait par goût, croyant que publier quelques idées nouvelles et utiles était presque un devoir quand on les sentait germer dans son esprit. Un de ses ouvrages avait eu au théâtre un de ces succès qui font époque autant par l'élévation des idées que par le mérite littéraire. Georges n'avait pris ni orgueil, ni vanité, au milieu du triomphe ; il était resté ce qu'il était avant, d'une bonté mélancolique qui sympathisait avec le malheur, et de cette fierté délicate qui rend susceptible avec les heureux. Il ressemblait à ces fleurs modestes dont les nuances imperceptibles et les doux et suaves parfums échappent facilement à l'attention, mais qui, vues de près, charment, captivent et attachent.

Un attrait puissant lui avait parfois fait chercher Gabrielle ; mais, trop honnête homme pour profiter de l'âge de sa cousine, et de la liberté qu'il avait de la voir, pour lui inspirer des sentiments trop favorables à son intérêt, à lui, il apportait au mariage des regrets simples et purs comme son cœur. Il ne lui vint pas même à l'esprit, tant il était loin des choses de ce monde, qu'il pourrait au moins tirer vanité de ce mariage, qui allait unir leur famille à la plus haute noblesse de France ! Pourtant que de partisans de l'égalité n'y eussent pas manqué combien n'eussent pas formé d'orgueilleux projets !... sans doute pour connaître de près toutes les vanités de la grandeur, comme tant de démocrates de nos jours s'emparent des places et des emplois pour bien connaître par eux-mêmes toutes les vanités de la fortune.

Les amis et alliés de madame de Fontenay-Mareuil remplissaient donc le salon, placés solennellement par leur âge ou leur rang. Au nombre des premiers on voyait madame de Savigny ; la marquise l'avait connue enfant, et n'avait jamais cessé de la voir. Rien n'était plus gracieux que sa simple et élégante toilette ; c'était l'art dans toute sa perfection, car on ne l'apercevait pas. Jamais sa figure n'avait eu plus constamment un air de gaieté; jamais son esprit n'avait trouvé tant d'aimables saillies ; jamais un intérêt plus affectueux pour ce qui l'entourait ne s'était montré dans toutes ses manières; jamais enfin la satisfaction et la joie n'avaient brillé dans ses yeux avec un tel éclat ! Et cet aspect de bonheur ne cessa pas un instant pendant la cérémonie.

De toute cette personne enjouée, il n'y avait qu'une main, immobile en apparence, et tenant un mouchoir de batiste brodée garni de valenciennes, dont les doigts invisibles, crispés autour de l'innocente dentelle, avaient, malgré les gants qui les recouvraient, déchiqueté et réduit en petits fils imperceptibles tout un côté de ce beau mouchoir, sans que celle qui le tenait se fût aperçue du ravage involontaire qu'elle avait fait au léger tissu si maltraité par elle.

Quant à Gabrielle, elle avait pensé dès le matin à Eléonore pour l'envoyer chercher ; elle avait pensé à la marquise de Fontenay-Mareuil qui lui avait écrit ; mais, une fois arrivée dans ce salon, où quarante personnes étaient réunies, elle ne vit plus rien, et ne pensa plus à rien qu'à l'importante cérémonie qui allait décider de sa destinée, et à celui à qui elle allait la donner.

Au moment où elle venait, en traçant son nom sur les registres de l'état civil, de lier à jamais son sort au sort d'un autre, calme et confiante, elle leva sur lui de beaux yeux pleins de bonheur ; mais il ne la regardait pas, lui... ses regards étaient fixés avec inquiétude à l'autre extrémité du salon. C'est que un beau matin, monsieur Simon, arrivait seulement alors ; et qu'à sa grande surprise, Yves de Mauléon voyait à ses côtés, entrant avec lui, Eléonore rayonnante de joie. C'est que la jeune fille, qui venait d'arriver, qui n'avait rien vu, rien entendu de la cérémonie, l'apercevant au milieu du salon, disait tout bas à son père avec ravissement :

— Celui que j'aime, que j'avais perdu, que je retrouve ici, le voilà ! c'est lui ! monsieur Yves de Mauléon.

Le vieillard, stupéfait et tremblant, la regardait d'un air si inquiet, si étonné ; il était sous le poids d'une telle douleur, qu'il n'entendait pas qu'on se plaignait de son retard, et qu'on le priait d'avancer et d'écrire son nom au bas de cet acte du mariage préparé par lui.

Georges Rémond s'approcha de monsieur Simon, l'entraîna près de la table, mit dans ses mains la plume, que le vieillard prit machinalement. Mais, quelque trouble de ses idées fût tel qu'il ne distinguât plus rien autour de lui, il sentit confusément que c'était le désespoir de sa fille auquel il allait attacher son nom, et la plume échappa à sa main tremblante. La faiblesse du pauvre père désolé servit d'excuse à ce trouble; on l'attribua à l'âge, à la maladie, au respect qu'imprimait la noble assemblée; et le notaire, le forçant à reprendre la plume, dirigea sur les registres cette main qui ne résista plus, et écrivit un illisible nom.

Alors tout le monde se leva pour passer à la chapelle, où le mariage allait s'achever; et Gabrielle, que le trouble et l'effroi d'Yves de Mauléon surprenaient et avaient fait sortir de ses rêveries pour porter son attention sur ce qui l'entourait, vit alors Éléonore, pâle et chancelante, prête à tomber, si madame de Savigny, toujours souriante et joyeuse, ne se fût avancée galement pour la soutenir. Gabrielle s'approchait en même temps, et l'entendit qui disait vivement à voix basse à la jeune fille :

— Pourquoi donc êtes-vous ici ?

Et Éléonore, levant avec angoisse ses yeux effrayés, s'écria :

— Et vous ?

— Qu'y a-t-il donc? demanda Gabrielle, que toutes deux aperçurent seulement alors.

— Rien, reprit d'un ton enjoué madame de Savigny, ignorant que ses paroles avaient été entendues; Éléonore est mon amie, et je m'empressais de rajuster quelque chose à sa toilette.

Et, se baissant, elle rattacha à la taille de son amie un nœud de ruban qui ne se détachait pas; et Gabrielle, ayant en ce même moment, avec un mouvement subit, embrassé sa compagne tremblante, surprit ces mots prononcés très vite et très bas :

— C'est lui ; prends garde, ou tu nous perds !

Madame de Savigny, les ayant à peine achevés, s'éloigna en riant, comme si elle eût jeté une joyeuse plaisanterie à la gaieté d'une amie...

— Éléonore, dit vivement Gabrielle, cette femme, c'est Rose ! Et portant ses yeux sur le visage légèrement contracté de celui qui venait de recevoir ses sermens, et qui les regardait avec attention : — Et lui, celui que vous aimez toutes deux, ajouta-t-elle, c'est Yves de Mauléon !

Si la jeune femme eût encore eu quelques doutes, le visage décomposé d'Éléonore eût confirmé toutes ses craintes.

Tout cela avait été rapide comme l'éclair; et dans le moment où chacun se levait, après une heure d'immobilité, et échangeait quelques paroles en se disposant à se rendre à la chapelle, personne ne s'apercevoir de ce qui s'était passé. Le comte de Rainville, que sa vieille et intime amitié avait fait désigner par la marquise pour conduire à l'autel la nouvelle mariée, s'approcha pour lui offrir la main, à l'instant où elle venait d'aller à Yves de Mauléon et s'écriait involontairement : « Arrêtez ! » Mais madame de Savigny, qui était près du jeune duc, prit avec amitié la main que Gabrielle avançait comme pour empêcher tout mouvement.

— Oui, arrêtez donc, dit-elle en souriant, on n'est pas en ordre et rangé comme il faut. Chacun doit prendre son rang pour se placer à la chapelle ; et permettez, madame la duchesse, continua-t-elle avec l'air le plus affectueux, que moi, ancienne amie de votre nouvelle famille, je sois la première à vous offrir mes félicitations sur votre mariage, car vous êtes mariée maintenant, ajouta-t-elle en appuyant sur ces mots, vous êtes mariée, à jamais mariée ! ce n'est plus qu'une bénédiction sur le mariage contracté que nous allons tous demander au ciel avec ferveur.

Gabrielle avait senti à l'instant qu'il n'était plus possible de revenir sur le passé. Dans la confusion de ses idées, elle se laissa machinalement conduire au pied de cet autel, où elle ne demanda au ciel que du courage et des lumières pour une situation difficile, au lieu d'actions de grâce pour une situation heureuse qu'elle croyait lui devoir quelques moments auparavant.

La cérémonie achevée, chacun devait s'éloigner de chez la princesse, dont l'âge avancé n'aurait pu supporter une plus longue fatigue. Un dîner peu nombreux avait été préparé à l'hôtel que les jeunes mariés allaient habiter. Éléonore et monsieur Simon, qui devaient en faire partie, n'y parurent pourtant pas; la jeune fille avait été, disait-on, forcée par une indisposition subite de retourner au couvent : monsieur Simon l'y avait reconduite. Cette circonstance confirma les craintes de Gabrielle, et ajouta encore à la tristesse, à la gêne et à l'ennui inséparables d'un pareil dîner. Madame Rémond, en voyant une si triste noce, était tellement accablée, que toute sa joie de millionnaire avait disparu, ainsi que sa confiance dans l'opulente toilette dont personne ne lui avait fait compliment. Toute sa figure exprimait une surprise si douloureuse, qu'elle approchait de la stupeur. Il lui semblait qu'un événement extraordinaire allait marquer un mariage aussi incompréhensible.

Cependant le dîner continuait, sans offrir rien de remarquable que sa tristesse et son ennui ! Gabrielle, depuis la découverte qu'elle avait faite, était restée constamment dans un état d'esprit difficile à dépeindre; car mille idées contraires y naissaient tour à tour. Depuis un mois, son attention continuelle à tout ce qui se passait et à tout ce qui se disait autour d'elle, et les propos plus énergiques que délicats que sa mère se permettait parfois, l'avaient assez initiée aux choses réelles pour que la vie de jeune homme de celui qu'elle venait d'épouser ne trouvât pas quelque excuse à ses yeux ; mais ce que cette vie avait laissé de traces, ce que ce cœur pouvait garder du passé, ce qu'il laissait à espérer pour l'avenir, voilà ce que le regard de Gabrielle cherchait à deviner sur le visage d'Yves de Mauléon, qu'elle examinait depuis ce moment avec la plus vive anxiété.

Cette attention constante, remarquée par madame Rémond, lui parut être une preuve évidente d'un amour très vif; et la pauvre mère sentit son chagrin s'effacer sous l'espoir qu'au moins sa fille aurait, comme elle ne put s'empêcher d'en faire la remarque tout haut, des dédommagements de ce côté-là. Chacun regardant avec surprise madame Rémond, elle ne put supporter plus longtemps une contrainte inaccoutumée; et elle se mit à faire en langage grossier une espèce d'élégie burlesque sur la tristesse de la journée, qu'elle accompagna de plaisanteries sur ce qui pouvait et devait suivre un pareil jour. Et comme succédait à ces paroles un de ces silences d'étonnement par lesquels on semble protester dans le monde contre l'inconvenance et contre l'infraction aux règles de la société, Gabrielle, les yeux attachés sur Yves de Mauléon, vit ce dédain profond, ce dégoût moral qu'inspiraient au jeune homme le mauvais goût et la grossièreté des paroles de madame Rémond. Gabrielle alors, promenant vivement ses regards de la figure commune, si joyeuse et si contente d'elle-même, de sa mère, au triste visage mécontent et humilié de son mari, sentit tout à coup la distance immense qui séparait les deux êtres qu'elle était destinée à unir dans les plus intimes affections de sa vie. Tandis qu'elle déplait avec anxiété l'expression de monsieur de Mauléon, qui laissait errer ses regards autour de lui, craignant sans doute en les fixant quelque part de laisser deviner ce qu'il éprouvait, elle le vit porter sur elle-même cette expression inattentive, dédaigneuse et méprisante.

Il n'est pas de jeune fille, quelque enfant, quelque ignorante et étourdie qu'elle soit, qui ne sente que ce n'est point un tel regard que sa jeunesse et sa beauté doivent attendre de celui qui vient de lui promettre son amour devant le ciel et la terre. L'illusion que Gabrielle avait cherché à se faire, l'espérance qu'elle avait conçue, tout s'évanouit en ce moment, et le froid glacial du visage hautain de monsieur de Mauléon frappa son cœur d'une soudaine et mortelle blessure !

— O mon Dieu ! s'écria douloureusement la naïve enfant, cédant à une indicible douleur ; et les yeux curieux, surpris et effrayés, se tournèrent spontanément vers elle, qui n'était pas la moins étonnée de sa brusque et involontaire exclamation.

— Vous êtes-vous blessée ? dit doucement la marquise.

Gabrielle laissa croire qu'une légère maladresse avait compromis ses délicates mains contre le couteau qu'elle tenait; et cet imperceptible tort fut pris par le jeune homme comme un manque d'usage qui ajouta visiblement à sa mauvaise humeur. Elle le vit bien; car tout avait disparu autour d'elle depuis quelques heures, pour ne laisser à son attention qu'un seul objet, Yves de Mauléon et les nuances de sa pensée, souvent insaisissables, mais toujours épiées par la jeune femme, dont toute l'âme était absorbée dans cette contemplation.

Tout à coup il surprit cette attention avec autant d'inquiétude que d'étonnement; et aussitôt il mit tous ses soins à rendre impassible le front sur lequel la jeune femme cherchait à deviner sa pensée... Il s'efforça de rendre insouciant le sourire qu'elle épiait; de rendre indifférens les yeux où elle voulait lire; mais son attention à elle n'en devint que plus active. C'était une lutte acharnée de scrupuleux et violent examen d'un côté, et, de l'autre, de soins multipliés pour dérouter l'observation. Plus maître de lui, le jeune homme trouvait encore moyen de se mêler à l'espèce de conversation banale que la marquise maintenait au milieu de tout cela, et d'échapper au moins à l'observation des autres.

La soirée se passa ainsi jusqu'au moment où l'on se sépara. Alors madame Rémond emmena Gabrielle dans l'appartement qu'elle devait occuper, et Yves de Mauléon se retira momentanément dans le sien.

Mais quand il se trouva seul après cette journée passée pour ainsi dire en public, et qu'il put se livrer sans contrainte à ses impressions, il se sentit saisir par une indicible tristesse et un profond découragement. Cette fortune qu'il venait d'acheter par son mariage, non-seulement lui sembla payée trop cher, en établissant des liens de famille entre lui et madame Rémond; mais cet argent en lui-même cessa d'avoir du prix à ses yeux. Il éprouva un tel dégoût de toute chose, qu'il ne vit plus pourquoi il avait été se créer ainsi de nouveaux devoirs pour obtenir des richesses qui ne lui apportaient aucune joie.

Les plaisanteries de sa belle-mère l'irritaient, comme une espèce de prise de possession de sa personne contre laquelle il se révoltait; et, cherchant par un séjour prolongé dans son appartement à constater l'indépendance qu'on voulait lui ravir, il s'assit tranquillement devant la table, et il mit à écrire à son ami Henri de Marcenay.

« Henri, vous dont l'esprit sceptique sait tout analyser » froidement, et qui allez chercher dans les plus secrets » replis du cœur le mauvais instinct qui le pousse; vous » qui regardez comme un spectacle toutes les passions qui » nous agitent, que ne pouvez-vous voir ce qu'éprouve » en cet instant mon âme? Vous devineriez mieux que » moi sans doute les causes d'un mal qui m'accable, et » porte un sentiment de douleur dans tout ce qui passe » autour de moi.

» Cette journée de mariage, Henri, a été un long siècle » d'ennui et de malaise; plus que cela! d'angoisse et de » souffrance. Oui, je souffre, et savez-vous quand j'écris » ceci? Il est minuit, je suis seul dans ma chambre, et je » suis marié depuis ce matin avec une jeune fille de seize » ans, réellement belle!

» Quel est donc l'empire qu'exercent sur moi quelques » idées singulières peut-être? je suis là... et j'y suis sans » impatience, sans joie! et j'y reste! Ah! quoique vous » en puissiez dire, mon ami, il existe je ne sais quelle » faculté de l'âme dont la puissance est irrésistible, et » dans ce moment cette puissance vient révolter mon » cœur humilié.

» C'est la seconde fois qu'un chef de la famille des Mauléon épouse une fille du peuple... J'ai trouvé ces jours-ci » dans nos papiers un court récit de ce premier mariage, » je l'ai gardé, il est là sous mes yeux; il augmente mon » mécontentement; lisez-le, vous verrez pourquoi. »

« LÉGENDE OU RÉCIT RENFERMÉ DANS LA LETTRE.

» Dans le treizième siècle, Bertrand de Mauléon, seul » héritier des ducs souverains ses aïeux, devint amoureux » de la fille d'un de ses serfs, la belle Gertrude; et la » beauté de la jeune fille était si imposante et si gracieuse que Bertrand ne voulut devoir qu'à sa volonté, » à elle, un amour que, comme seigneur et maître, il » pouvait exiger. Il lui déclara qu'il l'aimait, et Gertrude » mit tant d'adresse dans sa réponse, qu'il ne put ni se » fâcher d'un refus, ni se réjouir de l'espérance d'un succès. Le soir même du jour où il lui avait parlé, étant à » la chasse, mais rêveur et sans goût pour son plaisir favori, il chercha la solitude dans l'endroit le plus épais » du bois, pour y penser à l'aise et sans distraction à la » belle Gertrude. Il crut bientôt rêver tout; quand il » reconnut sa voix à peu de distance de lui; mais il ne se » trompait pas, c'était elle: la nuit l'empêchait de la voir, » mais il l'entendit qui disait:

« — Mon père, demain au point du jour il faut partir; » nous quitterons les riches domaines du noble duc de » Mauléon, et nous irons travailler sur une terre étran- » gère... car je ne puis plus rester ici... Votre fille, mon » père, est aimée de son seigneur et maître, Bertrand de » Mauléon.

« — Mais, disait le vieux père de Gertrude, le noble duc » est loyal et généreux, il n'exigera rien par la force; nous » pouvons rester.

« — Nous devons partir, mon père, répondit-elle, car » votre fille aime son seigneur et maître, Bertrand de » Mauléon.

« — Mais, reprit le père, Gertrude est vertueuse et sage, » et nous pouvons encore vivre sur cette terre chérie.

» — Nous devons partir, mon père, reprit encore la pauvre Gertrude en pleurant, car je sais qu'il m'est plus » facile de mourir loin d'ici que de résister à la voix et » aux prières de mon seigneur et maître, Bertrand de Mau- » léon.

« — Nous partirons, dit le père.

« Et le lendemain ils furent arrêtés par les hommes d'armes de Bertrand de Mauléon, au moment où ils franchissaient les limites de ses domaines; et on les amena devant » la haute cour de justice du seigneur, pour y être jugés » selon la loi.

« Et, quand tous étaient assemblés, serfs, vassaux, hommes d'armes et seigneurs, Bertrand de Mauléon, suzerain des fiefs de Arnouville, Blamont, Lassy et autres » lieux, etc., etc., promit grâce à Gertrude et à son père, » si la jeune fille avouait la cause qui les avait fait déserter ses terres; mais la jeune fille rougit et ne répondit » pas. Cependant, quand elle regarda son père, elle s'écria: » — Je suis seule coupable! que l'on ne punisse que moi » seule!

« Et on les condamna tous deux.

« Alors Bertrand de Mauléon se leva du siège où il était » assis, dominant l'assemblée, et il dit: — Je le sais, moi, le » secret de cette jeune fille... je l'entends le confier à son » père. Elle fuyait devant un homme qu'elle aimait, car » elle est sans vertueuse que moi; et moi, maître et seigneur suzerain de ces lieux, j'ai décidé que cet homme » serait son époux.

« Gertrude doutait encore de ce qu'elle entendait, quand » Bertrand la prit par la main et la plaça sur un siège élevé » comme le sien, et à côté de lui. Mais, au lieu de s'asseoir, » elle se jeta à ses genoux et pleura de joie.

« Le lendemain, le chapelain bénit cette union, et la duchesse de Mauléon brilla par ses vertus et par sa beauté » dans le haut rang où elle était placée.

« Eh bien! Henri... penserez-vous comme moi, après » avoir lu cette vieille chronique?... Cet homme avait pris » sa fiancée parmi les filles du peuple, pour la parer de » riches atours, pour poser sur son front une couronne » ducale, pour en faire la noble compagne d'un puissant

» seigneur. Il déplut à ses égaux, irrita les châtelaines qui
» prétendaient à sa main, manqua peut-être à ses descen-
» dans qu'une riche alliance eût pu doter de quelques nou-
» veaux domaines : mais il y avait de la fierté et de la
» générosité à faire ainsi de celle qu'il aimait l'égale des
» plus grandes dames ; mais il pouvait presser avec trans-
» port sur son cœur la femme qui lui devait tout ; mais
» nul n'avait le droit de dire : « Cet homme, il a livré son
» nom pour de l'or, il donné son titre pour de l'or, il a
» vendu son amour pour de l'or ! »

« Et moi, Henri ?

« Comment mon mariage s'est-il fait ?... Je ne le com-
» prends plus ! Il me semble que j'aurais dû me révolter
» contre un pareil lien.

« Je ne sais, en vérité, ce qui s'est passé. Ils disaient
» tous que les mariages se faisaient ainsi. Ma mère pleu-
» rait ! Ma vie passée avait-elle donc étouffé tout ce qu'il
» y avait en moi de délicates inspirations ? Et viennent-
» elles se réveiller quand elles ne peuvent plus m'apporter
» que des tourmens ?

« Me voilà lié pour jamais à je ne sais quel sort honteux,
» à je ne sais quelle destinée maudite, et cela pour arriver
» à quoi ? à vivre, à dîner à une bonne table, à monter
» dans une voiture commode, à me trouver dans un bel
» appartement ! Eh ! qu'importe tout cela, s'il est au dedans
» de moi des ennuis que rien ne pourra vaincre, des pen-
» sées qui m'obséderont, des souvenirs qui viendront
» m'humilier !

« Car cette jeune fille, ah ! si vous saviez, Henri ! c'est
» elle, c'est un de ses regards qui a éveillé en moi toutes
» ces idées ; un regard de cet enfant de seize ans, de cette
» fille du peuple !... Pendant le dîner elle a surpris, du
» moins je suppose qu'elle l'est cela, elle a surpris une expres-
» sion de dégoût que m'inspirait sa mère ; et si vous aviez
» vu quelle pitié, quel mépris ont animé tout à coup cette
» figure presqu'enfantine..... Ah ! comme son regard était
» insultant !

« Et imaginez, Henri, que c'est une espèce de sauvage !
» Comment a-t-elle donc pu deviner ? mais c'est impossi-
» ble ! je me serai trompé !... quelque idée que j'ignore
» l'aura frappée !... Ce matin, quand j'arrivai, ses regards,
» ses yeux si expressifs me regardaient avec une tendresse
» naïve,..... Qu'elle était jolie ainsi ! toutes les nuances de
» sa pensée se peignaient à l'instant dans sa physionomie ;
» on peut la comprendre sans qu'elle parle... quel sourire
» charmant !... »

Yves de Mauléon laissa encore quelques instans sur le
papier sa main inattentive, qui traçait à son insu des
mots sans suite, et même des lignes sans forme... Sa pensée n'était plus avec son ami ; elle était sans doute avec
des images plus douces et plus gracieuses que celles qui
frappaient son esprit en commençant la lettre ; car son visage avait pris un air de gaîté, et, quand ses yeux se repor-
tèrent sur le papier, il se mit à rire de bon cœur des figures bizarres que sa plume avait tracées. Puis, parcourant
ce qu'il avait écrit, il ne trouva point apparemment que
ces idées dussent être connues, car il froissa avec impatience ces pages écrites avec tant d'attention quelques instans auparavant, et les ayant vivement pressées entre ses
mains, il les anéantit en les livrant aux flammes. Alors
son visage parut s'animer d'une nouvelle joie, et il s'élança
rapidement vers la porte qui conduisait à l'appartement de
sa jeune femme.

Que faisait-elle ? comment Gabrielle avait-elle passé cette
heure d'attente ? Conduite par sa mère dans la chambre
élégante préparée pour la nouvelle mariée, elle l'avait
laissé détacher les fleurs et les bijoux dont elle était parée,
sans s'apercevoir seulement des soins dont elle était l'objet,
et sans entendre autre chose de nombreuses paroles de
madame Rémond que ces mots apprenant à la jeune fille
que la cérémonie du matin accordait à son nouvel époux
le droit de ne pas la laisser seule ce soir.

Madame Rémond, comme presque toutes les femmes

d'une classe inférieure, était honnête sans être réservée ;
vertueuse dans ses actions sans être délicate dans ses paroles. L'énergie grossière de son langage eût effarouché la
femme élégante la moins sévère, comme les faiblesses de
celle-ci eussent rebuté toute la robuste vertu de l'autre.

Gabrielle écouta tout sans que son visage impassible
laissât rien deviner des impressions que les discours de sa
mère pouvaient faire naître ! La fatigue, un mal de tête
et toutes les idées d'une jeune fille un jour de noce, mo-
tivèrent son silence aux yeux de madame Rémond, qui la
quitta sans inquiétude et sans souci, après avoir béni sa
belle enfant et prié avec elle pour son bonheur.

A peine madame Rémond était-elle sortie de sa chambre
que la jeune femme sauta légèrement du lit, où elle avait
eu l'air de chercher le repos ; et, se précipitant vers la
porte par laquelle sa mère venait de sortir, elle tourna vivement la clef dans la serrure, de manière à ce qu'elle ne
pût s'ouvrir du dehors. Puis elle s'approcha d'une porte
semblable, placée vis-à-vis de celle-là, et elle en fit autant. Ensuite, elle ouvrit une petite porte cachée sous les
draperies qui tapissaient la chambre : cette porte conduisait à un boudoir charmant. Elle l'examina avec attention,
et, s'étant bien convaincue qu'il était sans issue, et que
personne n'y avait pénétré, elle revint calme et paisible
dans sa chambre, s'enveloppa d'un peignoir de cachemire
blanc, s'assit dans un grand fauteuil auprès d'un feu presque éteint, et parut se livrer à une méditation que favori-
saient le silence de la nuit et la demi-obscurité qu'une lam-
pe d'albâtre, suspendue au plafond, laissait régner autour
d'elle. Cette lumière pâle et triste eût pu sembler douce à
l'amour, mais elle n'était que lugubre pour la solitude, et
livrait l'âme de la jeune femme à ses mélancoliques inspirations.

Au milieu de sa rêverie, une porte, dissimulée comme
l'était la porte du boudoir, sous les plis de la mousseline
dont la chambre était tendue, s'ouvrit tout à coup. Un
mouvement d'effroi involontaire fit brusquement lever
Gabrielle du fauteuil où elle était assise, et cet effroi s'accrut, s'il est possible, quand elle reconnut que cette porte
ne s'était ouverte que pour laisser passer le jeune Yves de
Mauléon.

Muette de surprise, effrayée, hors d'elle-même, Gabrielle
voulut s'avancer par un mouvement machinal pour repousser celui qui venait ainsi troubler la solitude qu'elle
croyait s'être assurée..... Mais elle tremblait tellement,
qu'elle fut forcée de chercher un appui. Sa main se posa
sur le bronze doré du pied de son lit, et là, immobile, sa
grande taille enveloppée dans ce peignoir blanc qui couvrait jusqu'à ses pieds délicats, l'effrayant éclat de ses
grands yeux noirs et brillans, la pâleur mate qui rempla-
çait ses fraîches couleurs habituelles, ses lèvres même décolorées et entr'ouvertes, donnaient à toute sa personne
un aspect si différent de cette enfantine et joyeuse beauté
que le jeune duc avait vue en elle jusqu'alors, qu'il resta
interdit sans oser avancer ni reculer.

Mais la jeune femme effrayée reprit courage, en voyant
son effroi partagé ; et s'armant tout à coup d'une intré-
pide résolution :

— Monsieur... le duc de Mauléon, dit-elle d'une voix encore très émue, mais qu'elle cherchait à rendre ferme et
imposante, écoutez-moi !... oui, écoutez-moi ! Je veux.....
je dois... vous parler... vous tout dire... et j'en aurai le
courage.

Yves fut étonné à tel point, qu'aucun mot ne se présenta
pour répondre à ces paroles inattendues, que le ton grave
et extraordinaire de cette femme tremblante et décidée
rendait incompréhensibles pour lui.

Après quelques instans d'un complet silence, Gabrielle
reprit :

— Il y a un mois, monsieur, lorsque vous vîntes au couvent, et que l'on conclut... ce funeste mariage... Yves de
Mauléon fit un geste d'étonnement... ce funeste mariage,
répéta la jeune femme, moi..... j'ignorais toutes les choses
de la vie ! Les avantages de la naissance, les idées du mon-

de, le prix de la richesse, les plaisirs.... et les attachemens qui avaient pu remplir la vie d'un jeune homme, tout m'était inconnu; et, quand je donnai mon consentement, j'ignorais et ce que j'accordais et ce que je devais obtenir! Pour moi, monsieur de Mauléon était un jeune homme que... je... Ici Gabrielle s'arrêta... sans achever sa phrase; et, laissant sa pensée incomplète, elle essaya d'en exprimer une autre. — Pour vous, monsieur..... moi j'étais une fille du peuple que vous méprisiez... et dont vous achetiez la fortune avec un titre.

— Madame !... ne put s'empêcher de s'écrier le jeune homme offensé. Mais ne trouvant pas sans doute les mots qui devaient détruire l'accusation de Gabrielle, il s'arrêta.

— N'essayez pas de dire le contraire! vos regards aujourd'hui même m'ont trop convaincue de votre dédain, car, depuis un mois... j'ai appris à deviner bien des choses, et la vérité s'est fait jour dans mon âme. Monsieur de Mauléon..... vous saviez qui j'étais..... ce que j'étais!... moi, je ne savais rien... et le marché a été conclu sans moi, car j'en ignorais toutes les clauses. Si je les avais sues, si j'avais connu le monde, ma situation et la vôtre, je le dis ici, monsieur le duc, mon consentement, je ne l'aurais pas donné, et ce mariage ne se serait pas fait. Maintenant que mon inexpérience l'a laissé conclure, que nous voilà liés l'un à l'autre... je ne puis pas... vous dire... ce que, ce lien malheureux... éveille de pensées tristes et cruelles pour moi... je ne puis pas non plus exprimer tout ce que je ressens des impressions pénibles et désagréables que j'ai vues aujourd'hui s'éveiller en vous..... je comprends bien tout cela.... mais les mots manquent à mes idées! Je puis encore moins vous dire, ajouta-t-elle en hésitant à chaque mot... pourquoi... avec vos sentimens, avec vos idées, avec la connaissance que j'ai des motifs de ce mariage, avec la conviction que j'ai acquise de votre amour pour une autre..... votre présence... ici... dans ce moment est impossible, absolument impossible.

Yves la regardait avec une surprise toujours croissante... elle ne voyait pas ses regards; car, pour les éviter sans doute, ses yeux à elle se tenaient constamment baissés jusqu'à ses pieds!... sa pâleur, son immobilité, et ses yeux ainsi presque fermés, donnaient à toute sa personne un aspect sinistre et imposant.

Elle continua avec un peu moins d'hésitation.

— Il ne peut pas... il ne doit pas y avoir en ce monde de raisons d'intérêt qui forcent un homme d'honneur, fier et délicat comme monsieur le duc de Mauléon, à mentir à son cœur auprès d'une femme, à venir feindre un amour qu'il n'a point! Non cela ne doit pas être!... Si un homme en était capable, moi, je le mépriserais, moi, et la femme qui le souffrirait... il la mépriserait, lui! Je sens cela sans pouvoir me l'expliquer..... car, moi, je ne sais rien, je ne connais rien, je n'agis que par instinct; mais je ne ferai jamais ce qui révolte mon cœur; et je sens que je ne veux pas, que je ne puis pas être la femme d'un homme qui me dédaigne, qui m'a épousée pour ma fortune, qui me hait peut-être, et qui en aime une autre !..... Monsieur de Mauléon, ajouta-t-elle en parlant avec force, mais très vite, moi fille du peuple, sans éducation, ce que vous appelez une mésalliance, c'est-à-dire une faute, je l'ai faite aussi, moi, fille du peuple, sans éducation, ce que j'étais! mais fille du peuple, je le sais bien, et je le dis: écoutez! un marché a été conclu... Gabrielle Rémond, fille d'un ouvrier, a acheté le titre de duchesse... qui n'a pas grande valeur aujourd'hui, dit-on, et qui ne m'apportera peut-être que l'avantage d'être reçue dans quelques nobles salons, où je serai sans doute encore plus méprisée par vos amis que par vous; mais enfin on a conclu un arrangement, et, dans ce moment, je le ratifie! Vous aurez pour ce titre que vous me donnez la fortune que vous avez souhaitée, mais le marché s'arrêtera là, monsieur le duc! c'est assez de sa naissance qui rend méprisable à vos yeux Gabrielle Rémond; sa faiblesse au moins ne vous donnera

pas de nouveaux droits! Quand un pauvre paysan épouse une fille du peuple comme lui, c'est qu'il l'aime! s'il la presse sur son cœur, c'est que ce cœur est à elle; c'est qu'il est fier de lui donner son nom, de l'avoir pour compagne de sa vie, pour mère de ses enfans, pour partager avec lui toutes les chances de son existence! et si le mariage n'est pas cela, si ce n'est pas l'amour béni par le ciel et honoré par la terre, qu'est-ce donc? qu'est-ce que cette fille sans amour et sans défense, qui se livre à un homme qui ne l'aime ni ne la respecte? Je ne le comprends pas, moi! je ne sais pas si c'est là le mariage dans ce que vous appelez le monde; mais je sais bien qu'il n'en sera pas ainsi entre nous, monsieur! Rentrez dans votre appartement, je veux rester seule dans le mien!

Il est impossible de rendre l'émotion de surprise qui suspendait et confondait en ce moment toutes les idées du jeune homme. Il y avait tant de choses diverses et imprévues qui venaient agiter son âme, qu'il oubliait tout ce qui l'avait occupé quelques instans auparavant. Le froid dédain, la mauvaise humeur, l'impatience et le dégoût, tout jusqu'aux idées plus gracieuses que la belle enfant de seize ans avait fait naître, tout était bouleversé, tout avait disparu! et il restait là immobile et plein de sentimens contraires, devant une espèce d'objet de curiosité et d'étonnement dont il ne pouvait se rendre compte... Et, en effet, avait-il pu jamais prévoir que l'insouciante et capricieuse enfant, ignorante de tout ce qui fait la vie du monde, même dans ses détails les plus futiles et les plus matériels, en aurait ainsi atteint tout à coup les plus délicates susceptibilités? Car Gabrielle venait, par le seul instinct de son âme, de deviner le sentiment de sa propre dignité et le sentiment de la dignité d'un autre. Elle avaient spontanément ce qui faisait de son mariage un honteux marché. Les imperceptibles nuances de l'air dédaigneux, mécontent et humilié du jeune duc avaient achevé de l'éclairer; et, sans pouvoir analyser ce qu'elle éprouvait, sans se demander si ces impressions étaient injustes ou méritées, elle avait compris qu'elle n'était pas aimée, que l'amour est fier et heureux de ce qu'il donne et de ce qu'il obtient; que l'homme qui rougit d'une femme ne peut avoir pour elle qu'une espèce d'amour dont elle doit elle-même rougir..... Et, par une noble fierté, la jeune fille dédaigneuse avait brisé, détruit, anéanti le mensonge d'amour qu'on les avait forcés de subir, et qui les eût avilis tous deux par sa fausseté.

Cette résolution irréfléchie et prise d'inspiration avait tout à coup, aux yeux d'Yves de Mauléon, changé toute la nature de Gabrielle. D'une personne commune et dédaignée, elle avait fait une personne imposante et précieuse. L'exquise délicatesse de la femme, en se révélant au cœur de l'enfant, l'avait métamorphosée pour lui : l'ignorante fille du peuple commandait en ce moment à l'héritier d'une illustre race un respect involontaire auquel il cédait sans réflexion.

Que dire? que faire? Si monsieur de Mauléon eût été sous le seul empire des idées vulgaires d'un homme du monde, il se fût trouvé ridicule, et voilà tout! S'il n'eût pas eu naturellement cette âme délicate et impressionnable qui sent toutes les choses avant de les analyser, il eût peut-être cherché quelques paroles à opposer à celles de Gabrielle; mais la jeune femme avait si bien exprimé tout ce qui lui-même avait éprouvé quelques instans auparavant; elle avait si bien sondé ce cœur de jeune homme pour toucher juste à toutes les blessures qu'il renfermait, que sa profonde et violente surprise s'exprima seulement par quelques mots sans suite, auxquels répondit un geste impératif de Gabrielle, lui indiquant la porte par laquelle il était entré! Et, comme si elle eût voulu adoucir un peu ce que cet ordre pouvait avoir de trop rude, elle prononça doucement et avec une inflexion pleine de tendresse ces derniers mots :

— Adieu, monsieur de Mauléon... Je ne vous accuse pas... il y a dans ce qui s'est passé du malheur pour tous deux... mais... adieu !... à demain !...

Yves était près de la porte ; il hésita..., s'arrêta un moment..., comme s'il eût voulu dire quelque chose... puis, voyant dans toute l'attitude de la jeune fille l'expression de sa ferme volonté, l'attente de sa sortie,... et l'impatience de son hésitation,... il s'éloigne.

A peine le jeune duc eut-il quitté la chambre, que Gabrielle, sortant de l'immobilité où elle était restée constamment devant lui, alla fermer la porte en dedans, et fit avec une violente agitation le tour de cette chambre solitaire. Sa figure calme, et même contractée au point d'être sévère, par l'effort qu'elle s'était imposé tout le temps de la présence d'Yves de Mauléon, exprima tout à coup la plus vive anxiété et le plus profond désespoir. Des larmes brûlantes s'échappaient avec des sanglots, et, se jetant à genoux avec toute l'explosion d'une douleur concentrée qui s'exhale :

— O mon Dieu ! mon Dieu, ayez pitié de moi ! s'écria-t-elle. Si vous m'abandonniez, qui pourrait me secourir ? car qui me dirait si j'ai eu tort ou raison ! Pourtant, je ne sais quel instinct m'avertissait que je devais agir ainsi ! Oui, ce que j'ai fait, je devais le faire..., et si la vie me présente encore des situations difficiles, moi, pauvre ignorante fille, j'obéirai encore au mouvement de mon âme. Ce qui lui répugnera, je le repousserai ; ce qui lui semblera bien, je le ferai. Il faut que mon cœur soit mon seul guide, je n'en ai pas d'autre ! je n'ai personne au monde à qui je puisse demander : « Que faut-il faire ? » Ma mère... oh ! non... je ne puis lui rien dire !... Et Gabrielle n'osa exprimer l'idée qui s'offrait à elle, n'osa même s'avouer tout à fait combien cette mère, qu'elle aimait et respectait, était incapable de la guider ; mais elle dit seulement avec un profond sentiment de tristesse : — Non, je ne dois rien dire à ma mère... Eléonore !... A ce nom, un sentiment douloureux s'empara de la jeune femme. — Comme il l'eût aimée, si elle était à ma place ! dit-elle ; mais comme elle doit souffrir, mon Dieu !... Je n'ai plus d'amie ! Celle avec qui seule j'osais penser... jamais je ne pourrai ni la revoir, ni lui parler. Et lui ?... ah ! nous sommes séparés !... séparés pour toujours ! s'écria-t-elle. Et se levant avec vivacité, portant à son cœur une main tremblante, et le pressant fortement comme pour comprimer ses battemens involontaires : Lui, si je l'aimais pourtant ! dit-elle avec effroi.

Puis, jetant à la hâte le vêtement léger qui l'enveloppait, essuyant et retenant ses larmes avec force, car elle portait dans tous ses mouvemens une énergique vivacité, comme pour échapper à une pensée qu'elle repoussait, elle se mit au lit, espérant trouver dans le sommeil un repos qui semblait bien éloigné de son cœur.

Mais, soit que la fatigue d'esprit, qu'avaient fait naître les nombreuses émotions de la journée, eût appelé le repos ; soit qu'après une forte résolution prise et exécutée, un sentiment paisible vienne soulager le cœur qui a souffert ; ou que la douleur, qui avait tout à coup fait sortir Gabrielle de l'enfance, ne lui en eût pourtant pas encore enlevé tout le bonheur, sa jolie tête ne se fut pas plus tôt appuyée sur le bras gracieux qui la supportait ; son corps souple, aux nobles et beaux contours, ne se fut pas plus tôt étendu mollement sur le léger duvet qu'il faisait à peine ployer, que la belle et gracieuse jeune femme sentit un doux sommeil s'ténuer sous des images confuses toutes les émotions qui l'avaient troublée. Ses yeux, qui avaient épuisé plus de larmes dans ce jour de mariage qu'ils n'en avaient versé dans toute sa vie, se fermèrent doucement comme pour n'en plus répandre ; ses lèvres reprirent petit à petit l'incarnat qui s'était effacé depuis le matin, et ne laissèrent plus passer, avec la suave et légère respiration de la jeunesse, que des mots inintelligibles qui semblaient répéter : « Si je l'aimais pourtant ! »

Et bientôt toutes les douleurs de la femme disparurent sous le sommeil paisible et profond de l'enfant.

VI

LES VISITES DE NOCES.

Le jour du mariage, madame la marquise de Fontenay-Mareuil, en rentrant dans sa chambre, la trouva toute remplie de petits meubles fort beaux, et remarquables surtout par le soin attentif qui avait dû présider à leur choix. Il semblait qu'on eût deviné ce qui pouvait convenir à l'âge et au goût de la marquise : sur l'un d'eux était une lettre qu'elle s'empressa d'ouvrir, et qui renfermait ces mots :

« Madame,

» Maintenant que je vais devenir votre fille, je voudrais
» obtenir, avec ce titre, une place dans votre amitié, et je
» vous demande, madame, de me donner, en attendant, le
» droit de chercher tous les moyens de la mériter. Il faut
» d'abord qu'autour de vous tout rappelle à votre pensée
» que vous avez un enfant de plus pour vous aimer et
» vous soigner. Vous permettrez donc que ces petites
» bagatelles servent à votre usage et restent dans votre
» chambre.
» Mais j'ai, madame, une bien plus grande faveur à
» obtenir ; c'est que votre bonté daigne me conseiller et
» me guider dans les habitudes de ce monde, qui m'est
» entièrement inconnu, et où pourtant je ne voudrais rien
» faire qui pût vous déplaire, ou rendre ridicule celle que
» vous avez jugée digne d'entrer dans votre famille et de
» porter un noble nom.
» Ma reconnaissance, madame, vous prouvera tout le
» prix que j'attache à vos avis et le respect profond de votre
» fille

« GABRIELLE. »

La marquise sentit une émotion de joie et de tendresse en lisant ces mots si simples, mais si touchans par le bon sentiment qui les avait dictés. Elle était peu habituée aux douceurs de l'affection. Sa fille unique, mère d'Yves de Mauléon, était venue au monde dans les premiers jours de la révolution. Forcée de fuir sans aucune ressource, après la mort sanglante du marquis de Fontenay-Mareuil, elle se sépara de son enfant pour le confier à des mains étrangères, mais sûres, et le dérober ainsi aux incertitudes et aux dangers de l'exil... Ce ne fut que quelques années plus tard qu'on la lui ramena à Londres, où, dès l'âge de quinze ans, elle la maria au duc de Mauléon, afin de lui assurer un appui dans un temps où tous les siens dispersés lui faisaient craindre de mourir sans laisser de protecteur à son enfant. Alors elle voulut rentrer en France, retrouver Paris. Le duc de Mauléon garda sa femme en Angleterre, et ne revint qu'en 1814 dans sa patrie, où la jeune duchesse, déjà malade, n'eut que le temps de confier à sa mère son unique enfant, Yves de Mauléon, et de mourir entre ses bras. Son mari ne lui survécut que peu de mois.

Yves de Mauléon ne donna guère à sa grand'mère que les soucis et non les joies de la maternité. Depuis longtemps madame de Fontenay-Mareuil était vieille et pauvre. Le respect pour son opinion, cette tendre affection et ces égards volontaires inspirés par le cœur, étaient donc plaisirs nouveaux qu'elle n'attendait plus, et qui semblaient venir pour parer de leurs douceurs les tristes jours des dernières années. Emue et touchée, elle attendit avec impatience le lendemain pour embrasser son enfant.

Si la tendresse n'avait pas dicté à la marquise ce projet de mariage, si c'était par devoir qu'elle avait sacrifié ses habitudes dans l'hôtel de la princesse pour venir habiter avec le jeune ménage, si c'était par convenance qu'elle avait voulu prêter l'appui de son expérience et de son âge à l'ignorance de la nouvelle mariée, c'est que, depuis bien des années, la marquise n'espérait plus de la vie que ce qu'elle pouvait lui donner ; mais ce n'était pas sans joie et sans reconnaissance qu'elle accueillait ce qu'elle lui offrait encore de bon. Le bonheur et la joie dans la vieillesse sont comme les rayons du soleil en hiver ; on en jouit avec d'autant plus de douceur qu'on n'y comptait pas.

Madame de Fontenay-Mareuil se réjouit donc à l'idée de revoir le lendemain matin Gabrielle ; ce n'était plus une étrangère pour elle. L'espérance de soins affectueux la charmait, et elle savait gré à l'enfant sauvage d'avoir deviné avec son cœur ce qu'un autre peut-être eût eu besoin d'apprendre. Il en est des bons sentiments comme des nobles idées, ils n'ont tout leur charme et toute leur vigueur que quand ils naissent d'eux-mêmes ; ce qui vient ainsi spontanément a de la force et de la puissance.

A son réveil, Gabrielle reçut un message de la marquise, qui l'engageait à se rendre près d'elle ; et dès que la jeune femme, reposée par un sommeil paisible, eut terminé une simple et élégante toilette du matin, elle entra dans la chambre de sa belle mère. Madame de Fontenay-Mareuil, prévenue sans doute par cette bienveillance qu'on porte sur ce qui nous semble être devenu notre propriété, trouva la jeune duchesse de Mauléon mille fois plus belle que ne lui avait paru l'être mademoiselle Rémond. Elle lui tendit la main dès qu'elle la vit entrer, et Gabrielle remarqua tant de bonté dans son accueil et dans son sourire, qu'elle s'inclina, et fut prête à se mettre à genoux en baisant avec respect la main qu'on lui présentait. Alors la marquise, attirant vers elle la belle enfant avec une tendresse toute maternelle, la fit asseoir sur des coussins arrangés à ses pieds, et, lui tenant les mains dans une des siennes, examina pour la première fois tous les traits et toutes les beautés de ce charmant visage.

Yves de Mauléon entra dans ce moment. Bien éloigné de l'idée de retrouver là Gabrielle, il s'arrêta près de la porte, et regarda avec autant de surprise que de curiosité, ce groupe rassemblant ce qui tenait à lui par les plus forts et les plus intimes liens de la vie, et auquel il se sentait en ce moment presque étranger.

Dire toutes les impressions qui avaient assailli l'âme du jeune homme dans cette nuit d'insomnie serait impossible. Elles avaient été si tumultueuses et si contradictoires, qu'il ne s'en rendait pas compte lui-même. C'étaient des projets aussitôt détruits que conçus ; des mouvements de colère contre la jeune fille, d'impatience contre sa mère pour avoir exigé ce mariage, de mauvaise humeur contre lui d'y avoir consenti. C'était de la haine, c'était aussi de l'amour parfois, qui faisaient battre ce cœur révolté contre lui-même : il n'avait plus depuis longtemps d'autre règle de ses actions que son caprice du moment. Sur quel principe, sur quel devoir, sur quelle idée appuyer ses incertitudes et les vagues impressions de son âme? Aussi était-il encore dans cette agitation sans but, quand il se décida à chercher sa grand'mère, afin d'éviter au moins cette solitude qui ajoutait à ses tristes dispositions. Seulement son esprit se sentait alors en veine de colère contre Gabrielle, en pensant qu'il retrouverait bientôt soucieuse, mécontente et sévère, la femme indifférente et dédaigneuse qui croyait avoir à se plaindre de lui...

Pourtant son calme visage, qu'il avait soumis à l'influence de sa volonté, n'exprimait qu'une gaîté paisible en arrivant, et ne laissa paraître qu'une surprise agréable en retrouvant celle dont il voulait éviter la présence.

Madame de Fontenay-Mareuil, sans cesser son examen bienveillant, lui tendit une main qu'il baisa ; mais, la reportant bientôt sur le front charmant de Gabrielle, sa voix et son geste invitaient son fils à contempler avec elle ces gracieux contours, ces cheveux si brillants et si soyeux, et tout cet éclat de jeunesse et de beauté qui enchantait les regards.

— C'est une noble figure vraiment, dit-elle d'un ton joyeux et plein d'affection, que la figure de notre Gabrielle!

Ce mot *notre* fit éprouver une sensation désagréable au jeune homme ; Gabrielle y vit une expression d'amitié, et son regard en devint plus caressant.

Les manières distinguées et délicates de la marquise avaient sur elle une douce influence ; elles la charmaient, l'attiraient et lui imposaient en même temps. Ce respect, cette déférence que la jeune femme montrait naïvement, exerçaient à leur tour la même influence sur madame de Fontenay-Mareuil ; elles se plaisaient donc mutuellement et s'étonnaient toutes deux de se plaire ainsi.

— Madame, disait Gabrielle d'un air enfantin, il faut que je convienne de toute mon ignorance! Non-seulement je ne connais pas le monde... mais j'ignore même ce que l'on entend par ce mot le monde... qu'est-ce donc?

La marquise sourit.

— Vous commencez, ma chère enfant, dit-elle, par une question plus difficile à résoudre que vous ne l'imaginez, et vous mettez presqu'en défaut au premier mot ma vieille expérience. Quand j'avais votre âge, ce qu'on appelait le monde, c'était la cour de la reine Marie-Antoinette ; ceux qui en faisaient partie et qui se réunissaient ensuite entre eux, c'était le monde. De ce centre assez restreint partaient les modes, les usages, les réputations, les travers et les plaisirs ; y être admis ou en imiter les manières était le but de tout le reste. Qui n'en faisait point partie, et qui n'en avait ni le langage ni les habitudes, ne comptait pas. Maintenant, il faut l'avouer, ajouta la marquise avec un soupir, s'il y a encore quelques réunions du faubourg Saint-Germain qui croient être le monde, c'est une erreur. L'hôtel de l'homme du pouvoir regorgeant de pairs, de députés, de ministres et d'ambassadeurs ; l'hôtel du riche financier rempli des notabilités de l'opulence ; l'hôtel du grand seigneur d'autrefois peuplé d'hommes nouveaux ; d'autres encore, parfois en communication entre eux, mais ne ressortant d'aucune autorité centrale : voilà le monde maintenant, et il ne peut ni se compter, ni se définir. Seulement, au milieu de tout cela s'élèvent quelques noms connus de tous ! Ainsi, lorsqu'on a réuni cinq ou six cents personnes appartenant à tous les rangs de la société ; que les portes laissent passer un nouveau venu, et qu'à son nom aucun de ceux qui composent cette foule brillante n'a besoin de demander qui il est ; quand ce nom éveille un souvenir pour tous, souvenir d'ancienne noblesse historique, souvenir de carrière politique nouvelle, souvenir de gloire guerrière, souvenir de succès littéraire, souvenir de réputation due aux sciences et aux arts... eh bien !... mon enfant, il faut en convenir, c'est là le grand monde ! Oui, les illustrations en tous genres, voilà de nos jours l'aristocratie !... le monde enfin !

— Et cela me paraît bien juste ! dit en souriant Gabrielle, sans remarquer que le cœur de la marquise ne semblait pas tout à fait aussi content que le sien à cet aveu.

— Ainsi élargie et divisée, la société ne peut guère s'analyser que par fragments, reprit la marquise, et nous laisserons au jugement naïf de notre petite sauvage, ajouta-t-elle en caressant la fraîche figure de Gabrielle, à faire lui-même ses observations : car nous la conduirons dans les maisons les plus brillantes et les plus distinguées de Paris. Autrefois il n'y aurait eu, pour lui faire connaître le monde, qu'à la présenter à la cour, et dans un ou deux salons présidés par quelques-unes de ces femmes dont l'autorité faisait loi, dont le suffrage classait une nouvelle arrivante ; qui distribuaient les réputations, la gloire, les faveurs, les places même ; qui faisaient des hommes aimables et qui inspiraient et protégeaient les poètes, et produisaient jusqu'à de grands hommes. Mais à présent qu'il n'y a plus de femmes, ajouta avec tristesse la marquise, revenant à son texte ordinaire, à présent, il faut que les grands hommes se fassent tout seuls, qu'ils s'occupent tout seuls de leur fortune et de leur gloire ; enfin, qu'ils démandent, qu'ils sollicitent, qu'ils s'admirent et qu'ils se vantent eux-mêmes.

Tous trois se mirent à rire. Les vieillards aiment un peu à se moquer du temps présent, qui malheureusement parfois le leur rend trop.

— Je ne sais pourquoi, disait encore Gabrielle, ce qu'on appelle des plaisirs et des fêtes n'excite ni ma curiosité, ni mon envie. Le théâtre, que je connais à peine (deux fois seulement ma mère m'y a conduite), le théâtre lui seul m'a semblé devoir charmer l'esprit par des idées nobles et belles ; et cette action qui se déroule avec art devant le spectateur m'a inspiré un bien vif intérêt. J'ai ri, j'ai pleuré ; mais ce qui fait battre mon cœur, rien qu'en y pensant, c'est l'espoir de connaître quelques-uns de ceux qu'une autre renommée, due à de grandes actions ou à de grands ouvrages, désigne à la vénération et aux hommages de tous. Comme on doit avoir pour eux des paroles pleines d'éloges et de respect ! Comme on doit les aimer, ceux dont les écrits vont charmer notre solitude ou nos ennuis ! ceux qui donnent à notre cœur le désir d'être bon, à notre esprit l'envie de s'éclairer ! Quand j'étais au vieux château d'Arnouville, dans ces grandes salles immenses et sombres où j'aimais à me tenir le soir, souvent je lisais à voix haute, pour moi seule, quelques livres que j'avais trouvés dans un coin d'une vaste galerie, jadis la bibliothèque du château ; livres que j'ai lus et relus, et que j'aimais comme les seuls amis qui parlaient à mon âme dans ma solitude.

— Eh ! quels étaient ces livres ? ne put s'empêcher de demander le jeune homme avec curiosité.

— Ces livres, reprit Gabrielle, étaient bien peu nombreux : des volumes d'histoire, une traduction d'Homère, la vie des hommes illustres, les œuvres de Montesquieu et de Bossuet, quelques tragédies de Corneille et de Racine, et le *Paradis perdu* de Milton : voilà tout ce que j'avais trouvé. Un jour, je dis à madame Ramel, la gouvernante que maman avait mise près de moi, pour faire de la tapisserie apparemment, car je ne la vis jamais faire autre chose, ni penser à autre chose ; mais un jour enfin je lui dis : « Ces livres portent tous une date ancienne ; n'a-t-on donc pas écrit depuis ? » Elle me regarda en riant, et dit qu'au contraire on ne faisait plus que cela. « Eh bien ! alors je veux avoir tous les livres imprimés depuis cent ans, » lui dis-je. Elle se mit à rire bien davantage, et prétendit que le château d'Arnouville, quelque grand qu'il fût, ne pourrait les contenir, et qu'un grand nombre de ces livres seraient une bien mauvaise lecture pour une jeune fille. « Alors, lui dis-je, achetez-m'en un seul, mais le meilleur de tous ; ce doit être celui où les plus belles idées sont mieux exprimées que dans aucun autre... » Peu de temps après, elle me fit venir de Paris toutes les œuvres de Châteaubriand : ce sont les seuls livres modernes que j'aie lus.

Yves la regardait avec étonnement : il pensait que c'était quelque chose de singulier cette ignorante enfant qui ne connaissait que des ouvrages sérieux ; que cette folle jeune fille qui n'avait fait que sauter, chanter et réfléchir sur des idées graves et élevées ; que cette âme ingénue qui s'était développée avec les plus grands esprits, et n'avait pas eu d'intermédiaire entre les jeux de la poupée et les sublimes créations des premiers écrivains ; qui n'avait enfin jusqu'à seize ans vécu qu'avec des fleurs et du génie !

De ce moment toutes les paroles de Gabrielle furent l'objet d'une attention constante et de l'examen le plus actif de la part d'Yves de Mauléon ; mais ce fut involontairement et sans qu'il se doutât même de l'influence et de l'effet exercés sur lui par la jeune femme. Ses regards la quittaient à peine, et sa pensée ne la quittait plus : il avait oublié sa colère, il avait effacé tout ressentiment ; il sentait qu'il ne pouvait pas la juger comme une autre, qu'il ne devait pas s'offenser de ce qui offenserait dans une autre.

Elle devenait pour lui un être à part qu'il fallait connaître, examiner et étudier ; et, loin de s'irriter maintenant de trouver cette nature sans point de comparaison, et qu'il ne pouvait assimiler à aucune autre, il se promettait, de l'étude à laquelle il se dévouait, autant de plaisir qu'il en trouverait aussi, pensait-il, à garder de toute attaque dangereuse, de toute idée vulgaire, de toute impression désagréable cette poétique et innocente imagination, cette vie de femme commencée sous des rêves si nobles et si purs.

Alors ce fut avec une espèce de crainte, de trouble et de respect qu'il regarda la chaste fille à laquelle il avait donné son nom.

On parla de lui faire voir le monde : déjà l'on sentait qu'elle n'y serait ni ridicule ni vulgaire, mais l'on n'était pas aussi certain que le monde ne lui paraîtrait pas vulgaire ou ridicule. Il fut décidé dans la haute sagesse de la mère et du fils, que les visites de noces se feraient ainsi : toutes les personnes de la connaissance de la marquise, tout ce qui tenait par quelque degré de parenté et par des relations anciennes ou récentes à la noble famille recevrait une visite du jeune ménage accompagné de la marquise de Fontenay-Mareuil.

Madame Rémond se présenterait avec les nouveaux mariés chez toutes les personnes qui tenaient à elle aux mêmes titres ; et, quand à quelques relations exclusivement en rapport avec monsieur de Mauléon, qu'il avait établies en dehors des habitudes de sa famille, il fut arrêté qu'ils visiteraient ensemble, et sans que madame Rémond les accompagnât, celles que monsieur de Mauléon jugerait convenable de faire connaître à sa jeune femme.

Cet arrangement ayant été conclu à la satisfaction de tous, on débuta par les visites dont la marquise devait être ; mais comme une journée entière de cette espèce de corvée eût trop fatigué une femme de son âge, on décida encore qu'après deux ou trois courses chaque jour, on la ramènerait à l'hôtel, et qu'on irait chercher madame Rémond, pour continuer, ou bien que les jeunes gens s'acquitteraient des visites qu'ils devaient faire seuls.

De cette façon, la variété des personnes qu'ils verraient deviendrait plus piquante pour eux. Madame Rémond ne put cependant remplir les conditions de l'arrangement : dès le lendemain du mariage, elle partit pour la terre d'Arnouville.

Le prétexte qu'elle donna fut que cette terre, appartenant à sa fille, avait encore besoin de sa présence pendant quelques jours ; la raison fut qu'elle était blessée de la manière dont le mariage s'était fait, du peu d'agrément qu'il avait eu, et qu'elle voulait montrer à madame la marquise et à monsieur le duc, comme elle disait, que madame Rémond connaissait aussi bien qu'eux les belles manières, et savait les exiger à son égard... Mais la bonne mère avait oublié sa colère avant d'être arrivée, sa fille ne l'avait jamais sue, le jeune homme ne s'en embarrassa guère, et les visites se firent sans elle.

Dans toute autre situation, dans les rapports ordinaires de nouveaux mariés, et avec une jeune femme élevée comme le sont habituellement les filles destinées à vivre dans le monde, Yves de Mauléon eût regardé comme une tâche insipide, dont il eût essayé de s'affranchir, cette obligation à laquelle on se soustrait maintenant par un voyage. Mais Gabrielle était devenue pour lui un objet de curiosité ; la soudaine résolution qui avait fait de l'enfant sauvage une femme extraordinaire, l'imprévu de toutes ses actions, la naïveté de ses remarques, la mobilité de ses idées, tout était spectacle pour lui dans cette nature forte, puissante et énergique, que l'air de la grande ville n'avait pas étiolée.

Mais quand la liste des visites fut faite, Yves en retrancha quelques-unes, promit de ne pas multiplier les rapports avec quelques autres, puis l'on se mit en route.

On commença par le noble faubourg.

La grâce des manières, l'accent poli des paroles obligeantes, cet art d'être aimable par la façon de dire autant que par les choses qu'on dit, ce charme d'une bienveillance si affectueuse qu'on la prendrait pour l'amitié, produisaient sur Gabrielle une douce et agréable impression. Là point d'apparence haineuse et violente dans les relations !... pas même de hauteur ni de dédain pour les inférieurs qu'on admet. Une fois admis, la différence de rang disparaît. La nouvelle noblesse, à peine échappée de la bourgeoisie, est souvent hautaine et dédaigneuse ; la haute noblesse, jamais. Tout est là tellement obligeant et gracieux, que la haine en y pénétrant serait forcée de prendre un air si doux et si poli qu'on ne la reconnaîtrait pas.

Souvent la gravité et le sérieux des salons étonnèrent la jeune femme ; mais ce qui la surprit davantage, c'était cette ferveur d'opinions politiques, qui ressemblait à une religion, car elle avait une foi aveugle, une charité ardente, et une espérance continuelle !

— Sans doute, pensait naïvement Gabrielle après avoir bien écouté ce qui se disait dans ces illustres familles, sans doute toutes les personnes âgées que nous voyons dans les salons, tous ces vieillards, toutes ces jeunes filles, toutes ces jeunes femmes, toutes ces mères tristes, mécontentes et seules, qui regrettent et attendent,... dont les regrets commencent à devenir de la mauvaise humeur et l'attente de l'impatience, ont envoyé leur fils, leurs maris, leurs frères et leurs prétendus au-devant du futur roi qu'ils défendent et qu'ils amènent. Elles sont, comme ces femmes des villes antiques dans le deuil et le veuvage pour la patrie et pour leur roi... pendant que ceux qu'elles aiment risquent leur vie et leur fortune, et sont exposés aux endroits dangereux, aux lieux... où le péril...

— Sur le boulevard des Italiens, interrompit Yves en riant. S'ils risquent leur vie, c'est dans une course au clocher, et s'ils exposent leur fortune, c'est sur une table de jeu ! Et pourtant, continua-t-il avec tristesse, le ciel est témoin que ce n'est ni le courage ni la force qui nous manquent ; mais nos mères, nos sœurs, et ceux que vous voyez là ont vécu renfermés avec les idées reçues de nos pères; ils n'ont point, dans la vie des écoles, dans la dissipation des plaisirs, dans des rapports journaliers avec tous les rangs de la société, appris qu'il est d'autres idées que leurs idées, d'autres intérêts, d'autres principes et même d'autres vertus en dehors de leur opinion ; et ils n'ont pas appris, avec toutes ces choses, à douter de leur infaillibilité. Ah ! l'insouciance vient parfois du doute ; on n'agit vivement que quand on est vivement persuadé : il faut aux grandes actions des convictions profondes, et pour que la main soit ferme, il faut que le cœur n'hésite pas.

— Yves ! s'écria madame de Fontenay-Mareuil avec douleur, avez-vous donc perdu jusqu'à vos opinions ?

Gabrielle prit doucement la main de la marquise pour arrêter ses reproches, détourner sa pensée de choses graves et tristes, et elle reprit en souriant :

— Ne dit-on pas que toutes les religions ont trouvé des incrédules ?... mais ne vous en inquiétez pas, toutes aussi ont produit des miracles !...

Et Gabrielle approcha si gracieusement son front de la figure de madame de Fontenay-Mareuil, que celle-ci le baisa avec bonté, et dit en riant :

— Ah ! je vous devine, vous voulez détourner ma colère sur vous, petit! vous me permettez un reproche pour lui... Mais, ajouta-t-elle avec un peu de malice, on l'aime donc bien, ce bel étourdi ? il sait donc bien se faire tout pardonner ? Il est vrai, ceux qu'on aime n'a jamais tort, n'est-ce pas ? Tous deux restaient muets et embarrassés ; elle continua d'un ton plus sérieux mais plein de tendresse: — Ma fille, vous aurez beaucoup à lui faire oublier ; Yves n'a pas été heureux. Si moi, sa vieille mère, j'ai dû le blâmer quelquefois, c'est au cœur de sa femme à le consoler maintenant.

A ces mots, Gabrielle porta involontairement sur Yves ses grands yeux pleins d'expression; une larme qui venait de l'âme resta brillante et pure sur ses longs cils noirs : mais l'âme du jeune homme la recueillit comme un bien qui lui appartient, et s'étonna d'une émotion nouvelle

dont aucune autre ne lui avait donné l'idée. Une espérance vive et profonde vint ranimer sa vie, car il lui sembla tout à coup que son cœur, qu'il croyait épuisé pour le plaisir, gardait encore à son insu d'inconnus et inépuisables trésors de bonheur.

Et, comme les yeux de Gabrielle paraissaient pleins de curiosité en même temps que de tendresse, la marquise ajouta :

— C'est un grand malheur qu'un noble espoir trompé, de belles facultés inactives, et des qualités sans emploi. Mon petit-fils, Gabrielle, aurait dû trouver place parmi ceux qui servent utilement et glorieusement leur pays... et j'ai deviné souvent, dans son triste silence comme dans ses folles joies, les peines de son âme... Yves fit involontairement un geste pour interrompre sa mère.—Oui, tu as raison, mon ami, poursuivit-elle, les secrets de votre pensée n'appartiennent qu'à vous seul : c'est à vous seul à les confier... et les confidences sont aussi un des grands charmes de l'amour.

Tandis qu'elle souriait à tous deux en achevant ces mots, Yves regardait toujours Gabrielle avec surprise et joie... c'était quelque chose de ce bonheur qu'éprouve un voyageur perdu dans les sables arides du désert et qui croit découvrir une de ces îles de verdure et de frais ombrages qui apparaissent tout à coup... mais, déjà trompé dans ses espérances, il n'ose s'y abandonner encore, et retient pour ainsi dire la joie de son âme, de peur des mécomptes. Yves entrevoyait un céleste placé près de lui sur la terre ; il craignait en même temps de se livrer à une illusion et de la voir s'évanouir ; mais déjà le cœur ému du jeune homme se sentait renaître. Il avait retrouvé un intérêt, il commençait à espérer et à craindre ; il vivait enfin !

Après avoir fait connaissance avec quelques-unes des premières sommités de l'opulence, Gabrielle disait le soir en riant à la marquise :

— Oh ! que j'ai vu de choses éblouissantes ! il n'y a plus dans ma tête que de l'or sous toutes les formes, et de la vanité sous toutes ses faces. Les meubles, les murs, les plafonds, les escaliers, les portes, tout est couvert d'or. Je suis étonnée qu'on n'ait pas trouvé moyen d'en mettre un peu sur le trottoir et dans la rue, afin d'avertir les passans, et pour qu'ils éprouvent du plus loin possible tout le qu'ils respect que mérite ce beau métal, respect qui doit se multiplier et s'accroître à proportion de ce qu'on montre d'opulence. Mais ma surprise a été plus grande encore, quand j'ai vu que cette noblesse dont les titres dont personne n'est fier, en apparence du moins, et dont personne ne parle au faubourg Saint-Germain, sont là l'objet de toutes les conversations. On s'arrange de manière à apprendre à chaque instant à ceux à qui l'on parle qu'on est baron ou marquis ; on a l'air de se le répéter à soi-même, comme si l'on n'en était pas encore bien sûr ; enfin l'on oublierait presque qu'on est riche pour ne pas oublier qu'on est noble ; peut-être parce que l'un est mieux prouvé que l'autre, qu'on en jouit depuis plus longtemps, et qu'on veut, pour les vanités de la noblesse, se dépêcher de réparer le temps perdu.

Le soir, Gabrielle fut conduite dans une nombreuse réunion. On avait choisi exprès le salon qui pouvait présenter le plus de variété. La maîtresse de la maison appartenait à une très ancienne famille, et elle était censée contrainte par l'ambition de son mari à recevoir tous les hommes au pouvoir, et qui devaient servir à faire y arriver ou à s'y maintenir. Une partie du faubourg Saint-Germain y venait à cause d'elle ; le reste venait, disait-on, pour son mari; il y avait aussi un grand nombre d'écrivains. Ce sont maintenant les hommes d'armes des puissans du jour; la plume remplace l'épée pour attaquer ou se défendre ; les coups sont moins dangereux, mais aussi moins honorables à donner comme à recevoir ! Jadis, il y avait parfois des traces de sang, mais jamais de taches de boue.

Voilà ce qu'Henri de Marcenay expliquait à Gabrielle ; car, la partie de chasse ayant manqué, Yves n'avait pu se dispenser de les présenter à sa femme, et il avait trouvé moyen de se placer près d'elle au milieu de cette réunion nombreuse.

Lorsque la jeune et belle duchesse de Mauléon était arrivée dans le salon, les politesses des maîtres du logis et les regards de toute l'assemblée avaient été pour elle. Mais, la curiosité satisfaite, et la politesse finie, la jeune femme pouvait se livrer à ses réflexions et à ses observations, car, indépendamment de ce qu'elle ne connaissait encore personne, des salons de ce genre réunissent trop de monde pour permettre aucune conversation générale. Monsieur de Marcenay lui faisait remarquer que les hommes parlent entre eux dans un but quelconque qui n'est jamais celui d'une causerie spirituelle ou aimable, et que les femmes restent immobiles en cercle. On ne voit de chacune que la figure et la toilette, et quant à l'esprit, ce premier luxe d'une société civilisée, ce superflu si nécessaire à la conversation, il est tellement banni, lui disait-il, que ce serait à croire que les sots et les imbéciles ont pu seuls inventer la lugubre et stupide manière de s'amuser en usage maintenant chez le peuple le plus spirituel et le plus gai de l'univers.

Henri de Marcenay, ainsi installé sur un siége près de Gabrielle, y trouvait le double avantage de se montrer comme un ami du jeune et brillant couple, et de donner carrière à sa verve moqueuse, en initiant la jeune duchesse et les personnes qui étaient placées près d'elle à ses observations sur ceux qui remplissaient les salons.

— Voyez, lui disait-il, les nouvelles emplettes du ministère... Ceux que ce mois de mars 1838 a vus quitter leurs opinions, comme un manteau qui les surchargeait au moment de la belle saison... oui, ces trois jeunes gens qui causent entre eux là-bas! ils ont échangé une modeste et honorable position contre des places ornées d'injures; et pourtant personne n'y eût pris garde, s'ils eussent été plus adroits. Le public en a vu bien d'autres sans rien dire! mais ils ont eu la probité de payer comptant et d'acquérir à l'instant la lettre de change tirée sur leur conscience. Dans ce monde, il n'y a rien de pire que ces capitulations-là... Les coquins entendent bien mieux leurs affaires : ils vendent vingt fois de suite leurs convictions, sans jamais livrer ostensiblement la marchandise. Regardez donc, ajouta monsieur de Marcenay en se retournant, voici un jeune journaliste appuyé nonchalamment sur un canapé, comme un dédaigneux souverain : un homme au pouvoir vient de lui faire la cour... C'est juste! il a besoin de lui!

Gabrielle se retourna, et fit un mouvement de surprise. Le jeune homme semblait absorbé par une pensée étrangère à tout ce qui l'entourait et à qui sa distraction donnait un air de dédain, c'était son cousin Georges! L'homme qui venait à lui était un ministre. Georges se leva à son approche; ils étaient tous deux très-près de la jeune femme; elle entendit ceci :

— Quel bel ouvrage vous nous avez donné, monsieur!... Je le disais hier au directeur, on ne peut trop encourager un écrivain dont la morale est aussi pure que le bon goût... venez donc causer avec moi quelquefois de littérature... car je l'aime, je m'y intéresse!... Et vous faites maintenant?...

— Je viens de terminer une comédie.

— Mais vous faites autre chose encore?

— Non, monsieur.

— Un journal doit donner bien de l'occupation, pourtant?

— Trop, monsieur : depuis hier j'y ai renoncé : j'ai cédé ma propriété et la direction du journal à monsieur de Marcenay... que voilà.

L'homme au pouvoir se tourna vers ce dernier.

— Aussi, ajouta Georges, j'aurai tout le temps d'aller causer quelquefois de littérature avec vous, monsieur.

— Mais, reprit l'autre, j'ai peu d'instans, vous le savez...

— Et votre protection auprès du directeur du théâtre me sera bien précieuse, poursuivit Georges en riant.

Mais on ne l'écoutait plus : monsieur de Marcenay absorbait toute l'attention et toutes les politesses du ministre. Quand il se fut éloigné, Henri de Marcenay reprit :

— Il y a du moins un avantage dans ce temps-ci : les intrigues les plus... délicates ne prennent guère la peine de se cacher : c'est autant *carte sur table* qu'on joue, même les jeux défendus. Ceux qui ne savent pas mériter les éloges les achètent... et des réputations de plus d'un genre se vendent toutes faites à Paris. Mais quelle multitude de saluts, de politesses et de prévenances assiégent à son tour le ministre!... que de gens ont quelque chose à désirer et à attendre !... il ne voit autour de lui que des visages qui sollicitent, jusqu'à ce qu'ils boudent d'un refus. La société a beau être riche et brillante, cela n'empêche pas de demander : quand on n'a plus besoin d'argent, on veut le pouvoir et les honneurs... Si un roi pouvait, en France, faire une loi qui rendît chacun millionnaire, il en faudrait une le lendemain pour que tout le monde fût ministre.

En ce moment un homme d'une haute taille, pâle et maigre, passa devant Henri de Marcenay ; ils se prirent par la main d'un air amical, et, dès qu'il se fut éloigné, Henri se mit à rire.

— Ce pauvre Germancé, dit-il, vraiment il me fait pitié!

Gabrielle parut surprise : ce geste amical, ce sourire moqueur et cette fausse pitié l'étonnaient; elle cherchait sur le visage de monsieur de Marcenay la cause de cet assemblage disparate : il voulut justifier ses paroles.

— Germancé est avocat, dit-il, mais il ne plaide plus guère de causes depuis qu'il a perdu la sienne auprès du public. Il y a dix ans, deux ou trois procès politiques, plaidés en opposition aux idées et au système du gouvernement de la restauration, lui valurent une de ces réputations que personne alors n'osait contester. Il fut décidé que c'était un grand avocat parce qu'il avait jeté dans ses plaidoyers quelques-unes de ces idées libérales, exprimées depuis un siècle par tous les hommes éclairés, dont il avait pris les phrases toutes faites. Il avait été décidé aussi que c'était un caractère généreux et plein de courage, parce qu'il avait défendu sans péril de prétendus opprimés qui n'avaient rien à craindre. Le talent, qui lui manquait, et les dangers qu'il ne courut pas, lui valurent un grand renom avant le changement de gouvernement, et une assez bonne place après. Mais l'opinion publique se trouva sans doute satisfaite alors de ce qu'elle lui avait accordé, et réserva pour d'autres la joie et la gloire du triomphe, car son talent et ses succès disparurent, quand la fortune et les faveurs arrivèrent. On le trouva commun, diffus, sans élévation, sans justesse, sans idées; on le vit enfin tel qu'il était. Mais lui, lui qui avait été seul de bonne foi dans les convictions de son talent, il ne revient pas de l'injustice dont il se croit victime. Il ne voit partout qu'envieux, qu'ennemis, que piéges, qu'intrigues contre lui; il s'étonne, s'inquiète, s'effraye. Son visage, qui rayonnait autrefois du contentement de soi-même, porte maintenant l'empreinte d'un chagrin, d'une humeur, et d'un effroi continuels. N'a-t-il donc pas quelque ami intime qui puisse lui faire comprendre que l'esprit de parti use du son droit, en reprenant, à présent que cela ne lui sert plus à rien, une réputation et des succès qu'il lui avait gratuitement prêtés?

Il se mit à sourire en ajoutant : « C'est juste! » et Gabrielle vit ses regards se diriger sur un jeune homme qui saluait humblement monsieur le duc de Mauléon.

— C'est un farouche républicain, dit Henri, très-connu pour ses exagérations démagogiques; mais je ne sais comment il se fait qu'il fuit ses égaux, méprise ses inférieurs, et ne parle jamais qu'aux gens titrés! Celui, là encore monsieur de Marcenay, que vous venez de voir me tendre la main en courant, et s'éloigner avant que j'aie eu le temps de la prendre, est un nouveau débarqué. Chaque année en voit arriver ainsi du Midi en diligence, courir les salons, les ministères, demander sans cesse du ton de quelqu'un qui promet, enlever places, emplois, faveurs, avant que ceux à qui ils étaient dus aient seulement pu y regarder. Puis ils retournent en poste épouser l'héritière de leur arrondissement, et retrouver les électeurs dont le ministère leur a si bien payé les voix... qu'ils n'auront pas... Voyez, ajouta-t-il, cet autre jeune homme qui aborde en ce moment Germancé. C'est un de nos littérateurs distingués; mais il met plus d'amour-propre à son tilbury, à son groom, et à son demi-luxe mesquin, qu'à ses spirituels ouvrages. A Paris, on veut paraître ce qu'on n'est pas : les financiers veulent montrer de l'esprit, et les gens d'esprit veulent montrer de l'opulence; ils se tourmentent et se gênent ainsi les uns et les autres pour des dépenses au-dessus de leurs moyens. Quant à cet homme déjà vieux qui lui parle, c'est, dit-on, un homme de talent et de conscience, toujours de bonne foi dans les diverses opinions qu'il professe. Mais il a vraiment bien desgrâces à rendre au ciel qui lui envoie toujours de nouvelles convictions au moment où son changement est favorable à sa fortune. Voici monsieur le duc de R.... qui s'est jeté dans les idées nouvelles d'une très singulière manière. Au lieu de la splendide et généreuse existence de ses pères, il vit sans luxe, vend ses terres, place son argent à dix pour cent, ne reçoit jamais, va en fiacre, monte en omnibus, ne donne rien à personne, et appelle cela... être libéral. Regardez celui-ci ! On a dit de cet homme que si on lui présentait cent louis pour faire une bonne action, ou cinquante pour en faire une mauvaise, il préférerait les cinquante louis... et pourtant il aime beaucoup l'argent ! Merteil lui parle : qu'en attend-il donc ? car Merteil ne dit jamais une parole qui ne doive lui rapporter quelque chose ! Pour ce joyeux personnage qui s'adresse à Yves, vous êtes sûr de deviner, à l'accueil qu'il vous fait, le degré d'estime où vous êtes dans l'opinion ; c'est le tarif de son amitié : le jour où il oublie de vous saluer, c'est que vous êtes perdu. Je ne vous parle pas des femmes peu nombreuses que vous voyez là : elles sont presque aussi nulles, dit-on, que le rôle qu'on leur fait jouer; personne au reste ne s'informe s'il en est autrement, à moins que le crédit de leur mari ne donne quelque espérance. Il y a pourtant bien sous tout cela d'aimables qualités, de l'esprit, de la beauté, des intrigues, de l'amour, souvent de la passion, quelquefois même de hautes vertus et de grands malheurs; mais le monde s'en occupe peu, et ne s'en soucie guère. Quant aux hommes au pouvoir, les salons n'ont rien à attendre d'eux, puisque même le pays qui leur confie ses intérêts n'en obtient pas grand'chose. Ce qu'ils ont d'esprit, de temps et d'activité est sans cesse occupé, et suffit à peine à les maintenir en place ! Aussi leurs soutiens seuls ont droit à tout ce dont ils disposent; ils oublient et repoussent les talens qui ne leur servent pas, méprisent le mérite qui ne vient point à leur secours, ne récompensent que la flatterie, n'achètent que les consciences, et ne sont polis que pour les députés. Car, il faut l'avouer, l'aristocratie, tant calomniée, était et est encore mille fois plus aimable et plus sympathique pour les talens, que les hommes nouvellement arrivés à la puissance. Une supériorité quelconque donne tout de suite droit de bienvenue dans la haute société; elle est presque un droit de répulsion auprès des autres. Dédaigneux ou inquiets, les hommes au pouvoir maintenant sont devenus hostiles à cette intelligence dont ils avaient soutenu les droits pour arriver avec elle. Ils ressemblent à ces enfans ingrats qui oublient dans la prospérité la mère à qui ils doivent la vie. Mais ce qui frappe le plus vivement dans la réunion où vous voyez ici, c'est que chacun y poursuit un but, et ne cherche les autres que pour en tirer parti. On veut se faire une position, c'est-à-dire se procurer les moyens de nuire, pour avoir le droit d'exiger. Les plus adroits s'appuient sur une coterie; les plus habiles sur un parti; les plus honnêtes sur l'apparence du bien public. Tous veulent arriver, et regardent la société comme une foule étrangère, où l'on a le droit de heurter et de renverser tout ce qui vous empêche de parvenir !

En cet instant, Georges s'approcha. Il n'avait fait d'abord que saluer Gabrielle au moment où elle l'apercevait, puis il était resté assez près d'elle pour suivre tous les mouvemens de sa physionomie, mais point assez pour se mêler à la conversation. Il s'était promis à lui-même d'éviter sa cousine; pourtant il finit par trouver que monsieur de Marcenay prolongeait trop l'entretien, et il ne put s'empêcher de chercher à l'interrompre en s'approchant.

— Tenez, dit Henri, voilà monsieur Georges Rémond, homme de talent sans intrigue, de délicatesse sans fausseté, de conscience sans charlatanisme; demandez-lui ce qui lui en revient ?

— Tout ce que j'en attends, répondit Georges en souriant avec indifférence.

Yves venait de s'arrêter près d'eux ; il entendit Gabrielle qui ajoutait, en s'adressant à monsieur de Marcenay :

— L'estime des autres et la sienne.

— Ainsi, reprit Henri, monsieur Georges avait à sa disposition une puissance, un journal, il y a renoncé.

— Les soins qu'il exigeait de moi m'eussent empêché d'en mettre assez à mes ouvrages, ils auraient moins valu.

— Ils auraient eu plus de succès. C'était une forteresse pour défendre votre place : vous arrivez désarmé au milieu de rivaux sous les armes; on vous accablera !

— Ah ! s'écria Georges avec impatience, j'arriverai avec de nobles convictions, des idées généreuses, un talent fruit du travail et d'une sainte exaltation ! Et il faudrait, pour réussir, la lance, ou pour mieux dire, la plume en main, lutter d'audace et d'invectives ? Mille fois plutôt l'obscurité et la misère que la fortune et la gloire à pareil prix !

— En vérité, vous êtes fou, monsieur Georges ! — dit tranquillement Henri en se remettant à causer avec la jeune duchesse.

— Mais, dit Gabrielle, mon cousin a débuté par un brillant succès, avec son austère conduite et d'austères idées.

— Oui, répondit Henri, c'est bon pour une fois ! la première on ne s'y attend pas, et personne n'a eu le temps de s'y opposer... puis monsieur Georges peint la société comme elle n'est pas ! Un critique a dit justement de lui que dans ses ouvrages tout le monde est mouton, et qu'il n'y a pas de loups.

— Oh ! je sais bien, reprit Georges en riant, qu'il y a des loups, et même des tigres !... que dans ce monde des intérêts, des affaires et des vanités, peu d'hommes sont honnêtes ! mais n'y en eût-il qu'un sur mille, c'est celui-là qu'il faut peindre. Les arts, parure et luxe de la vie morale, doivent chercher à représenter le beau; les bancs des tribunaux montrent assez de vices et de crimes hideux. Quand on veut orner sa demeure, va-t-on chercher la boue et la fange des ruisseaux ? Ne choisit-on pas, au contraire, les plus belles parmi les fleurs, pour les placer autour de soi ?

Yves de Mauléon reprocha à Georges de n'être pas encore venu le voir ; et ses paroles étaient affectueuses. Ce qui tenait à Gabrielle commençait à devenir quelque chose pour lui.

En ce moment, on annonça madame de Savigny. Gabrielle regarda involontairement son mari : il semblait n'avoir pas entendu. Dès qu'un coup d'œil de la nouvelle arrivée eut constaté la présence de Henri de Marcenay près de la jeune duchesse, il se leva pour aller à elle. Georges profita de son éloignement pour dire à Gabrielle :

— Si je profite peu de l'offre qui m'est faite par monsieur le duc de Mauléon, ne m'en veuillez pas... je n'aime pas le monde... j'ai besoin de solitude.

Georges cherchait des prétextes à son absence, ne pouvant pas en dire la raison.

Sa belle cousine le regarde.

— Ah!... vous ne viendrez pas ? dit-elle étonnée ; puis elle ajouta avec tristesse : Au reste... n'ai-je pas été habituée à vivre seule ?

Georges fit un mouvement de surprise... mais n'osa ni demander, ni même chercher à deviner le sens des paroles échappées à Gabrielle.

Madame de Savigny écoutait alors les remarques de monsieur de Marcenay ; mais un sourire plein d'ironie moqueuse suivit un regard lancé sur Gabrielle, et accompagna ces mots :

— Vous dites donc qu'il est son cousin ? poëte, rêveur, et... amoureux d'elle ?

— C'est vous qui ajoutez ceci, reprit Henri : mais c'est probable...

Les deux femmes se saluèrent alors, madame de Mauléon avec réserve, et madame de Savigny avec l'apparence du plus grand empressement.

Après quelques phrases de politesse très affectueuse, elle dit d'un air indifférent, mais en plongeant un coup d'œil scrutateur sur le visage de la jeune femme et sur celui de monsieur de Mauléon :

— Si je n'ai pas pu vous voir encore, c'est qu'aujourd'hui je sors pour la première fois depuis le jour de votre mariage. N'a-t-il pas fallu soigner une mourante, ma pauvre amie Eléonore ?

A ce mot, une vive souffrance traversa en même temps le cœur d'Yves et celui de Gabrielle. Yves n'en laissa rien paraître ; Gabrielle montra sa douleur sans le savoir !

— Mourante ?... répéta-t-elle.

Souvent l'image d'Eléonore s'était présentée à son esprit depuis l'instant de sa triste découverte ; mais si le caractère de Gabrielle avait une fermeté réelle, un courage capable de fortes résolutions, il fallait pour cela que son esprit et sa raison vinssent montrer un but à ce courage, ou que l'instinct de son âme la déterminât par une vive émotion. Elle avait tant réfléchi sur sa propre situation et sur celle de son amie, sans imaginer aucun moyen de sortir de l'une ou de l'autre ; elle s'était si bien convaincue que tout effort était inutile, qu'elle avait fini par abandonner le sort d'Eléonore et le sien aux chances qu'il plairait au ciel d'envoyer ! Elle cherchait à s'étourdir en portant sa pensée sur les objets extérieurs, et elle était parvenue à écarter l'idée qui la blessait.

Il est des âmes inquiètes et maladives qui se plaisent dans la pensée qui les fait souffrir. Les esprits bien faits, au contraire, envisagent promptement les ressources qu'offre une situation difficile, et s'y lancent hardiment s'ils espèrent s'en tirer avec succès ; mais quand il leur est bien prouvé qu'une chose est impossible, ils y renoncent et l'oublient. Gabrielle en était là avec l'idée d'Eléonore ; mais ce surcroît de douleur, ces souffrances physiques ajoutées à ces douleurs morales, frappèrent de nouveau l'âme de Gabrielle. C'était pour étudier cette âme ingénue, deviner ses secrets, savoir si la vérité s'y était fait jour, si l'amour d'Eléonore, celui d'Yves, et le sien même y étaient connus, que madame de Savigny avait ainsi brusquement annoncé la maladie d'Eléonore ; et quand elle eut ajouté :

— Cette chère amie ! que de craintes elle m'a données ! Hélas ! si je n'en ai plus pour sa vie... il m'en reste encore pour sa raison.

— O mon Dieu ! dit à voix basse la jeune femme, avec une angoisse qui apprit à madame de Savigny qu'elle n'ignorait point la cause des chagrins d'Eléonore ; et, s'il fût resté à sa curiosité quelque chose à apprendre, elle n'eût plus eu le moindre doute, à la consternation qui se peignit sur le visage de Gabrielle, quand elle ajouta :

— Et le désespoir de monsieur Simon, en voyant ainsi l'enfant qu'il a élevé, me fait craindre que les jours de ce pauvre vieillard ne soient abrégés par ce nouveau chagrin. Aussi, continua-t-elle en se levant du fauteuil où elle s'était assise près de la jeune femme, dès que j'aurai causé quelques instants avec les maîtres de la maison, je me retire-

rai, afin de ne pas quitter plus longtemps mes malheureux amis.

Elle s'éloigna, certaine de ce dont elle avait voulu s'assurer, laissant Yves inquiet et mécontent, et Gabrielle souffrante et désolée. La marquise de Fontenay-Mareuil, qui venait de finir une partie de whist, fut frappée de la pâleur de sa belle-fille, et, l'attribuant à la fatigue, elle proposa de rentrer.

On retourna donc à l'hôtel : la route se fit silencieusement, et ce fut sans s'être communiqué ses pensées qu'on arriva dans la chambre de la marquise, et que tous trois prirent place auprès d'un grand feu.

— Est-il possible ? dit enfin Gabrielle, en laissant tomber ses deux petites mains sur ses genoux, avec l'abandon du découragement. Et ses paroles avaient plutôt l'air de s'échapper malgré elle de son cœur oppressé, que d'être adressées à quelqu'un. — Est-il possible, vraiment, que cela soit ainsi ? Dans quelle route de faussetés et de douleurs faudra-t-il donc conduire notre pensée, au milieu de ce monde qui s'ouvre devant moi ? Quel travail faudra-t-il faire pour connaître ? Quel travail pour éviter ? Le prestige qui nous éblouit n'est-il qu'un piége qu'on tend à notre bonheur ?

— Que dites-vous, Gabrielle ? reprit la marquise ; pourquoi ces tristes paroles et ce sombre visage ? Est-ce la conversation de monsieur de Marcenay qui les cause ? Je l'ai vu longtemps à vos côtés : il aura produit sur vous l'effet de tristesse et de découragement qu'il opère sur l'esprit de tous ceux à qui il parle. Il possède la puissance de ces acides qui décomposent : ses moqueries changent la nature des objets ; elles gâteraient jusqu'à la vertu, et il ne pourrait toucher à un diamant sans le ternir.

— Oui, ses paroles étaient amères et moqueuses, répondit la jeune femme avec insouciance ; elles m'ont parfois fait peur et fait sourire, sans laisser de traces ; je ne m'en souviens déjà plus... Il ne me reste plus dans la mémoire que ce qui me passe par le cœur !

Yves la regarda avec inquiétude. Qui donc avait blessé ce cœur pour en faire sortir de tristes plaintes ? Il l'examinait attentivement.

— Serait-ce votre cousin, monsieur Georges Rémond, — dit la marquise, qui vous aurait attristée ? rien que sa figure inspire la mélancolie.

— Ah ! ne blâmez pas Georges ! interrompit Gabrielle ; c'est le meilleur jeune homme ! Si vous saviez comme il a noblement lutté contre la pauvreté ! comme il est plein de talent et de délicatesse ?... Sans doute, d'après ce que je vois, il ne sera pas heureux ; ce n'est pas pour les caractères tels que le sien que sont faits les honneurs et la fortune... Mais si vous le connaissiez, madame, vous l'aimeriez, j'en suis sûre.

Un éclair de jalousie traversa le cœur d'Yves de Mauléon.

— Alors il me semble, ma chère enfant, que vous ne voyez pas la société sous un bel aspect, et c'est peut-être notre faute... il faut choisir... Je veux que la journée de demain répare le mal involontaire que nous avons fait... Gabrielle semblait demander une explication de ces paroles ; la marquise continua : — Le monde est beau parce qu'il est varié ; les méchans même y font un très bon effet : ils n'y jouent pas le beau rôle ; mais, il faut en convenir, ils y jouent quelquefois le premier. Le mépris qu'ils affectent pour ceux qui sont honnêtes n'est pas réel... ma chère. Ils savent parfaitement que les gens vertueux, intelligens et fermes, sont les uniques soutiens de la société, et que si tous étaient injustes et méchans, elle ne subsisterait pas longtemps. Quant aux petits travers de vanité dont personne n'est dupe, et avec lesquels chacun croit duper les autres, qu'importe ? La vanité, les passions et les vices sont très agissans de leur nature ; ils servent comme le reste, et tout ce qui est nécessaire en ce monde se trouve fait. Pourquoi la sagesse infinie et éternelle a-t-elle voulu qu'il en fût ainsi ? pourquoi tant, et de si petits, et de si mauvais moyens ? Qui le dira, quand nul ne peut dire seulement comment et pourquoi vient un brin de violette? Il faut donc se soumettre et attendre. A votre âge, Gabrielle, quand, ainsi que vous, au lever du soleil, on commence le voyage... Il est naturel de penser à ce qui peut faire la beauté de la route et la joie du voyageur! Mais, dût-on se tromper, il vaut mieux croire au bien qui console qu'au mal qui attriste; et marcher sans trop s'inquiéter, puisqu'on ne peut choisir ni le chemin, ni la saison, ni les compagnons de sa marche incertaine. Pour moi, parvenue à la dernière heure du soleil et de fatigue, je ne dois plus m'occuper que du lieu où l'on se repose à jamais. Ma chère Gabrielle, j'ai vu échapper à ma vie, l'un après l'autre, tous les biens de l'opulence, du rang, de la grandeur, de la jeunesse et de l'affection. Ah! quand on a traversé les révolutions, on sait au juste ce que vaut l'espèce humaine; on sait ce que valent surtout ceux qui s'agitent au milieu des troubles politiques... Combien n'en ai-je pas vus mentir à leur pensée et à leur cœur! Combien n'en ai-je pas consolés et protégés dans leurs jours de malheur, pour les trouver ingrats au jour de leur triomphe! Aussi ne reste-t-il plus à mon âme qu'un espoir: la situation, ni le repos pour moi dans le ciel, le bonheur sur la terre pour lui!... Et la vieille mère levait en tremblant sa faible main pour indiquer son petit-fils en disant: Lui! tout ce qui reste de deux nobles familles! lui!... à qui vous devez tenir lieu de tout ce qu'il a perdu!

La jeune femme s'était approchée de la marquise: quand elle avait senti sa voix s'attendrir, elle s'était émue avec elle, et sa main caressante avait pris doucement une de ses mains qu'elle tenait dans les siennes. Les rêveries mélancoliques et les sentiments un peu exaltés excitaient toujours, et à l'instant même, en elle une vive sympathie... Mais, à ces derniers mots, quand sa pensée vint toucher à sa situation avec le jeune homme... alors un mouvement involontaire la fit tressaillir, et Yves remarqua un sentiment pénible sur ce charmant visage, voile trop transparent d'une âme trop naïve.

S'ils eussent été seuls, peut-être, en cet instant, cédant à son émotion, il se serait jeté à ses pieds en lui disant: « Parle! apprends-moi si cette douleur involontaire que tu trahis par moments est causée par la haine, par le regret ou par l'amour? Dis-moi... qu'on peut toucher ton cœur innocent; qu'on peut obtenir ton estime; qu'on peut effacer de funestes impressions... que... tu m'aimeras... quand tu sauras... que je t'aime... quand tu apprendras que l'intérêt seul n'a pas... »

A cette idée, Yves s'arrêta... Et, se rappelant son mariage, son indifférence, son dédain, puis les délicates susceptibilités de l'âme de la jeune fille et son énergique résolution... il sentit un froid mortel traverser et glacer son cœur... « Elle me méprise! » pensa-t-il; et il se rappela aussi les jugements si fins de l'esprit de Gabrielle, son sentiment si juste de toute chose, cette nature si élevée et si exempte de toute idée vulgaire, cette femme qui n'avait ni coquetterie ni vanité, qui ne connaissait des instincts de l'âme que ce qui est simple et beau... Et il eut peur de son mépris.

Immobile... et plein d'agitation intérieure, il restait debout, pâle et silencieux, regardant la belle enfant, dont la marquise avait attiré contre son cœur la tête gracieuse, et qui jouait avec les fleurs détachées de son front; car il n'y avait pas d'intermédiaire dans les pensées de Gabrielle. C'étaient les plus insoucians parpillages ou les inspirations les plus sérieuses et les plus graves.

— Il est tard, dit madame de Fontenay-Mareuil.

C'était le signal donné par elle chaque soir quand il fallait se séparer. Yves quittait alors l'appartement de sa mère; mais Gabrielle avait voulu, dès le premier jour, aider elle-même mademoiselle Huguet dans les petits soins que réclamaient l'âge et les habitudes de la marquise. Les vieillards éprouvent une joie infinie et mêlée de tendresse pour ces attentions accordées à leur personne; et c'était une des causes de la vive et prompte affection qui avait placé si haut Gabrielle dans le cœur de la vieille

dame, et lui avait fait si vite oublier une naissance qui ne plaisait guère à ses idées.

Ainsi, chaque soir, madame de Fontenay-Mareuil congédiait son petit-fils, et gardait encore près d'elle sa nouvelle enfant pendant une demi-heure. Ce temps était celui d'utiles et douces leçons, qui accompagnaient les arrangemens de toilette, jusqu'au moment où la marquise, se mettant au lit, embrassait Gabrielle, lui emportant, avec l'impression de bons sentiments affectueux, quelques idées de plus sur le monde, quelques anecdotes sur de grands personnages, quelques récits aimables et de bon goût dont elle augmentait les richesses de sa pensée. Ce jour-là, au moment où Yves sortait de la chambre, sa grand'mère lui dit:

— Je prends demain ma Gabrielle dès le matin et jusqu'à l'heure du dîner. Elle verra avec moi quelques personnes qui lui donneront une idée plus favorable et plus consolante du monde où elle doit vivre, que celles d'aujourd'hui. Vous, mon ami, vous aurez quelques heures de liberté... Une petite absence fait bien à l'amour... et, depuis quinze jours, vous ne vous êtes pas quittés une minute... Je vous la rendrai plus gaie, et vous reviendrez plus joyeux, j'en suis sûre.

Yves se retira dans sa chambre, l'âme encore plus attristée que les jours précédens; il se sentait mécontent de lui-même. Placé dans une situation où il ne pouvait ni ne voulait rester, et dont il ne savait comment sortir, il avait, dès les premiers jours de son mariage, pensé parfois à reprendre sa vie de jeune homme. Qu'avait-il souhaité, en effet, en se mariant, se disait-il, si ce n'est de satisfaire aux désirs de sa grand'mère, de trouver une fortune qui le fît vivre selon son rang? Tout cela était; et, quant à la femme, y avait-il pensé? en avait-il attendu quelque bonheur? Ne pouvait-il laisser sous la surveillance de la marquise cette enfant docile et qui ne paraissait pas montrer le moindre désir de se soustraire à l'autorité qu'on exercerait sur elle? Quant à la situation particulière qu'elle avait imposée à leur mariage, monsieur de Mauléon, comme tous les jeunes gens qui ont vécu dans la mauvaise compagnie, faisait assez peu de cas de l'amour, le regardait comme superflu pour le mariage, et inutile pour le plaisir. Ne trouverait-il pas ailleurs autant qu'il le voudrait de qui pouvait manquer chez lui?

Il s'était bien dit tout cela... et cependant il restait... et cependant depuis quinze jours il n'avait pas cherché une seule distraction, et toute sa pensée se prenait à l'examen de cette femme simple et vraie, qui laissait assez peu la résolution qu'elle croyait un devoir, ne demandait ni ne fuyait son attention. Et maintenant, ce n'était plus seulement la curiosité que pouvait lui donner de savoir ce qu'il devait penser de cette jeune femme qui l'occupait; c'était ce qu'elle devait penser de lui qui venait troubler tout son cœur... Parfois, il l'avait vue émue en le regardant; parfois calme et froide, parfois craintive et triste. Que pensait-elle donc? Puis il s'étonnait, car elle ne semblait pas même avoir remarqué qu'il était beau. Ne savait-elle donc pas, l'enfant qui ignorait encore tant de choses, de quel prix est la beauté, elle qui la possédait et la voyait sans paraître s'en douter? Puis il se prenait aussi à souhaiter qu'elle le trouvât beau, le trouvât aimable, spirituel et bon; car, lui, il la trouvait belle, spirituelle et bonne. Il aurait voulu plaire à ses yeux, à son cœur, à sa pensée... S'il n'était pas encore amoureux, il était donc bien près de l'être.

VII

SUITE DES VISITES DE NOCES.

Monsieur de Rhinville se trouvait tout dépaysé depuis le

mariage : il lui tardait que les visites de noces fussent terminées, et ce n'était pas sans de gros soupirs qu'il se rendait seul dans les maisons où il avait l'habitude de venir avec la marquise. La sensibilité des gens égoïstes, tout entière portée sur eux seuls, acquiert une telle puissance, qu'ils regardent comme un grand malheur la moindre contrariété ; et ce pauvre comte regrettait à chaque minute l'attention que donnait sa vieille amie à tous ces petits soins personnels qui remplissaient sa vie. Enfin, un soir, troublé de sa solitude, il oublia de fermer la glace de sa voiture, et gagna une fluxion. De ce moment, l'entrée de Gabrielle dans la famille de Fontenay-Mareuil lui sembla une calamité !

Elle semblait au contraire un bienfait du ciel pour la marquise, dont elle ranimait toutes les espérances : et la joie rajeunit ! Les années qu'elle portait péniblement devinrent légères ; la main du temps fut soulevée par le bonheur et ne pesa plus. Aussi, le lendemain, madame de Fontenay-Mareuil partit de grand matin ; car on commençait par une excursion à la campagne, dans un château situé près de Saint-Cloud. C'était pour la marquise un religieux pèlerinage en même temps qu'une visite d'amitié. Gabrielle vit une de ces belles habitations des environs de Paris, où le luxe de la ville s'allie au charme de la campagne ; où l'on peut quitter d'épais feuillages sur les bords d'une eau limpide, pour trouver à l'instant les plaisirs de l'Opéra ou d'un brillant salon.

— Mon enfant, disait la marquise, c'est ici, dans ce château, qu'il y a quand d'années venait parfois échapper à la représentation. Ici la fille des rois, la fille de Louis XVI... cherchait la retraite plus douce à ses vertus qu'une puissance périlleuse. Ces belles fleurs nuancées, ces tapis, ces broderies, sont le fruit de ses loisirs. Peut-être, en s'occupant des légers ouvrages conservés si pieusement dans ce séjour, oublia-t-elle par moment, vit-elle ces gracieux délassemens de femme, les douleurs amères de la princesse ? Bénis soient donc les brillants et délicats tissus sortis de ses mains ! qu'ils aient été confidens de ses larmes, qu'ils les aient recueillies, ou qu'ils aient fait naître quelquefois un sourire sur la noble figure qui avait appris si jeune à pleurer, qu'ils soient bénis ! Et la vieille marquise essuyait une larme en répétant plus bas : Apprendre si jeune à pleurer, et recommencer si tard à souffrir !

Mais les soins affectueux des dignes hôtes de ce château vinrent distraire les regrets que sa vieillesse gardait encore pour d'autres, après avoir oublié tous les siens. Gabrielle émue visita cette belle habitation avec recueillement : elle vit les grands et vastes appartemens, tout ce qui est somptueux, élégant et commode, dans cette retraite uniquement consacrée au pieux souvenir auquel s'est dévouée une noble famille. Tout cela lui parut comme ce qui est bon ; et, en revenant à Paris, elle disait à la marquise :

— Oh ! qu'un tel dévouement inspire de respect pour la cause qui le produit ! il n'y a que de sincères et belles convictions qui puissent faire naître tant de vertus !

Madame de Fontenay-Mareuil s'arrêta à Ville-d'Avray, pour présenter Gabrielle à l'élégante et gracieuse femme d'un financier, homme d'esprit. Il avait été décidé que ce jour-là on ne verrait que des exceptions.

La tendresse toute maternelle de la marquise préparait une surprise à la jeune femme ; et, en rentrant à Paris, elle la conduisit dans une retraite célèbre, où elle la présenta à celui qui avait charmé sa jeune imagination, qui avait exalté toutes les naïves, belles et tendres sympathies de son âme avec les malheurs d'Atala et de Cymodocée. Alors la joie enfantine et profonde de Gabrielle, l'émotion vive et grande de cette nature puissante et délicate, parurent à la marquise si touchantes et si vraies, qu'elle en aima davantage la belle enfant de seize ans, que n'avaient charmé ni le faste, ni les parures, ni les vanités, et qui se prenait si ardemment au charme du génie et des nobles vertus.

— Ma mère, dit involontairement Gabrielle en sortant (car, dans les soins délicats de la marquise, elle sentait une tendresse maternelle, et elle éprouvait le besoin d'exprimer une tendresse filiale), ma mère, que vous êtes bonne de placer ainsi dans ma pensée de beaux souvenirs ! mais, ainsi que je l'avais imaginé, la retraite est-elle donc le seul asile qui reste aux grands talens et aux grands caractères ? Ce monde des affaires politiques et des intérêts positifs n'offre-t-il donc rien qui mérite aussi l'estime ?

La marquise regarda sa chère enfant avec un peu d'hésitation... Il était évident qu'elle se plaisait à cette idée de sentimens exclusifs que la jeune femme était prête à accepter. Mais madame de Fontenay-Mareuil avait naturellement l'esprit juste et bon, et ne voulait donner à sa fille que des idées justes et bonnes ; elle fit un léger effort et lui dit :

— Je ne veux pas, Gabrielle, quels que soient mes regrets pour le passé, vous laisser une triste erreur sur le présent, non !... Il est encore, au milieu de la vulgaire et basse avidité de notre époque, des hommes de haute intelligence et d'austère vertu, dont le cœur est d'autant plus pur que leur esprit est plus élevé. Il en est un, par exemple, qui a su nous apprendre l'Histoire de la civilisation de notre pays, et le gouverner noblement après l'avoir savamment éclairé. Devant de si hauts talens, ce que l'on appelle mes préjugés disparaît. Venez donc !...

Et la voiture s'arrêta encore une fois : ce fut au faubourg Saint-Honoré.

Un homme, simple dans ses habitudes, grave dans ses manières, modeste et bon dans son intérieur, les reçut d'un air un peu froid, mais aimable et spirituel. Gabrielle s'étonna de sentir un si puissant attrait de confiance et d'amitié pour cette gravité imposante, comme si ce qu'on respecte le plus n'était pas souvent aussi ce qu'on aime le mieux. Mais elle remarqua des yeux admirablement expressifs, et un sourire fin et gracieux, tempérant avec beaucoup de charme l'aspect d'une physionomie très sévère. Elle devina bien vite que la grâce de l'indulgence et de la bonté pour les autres, s'unissant à la sévérité pour lui-même, produisait ce double effet de respect et d'affection dans ce qui l'approchait.

— Vous voyez, disait en revenant la marquise à sa belle enfant, que même de notre temps on peut être conduit à la puissance par le talent et la vertu ; qu'on peut, trois fois de suite, être placé au premier rang, et, tout occupé du bien public, passer près de la fortune sans prendre le temps ni la peine de la regarder. Ainsi, ma fille, ajouta la marquise, je vous ai fait voir le monde sous un aspect plus beau et tout aussi vrai que celui sous lequel les esprits chagrins comme monsieur de Marcenay se plaisent à le montrer... Vous voyez qu'il existe du dévouement sans ostentation et sans intérêt, de la richesse sans l'ombre du ridicule. Vous savez maintenant que le génie peut encore ajouter à sa puissance par ce que le cœur a de plus noble et l'esprit de plus aimable ; et que les intérêts, le pouvoir, et les passions politiques, de quelque parti que ce soit, peuvent s'allier à toutes les vertus et en recevoir un grand éclat. Vous êtes bien sûre maintenant que pour admirer dans ce monde il ne s'agit que de savoir choisir !

Gabrielle se pencha sans rien dire vers la marquise, et la remercia par une caresse. On arrivait alors à l'hôtel. Madame de Fontenay-Mareuil annonça l'envie de se reposer jusqu'au dîner ; et la jeune femme rentra silencieusement dans son appartement. Elle s'assit rêveuse près d'une fenêtre ; le salon où elle était en ce moment donnait sur le jardin, et y communiquait. Le jour commençait à baisser ; mais la neige, qui couvrait le sol, les arbres et les maisons voisines, augmentait la lumière en jetant un reflet triste et blanc sur tous les objets ; les yeux de Gabrielle s'attachaient sur les branches dépouillées de feuilles et chargées de cette pâle et froide parure de l'hiver : elle s'abandonnait, en les regardant, à une douce et tendre mélancolie. Tout ce qui s'offrait à elle, chaque jour, d'idées et de choses nouvelles occupait trop son esprit pour lui laisser le temps d'être malheureuse, mais ne remplissait pas assez son âme pour lui donner tout ce qu'on rêve dans les jours de la jeunesse. Il est un temps dans la vie où le bonheur semble être dans le calme; il en est un autre où le calme, au contraire, semble l'absence du bonheur.

Puis Eléonore s'offrit à la pensée de Gabrielle; et, dans les émotions diverses que ce souvenir fit naître, une larme vint à sa paupière. En ce moment, Georges entra.

Les reproches de monsieur de Mauléon sur son absence lui avaient donné le droit de venir; le mot de Gabrielle sur son isolement lui en avait donné l'envie. Il la trouvait seule, triste, essuyant une larme, et il l'aimait!

Georges la regarda. Toutes les phrases d'usage, tous les mots qui se disent d'ordinaire n'avaient que faire là. C'était une jeune femme qui pleurait, un jeune homme qui était amoureux.

Ils restèrent silencieux. Georges debout devant elle, les regards attachés sur les siens avec un grand trouble... Il essaya deux fois de commencer des phrases que son agitation rendait inintelligibles et qu'il n'acheva pas. Gabrielle sentit instinctivement, avant d'avoir pensé, que les visites ne commençaient pas ainsi; elle devina que ce silence singulier ne pouvait se rompre pour des mots ordinaires.

Se levant alors vivement, elle ouvrit la porte vitrée près de laquelle ils étaient placés tous deux, et, avant que Georges eût compris ce qu'elle voulait faire, elle s'était mise à courir au milieu de la neige du jardin, en riant avec enfantillage des traces qu'imprimaient ses pieds délicats, et du bruit de la neige criant sous ses pas qui la pressaient.

Georges, étonné et déconcerté, la suivit dans les allées inégales et tortueuses. Quand elle se retourna vers lui, il gardait encore sur son visage une vive émotion mêlée à la surprise; et Gabrielle, se baissant alors avec gaieté, se mit à prendre dans ses petites et blanches mains autant de neige qu'elles pouvaient en contenir, et, la serrant entre ses doigts, elle en formait des boules glacées qu'elle lança dans l'air aussi haut que ses forces pouvaient le lui permettre. Mais la neige, resserrée légèrement par ses jolies mains, se divisait en touchant aux branches dépouillées des grands arbres, et retombait en flocons luisans sur la robe de velours noir qui dessinait jusqu'à son cou toutes les formes de sa taille élégante. Et Gabrielle riait et admirait ces parcelles blanches et légères, que les dernières lueurs du soleil couchant coloraient par instans de nuances variées et éblouissantes. Et elle recommençait à lancer dans l'espace les innocens projectiles et à les voir retomber à sa grande joie sur elle et sur son cousin. Georges, occupé à secouer cette poussière froide et brillante, n'avait pu garder son sérieux au milieu des folles joies de Gabrielle; il aurait fini par rire aussi, et il lui eût été impossible, en ce moment, de placer quelques phrases sentimentales ou passionnées. L'instinct de Gabrielle l'avait bien inspirée; les innocens jeux de l'enfant avaient écarté les dangers de la jeune femme.

Mais tout à coup, en redescendant une étroite allée où l'eau glacée formait un miroir glissant, ses pieds mignons suivirent malgré elle la descente rapide, et Georges effrayé se jeta sur ses pas pour la retenir. Ses bras s'avancèrent involontairement et entourèrent la taille élancée de la belle enfant. A la même minute, Yves de Mauléon s'arrêtait interdit sur le seuil de la porte du salon, en voyant Gabrielle dans les bras de Georges.

Toute cette journée de liberté avait été pour lui une journée d'ennui, et lui avait paru interminable. Deux fois il s'était arrêté à la porte d'anciens compagnons de sa vie dissipée, et deux fois, au moment de les voir, il s'était éloigné. Que leur dirait-il? ou qu'en apprendrait-il qui l'intéressât? que lui faisaient quelques aventures ridicules ou scandaleuses? quelques niaises folies? Qu'est-ce que ces distractions passagères avaient à faire avec son existence présente? trouverait-il là quelques lueurs pour éclairer la marche incertaine de ses nouvelles idées? Non! Y trouve-

rait-il quelque chose qui pût lui apprendre ce que renfermaient la pensée et le cœur de Gabrielle? quelques motifs pour espérer? quelque lumière pour se conduire? Et, s'il n'y trouvait rien de tout cela, s'il ne pouvait rien y recueillir pour le présent, que lui importait un passé effacé ou pénible?... Et il se mit à fuir, à éviter les lieux où il devait rencontrer ceux qu'il cherchait, et à qui il avait d'abord consacré cette journée. Yves gagna donc les rues solitaires et les promenades écartées, regardant souvent à sa montre que plusieurs fois il crut arrêtée! Lorsqu'enfin il rentrait, content de voir arriver la fin de cette interminable journée; quand il venait impatient d'entendre les naïfs récits des impressions de Gabrielle, il la vit près d'un autre, d'un jeune homme, d'un parent qu'elle avait loué devant lui!... il vit Georges!... Georges dont le nom avait déjà éveillé sa jalousie, et qui touchait cette main qu'il n'avait jamais touchée, lui!... qui pressait de son bras cette taille charmante qu'il n'avait jamais pressée dans les siens! Georges qui semblait amoureux et caressant avec cette femme qui lui appartenait, à lui, et qui ne l'avait pourtant reçu aucune de ses caresses! Yves de Mauléon sentit, à cet aspect, tout son sang se porter violemment à son cœur, lui ôter le pouvoir de respirer, et laisser une pâleur mortelle sur son visage.

Mais, au moment même, le léger éclat d'un rire moqueur se mêlant à ces mots : « Qu'avez-vous donc, monsieur de Mauléon? » le fit tressaillir, se retourner et apercevoir à ses côtés madame de Savigny qui arrivait sur ses pas. Elle venait faire une visite à la jeune femme, et semblait lire dans la pensée souffrante du jeune homme.

Alors Gabrielle s'avança entre eux, et ils rentrèrent tous pour retrouver au salon madame de Fontenay-Mareuil. Le froid, l'exercice et le trouble que la présence de madame de Savigny excitait, avait animé le frais visage de la belle enfant de vives couleurs qui rendaient sa beauté éblouissante. Georges paraissait ému et tremblant; Yves était pâle et irrité, et madame de Savigny, souriant d'un air ironique, leur imposait à tous un de ces puérils et insupportables supplices qui se renouvellent sans cesse dans la vie du monde.

Yves de Mauléon ne pouvait soutenir la contrainte : cette journée d'ennui, et la douleur jalouse qu'il avait éprouvée, lui ôtaient la force et la patience nécessaires pour écouter les moqueuses allusions et les ironiques paroles de madame de Savigny. Il se plaignit d'un violent mal de tête et sortit.

Quelques instans après, il fit dire qu'on ne l'attendît pas pour dîner.

Madame de Savigny se leva... et, en montant dans sa voiture, ses lèvres serrées par un sentiment indicible de joie maligne et de triomphantes espérances... semblaient jeter un défi au bonheur de monsieur de Mauléon, quand elles s'ouvrirent pour laisser passer ces mots :

— Nous verrons!

Gabrielle resta toute la soirée seule avec madame de Fontenay-Mareuil. La jeune femme était triste : pour cacher sa tristesse, elle proposa une lecture. Jusqu'à onze heures, sa voix, par momens légèrement altérée, continua pourtant de lire sans qu'elle comprît une lecture dont sa pensée était absente. Puis, quand la marquise fut couchée, Gabrielle se retira dans sa chambre, éprouvant un grand soulagement à l'idée d'être seule... Mais, en s'asseyant près d'un grand feu pour se livrer sans contrainte à ses réflexions, Gabrielle aperçut une lettre à son adresse, posée sur la cheminée. Elle l'ouvrit avec curiosité; la lettre était d'Yves de Mauléon, et contenait ce qui suit :

« Il y a eu, comme vous le disiez, bien du malheur dans
» notre mariage! Oui, un malheur tel qu'il est impossible
» de supporter plus longtemps une pareille situation. »

— Oh! ciel! s'écria Gabrielle, que veut-il dire?
Et le papier tremblait dans ses mains... et ses larmes

l'empêchaient de lire la suite... elle les essuya avec impatience pour continuer :

« Où donc avez-vous appris qu'on pouvait offenser impunément Yves de Mauléon? lui jeter une fortune qui ne lui appartient pas, et donner à d'autres l'affection qui devait lui appartenir? Gardez-les, madame, ces richesses dont vous me supposez si avide. Je ne les ai jamais souhaitées; mon cœur les repoussait, avant même que votre résolution et vos reproches m'eussent fait regarder comme un crime d'y toucher. Vous apprendrez bientôt quelle a été ma volonté à cet égard depuis le jour de notre mariage.

» Mais pourquoi, lorsque votre cœur irrité contre moi sembla laisser échapper tout ce qu'il renfermait, ne m'avez-vous pas avoué aussi qu'un autre amour avait rendu mon amour impossible? Cela eût été plus loyal et plus digne de ce cœur qui n'est pas fait pour tromper.

» YVES DE MAULÉON. »

La surprise de Gabrielle fut égale à son chagrin. Elle ne connaissait pas encore les nuances que la vie d'orgueil et de fausseté du monde impose à la passion mécontente; et ne devinait sous ces dures paroles ni la jalousie ni l'amour!...

Elle retomba sur son fauteuil, en laissant couler ses larmes et en s'écriant douloureusement :

— Encore plus séparés maintenant que jamais!

VIII

ÉLÉNORE.

Madame de Savigny avait dit la vérité en parlant d'Élénore, dans la soirée où elle rencontra Gabrielle. Frappée d'un coup inattendu, le jour du mariage, la jeune fille était restée dans un état singulier, qui n'était ni la vie ni la mort. Cette disposition de son âme à porter exclusivement toute la puissance de ses sensations sur une seule idée s'était développée à tel point, la violente émotion qu'elle avait éprouvée, qu'elle était morte, pour ainsi dire, à tout ce qui n'était pas la passion violente qui l'absorbait.

Élénore, dès son enfance, soumise à l'influence d'une santé chancelante, avait vu ses impressions morales s'accroître aux dépens de ses forces physiques. Née d'un père qui n'était plus jeune, dont le corps s'était usé dans les regrets qui déchiraient son âme, elle avait apporté en naissant une disposition maladive et nerveuse, que le régime calme et la vie régulière du couvent avaient amortie sans la guérir, et que des impressions trop vives et trop douloureuses devaient nécessairement faire renaître avec force. Jusqu'à sa première sortie de la paisible maison, un sentiment religieux, plein d'ardeur et d'exaltation, avait suffi à cette âme aimante et recueillie. Jamais la douce Élénore n'avait eu besoin, dans l'enfance, de reproches sévères; jamais il n'avait fallu user de rigueur pour contraindre et diriger un caractère qui se portait de lui-même au bien et se plaisait sans effort à tous les devoirs. Ce sentiment religieux, dans cette âme si tendre, donnait à toute la personne de cette débile enfant un aspect de douceur et de tranquillité, et à sa pensée un calme rêveur qui, en tempérant ses dispositions natives, avait laissé cette frêle existence arriver enfin, quoique lentement, à un entier développement. Élénore, à quinze ans, avait à peine l'air d'en avoir douze; et cette nature souffrante gardait encore, dans l'âge de la force, l'apparence de sa délicate et faible constitution.

Mais quand un sentiment profond vint se placer dans ce cœur tout empreint de sensibilité naturelle, il absorba bientôt tout ce qu'il y avait là de force et de vie. Si le choix d'Élénore eût été suivi de bonheur, et sa destinée eût été unie à l'homme qu'elle aimait, elle n'eût connu que le charme d'une sainte et chaste union. Renfermée dans sa vie paisible, obéissante et dévouée, hors celui qu'elle aimait, rien n'eût touché son âme et frappé son esprit. Elle eût vécu dans l'ombre, oubliée et oublieuse; son bonheur n'eût pas été de ce monde, elle eût aimé... voilà tout! Mais quand le premier malheur vint placer un désenchantement et un mécompte au milieu de cet amour qui devait être toute sa vie, cette fragile existence reçut une blessure trop dangereuse pour une organisation aussi susceptible.

Pourtant l'amitié de Gabrielle, sa gaieté, ses douces paroles, avaient fait naître cette pauvre plante que l'orage avait pliée, et qui commençait à se relever lorsqu'elle fut de nouveau frappée d'un mal sans remède, en perdant tout espoir. Alors sa douleur prit un caractère de surprise et d'effroi : il lui sembla qu'une intervention céleste, irritée et cruelle, avait pu seule préparer des circonstances aussi funestes; et, non-seulement elle fut malheureuse, mais elle eut peur de son malheur.

Quand madame de Savigny la ramena, le jour du mariage de Gabrielle, quoiqu'elle eût exprimé le désir d'être conduite au couvent, elle se laissa mener ailleurs, sans faire la plus légère observation, sans même avoir l'air de remarquer qu'elle n'arrivait pas au lieu qu'elle avait indiqué. Monsieur Simon, qui l'avait suivie, remerciait madame de Savigny de ses soins empressés et du dévouement qu'elle montrait en se chargeant de son amie malade; mais les paroles du vieillard étaient si confuses, sa voix était si troublée, qu'il eût, à lui seul, excité la pitié; et ce sentiment agissait en ce moment sur le cœur de madame de Savigny pour le père comme pour la fille.

Sans être confidente des liens qui attachaient monsieur Simon à Élénore, elle les avait devinés. Son silence respectait ce triste secret; mais la douleur de monsieur Simon, en le constatant à ses yeux, ajoutait à ses regrets. Elle se reprochait la coupable imprudence qui avait fait naître cet amour; elle sentait que le père eût pu lui demander compte du bonheur de l'enfant qu'il lui avait confié; et son âme, blessée par ses propres souffrances, était plus accessible à celles des autres. Elle caressait Élénore, essuyait les larmes qui roulaient sur son visage, sans que la jeune fille, insensible en apparence, fît un mouvement pour les effacer, ou un effort pour les retenir. Puis quand, par momens, une espèce de mouvement fébrile faisait tressaillir toute cette faible enfant, dont les yeux regardaient sans voir, dont les paroles s'échappaient sans qu'elle sût ni à qui elle les adressait, ni ce qu'elle voulait dire, madame de Savigny cherchait à écarter monsieur Simon, lui demandait quelques légers soins qui l'éloignassent de la chambre où la jeune fille, en proie à une terreur involontaire, parlait de punition céleste, de destinée dévouée au malheur et au désespoir par le courroux du ciel, qu'elle n'avait pourtant jamais offensé... Mais le pauvre vieillard revenait inquiet se placer près du lit de l'enfant adorée et mourante. Là, immobile, il regardait, il écoutait; et ses yeux retrouvaient encore quelques larmes rares, amères et brûlantes, qui tombaient lentement sur son pâle visage, et suivaient les sillons profonds que d'autres larmes y avaient creusés anciennement.

Les jours, en s'écoulant, donnèrent enfin à la douleur d'Élénore un caractère moins violent. Des plaintes ne vinrent plus troubler sa calme résignation; le danger cessa; la mort n'était plus là... mais la vie n'y fut pas encore... Quand la femme qui veillait son sommeil, devenu plus paisible, lui proposait de se lever, Élénore, qui d'elle-même n'aurait pas fait un mouvement, se prêtait, doucement et sans rien dire, à ses soins, et faisait, par habitude, une toilette simple et négligée comme elle. Ses cheveux d'un blond clair continuaient de tomber en boucles abondantes autour de sa figure allongée, et d'orner ses joues décolorées, déjà creusées légèrement, et dont nulle nuance de rose ne venait interrompre la pâleur blanche et mate. Elle se rendait au salon, s'asseyait dans un fauteuil, et prenait, quand il y avait du monde, un petit ouvrage de broderie qui semblait absorber toute son attention. Cependant sa voix faible et douce répondait aux questions qui lui étaient adressées; mais elle retombait dans un constant silence aussitôt qu'on ne forçait plus son attention et ses paroles.

Si elle restait seule, on lui voyait un livre à la main lorsqu'on rentrait au salon : mais madame de Savigny s'était assurée qu'elle le tenait ainsi toujours ouvert à la même page, pendant des heures entières, sans regarder ce qu'il renfermait. Souvent, malgré le froid, et même par l'ordre du médecin, Élénore se plaçait sur le balcon, afin d'essayer si l'air piquant et vif ranimerait ce faible corps qui ne paraissait plus rien sentir; mais, que le froid rigoureux frappât sa pâle figure ou qu'un feu brûlant vînt la réchauffer, aucun signe de changement n'apparaissait sur son visage... Un jour seulement, un faible cri de joie surprit madame de Savigny; elle courut près d'Élénore penchée sur la rampe du balcon, et la suivre longtemps des yeux quelqu'un qui se retournait souvent : c'était Yves de Mauléon qui passait sous la fenêtre, et qui s'était troublé à la vue d'Élénore.

Ce jour-là, madame de Savigny se rendit à cette soirée où elle retrouva Gabrielle. Le lendemain, Élénore, moins souffrante, put sortir, et elle aperçut de loin, dans une promenade, monsieur de Mauléon... elle parut se ranimer davantage; c'était le jour où madame de Savigny fit sa visite, trouva le jeune duc mécontent, jaloux et irrité, et où elle le vit sortir pour échapper à une situation ridicule et pénible.

Depuis qu'Élénore n'était plus en danger, une expression d'ironie avait succédé sur la figure de madame de Savigny à la tendre pitié qui s'identifiait aux chagrins de la jeune fille. Une gaieté très vive et une activité nouvelle l'animaient : ce n'était plus ce découragement qui suit la perte des espérances; mais, au contraire, il semblait que madame de Savigny sentait s'éveiller des espérances imprévues; et jamais son esprit ne fut aussi fertile en saillies moqueuses qui n'épargnaient personne, en malices adroites qui troublaient ou les vanités ou les affections de ceux qu'elle rencontrait. Malheur aux amours-propres! malheur aux ambitieux de tout genre! malheur même aux sentimens les plus vrais! Les caustiques épigrammes, les fausses interprétations, les paroles à double sens, qui vont toucher au fond du cœur l'endroit vulnérable pour y faire éprouver une sensation douloureuse, suivaient madame de Savigny, qui devinait tout et frappait toujours juste. Elle s'était rangée parmi ces femmes redoutables que le monde accueille, flatte, craint et déteste; femmes souvent autant à plaindre qu'à blâmer, qui rejettent sur les autres le fiel dont leur cœur est trop plein, qui auraient été bonnes peut-être si elles eussent été heureuses, mais qui, blessées dans leurs affections et leur orgueil, ne veulent point laisser aux autres le bonheur qui leur a manqué.

— Élénore, dit madame de Savigny en rentrant, viens, fais une toilette élégante et prompte; je veux t'aider moi-même!

La jeune fille, qui n'avait plus de volonté, la laissa faire, et, sans objection comme sans plaisir, la suivit à l'Opéra.

Madame de Savigny prit avec elle, en passant, une de ces jeunes femmes étourdies et insignifiantes dont on peut tirer admirablement parti pour quelques démarches qu'on désavoue, et quelques paroles inconvenantes qui servent sans la compromettre celle qui les fait dire.

Cela ressemble aux imprudens amis que les ministères et les partis lancent à la tribune, pour essayer jusqu'où l'on peut aller sans révolter les opinions ou les consciences.

Placée entre Élénore et l'inconséquente madame d'Artigues, dans une première loge de côté contre le balcon, et en face de ces loges que remplissent quelques habitués du jockey's-club, madame de Savigny, sous le feu des regards, ressemblait un peu à un soldat sur la brèche; mais elle n'avait pas le mérite du courage, ce jour-là, car elle oubliait entièrement le danger; dans ce moment, ni le ciel ni l'enfer n'aurait pu distraire sa pensée. Cependant une toilette recherchée, un sourire plein de gaieté, des poses gracieuses, des expressions variées de physionomie qui montraient de belles dents, et des regards pleins de charme, accueillaient ceux qui l'approchaient, et pouvaient encore servir pour ceux qui étaient loin. Mais on emploie tellement sans y songer tout ce menu bagage de la coquetterie, que cela ne compte plus.

— Vous le savez, dit-elle à madame d'Artigues après une demi-heure passée dans la loge, je ne suis venue que pour vous conduire; des engagemens m'appellent ailleurs : vous avez votre voiture, et le général Barlemont, que je vous laisse, vous donnera la main. Vous me ferez le plaisir de reconduire Élénore chez moi.

Et pendant que madame d'Artigues répondait, les yeux de madame de Savigny, fixés sur l'avant-scène, remarquèrent un léger mouvement annonçant un nouvel arrivant dans la loge. Elle le reconnut avant de le voir; et, sans laisser à madame d'Artigues le temps d'achever sa phrase, elle la quitta précipitamment.

Élénore resta donc seule, avec une femme qu'elle connaissait peu et qui n'était jamais occupée que d'elle-même, et avec cet excellent général Barlemont, comme l'appelaient toutes les femmes, qu'il accompagnait parfois les jours où il était bon d'avoir un conducteur qui ne voyait, n'entendait, ni ne comprenait rien.

Ce fut dans cette loge d'avant-scène une espèce de coup de théâtre pour l'entrée du nouveau venu.

— Déjà! dit l'un. —Seulement à présent! dit l'autre. —Trois semaines! c'est trop peu : la lune de miel a un mois, reprit un troisième. — La lune de miel d'un lion ne doit avoir qu'un jour, ajouta le quatrième.

Et Yves de Mauléon, car c'était lui qui arrivait, se trouva étourdi de vaines paroles et de plaisanteries, si peu d'accord avec ses idées, qu'il maudit l'espèce de folie qui, dans son désœuvrement, l'avait ramené près de ceux avec qui se passait sa vie un mois auparavant, et dont il avait adopté si longtemps les habitudes et le langage. Se rappelant alors les gracieuses et délicates susceptibilités d'un esprit formé dans la solitude sous de nobles inspirations : « Ah! pensa-t-il, Gabrielle ne pouvait pas m'aimer. » Et la triste expression de son visage sévère égaya plus que jamais ses joyeux compagnons.

Yves se pencha sur le bord de la loge, promenant son attention sur les personnes qui étaient dans la salle; puis ses regards restèrent attachés à la même place.

— Ah! tu vois cette femme blonde, si pâle qu'elle ressemble à un spectre, si jolie qu'on la prendrait pour un ange. Elle a l'air d'une apparition, dit un jeune auteur de poésies aristocratiques.

— Je la reconnais, reprit le plus déterminé d'eux tous pour la chasse au sanglier, je l'ai vue chez madame de Savigny; c'est une jeune fille qui est devenue folle par amour!... Lequel de nous est le coupable?

Yves voulut sourire comme les autres, mais il souffrait.

— Qui de nous la consolera? dit l'un des jeunes fous, d'un ton qui annonçait une grande confiance dans l'efficacité de ses consolations.

Duprez commençait à chanter : tout le monde écouta.

Les yeux de monsieur de Mauléon ne quittèrent plus la jeune fille, que le charme de la musique berçait doucement sans la tirer de ses rêveries. Il était facile de voir sur sa physionomie que la vie n'animait plus qu'imparfaitement ce corps frêle, que les objets extérieurs ne venaient plus frapper ses sens, et qu'elle n'existait plus que pour une idée toute intérieure, qu'elle ne pouvait ou ne voulait pas communiquer aux autres.

Yves pensait : « Si Gabrielle m'eût aimé ainsi? »

Et il n'entra pas l'ombre de fatuité dans sa pensée!...

C'est que, depuis son mariage, il avait vécu au milieu

de sentimens vrais, d'idées justes... et d'actions naturelles! Aussi ne comprenait-il plus l'affectation de ses amis. A la fin de l'acte, il voulut sortir de la loge; on le retint.

— Mais, voyez donc, dit l'un d'eux, cet air de mari soucieux et ennuyé! Ils nous reviennent tous comme cela.

— Bah! il vaut mieux vivre joyeusement que sérieusement, reprit le chasseur. Dès qu'on devient raisonnable, on ne s'amuse plus avec nous; et s'amuser est tout!.. ajouta-t-il de l'air du monde le moins gai. Tuer le temps, continua-t-il en bâillant, après un moment de silence, c'est la grande affaire. Je suis sûr que les ambitions ont souvent tout bouleversé, rien que pour cela!... Et, tenez, Napoléon a-t-il fait autre chose que s'amuser à grimper au-dessus de tous les autres, pour se délivrer du temps qui pesait sur lui? Peut-être ne s'est-il jamais bien rendu compte de ce motif... mais, je le parie, ce n'est que cela qui le poussait par tous pays!... Sa manière de voyager était incommode à beaucoup; l'emploi de ses jours dérangeait un peu les autres. Il en est bon nombre qui ont payé son plaisir un peu cher; mais tous ont eu un tel respect pour celui qui avait imaginé un pareil moyen de s'amuser, que, même quand on les tuait, ils criaient encore: C'est superbe! Il n'est pas donné à tous, malheureusement, dit-il avec un soupir, d'avoir un aussi beau passetemps. Tâchons donc de nous divertir à moins de frais.

Et, après cette belle tirade, l'orateur s'endormit dans un coin de la loge.

Yves échappa à ses anciens amis un moment avant la fin du spectacle.

Élénore avait senti par degrés le charme de la musique agir sur son organisation nerveuse et délicate... Tout entière à ce qui se passait sur le théâtre, elle n'avait pas une seule fois promené ses regards sur la salle. D'ailleurs Yves s'était placé de manière à ne pouvoir être aperçu par elle. Mais lorsqu'elle descendait l'escalier, au milieu de la foule, suivant pas à pas madame d'Artigues, qui donnait le bras au général Barlemont, et qui, toute aux salutations et aux politesses des personnes qui se pressaient pour sortir, oubliait complétement sa compagne, tout à coup Élénore sentit ses pas s'arrêter, et une émotion violente suspendre en elle tout mouvement. Madame d'Artigues disait à haute voix:

— Quoi, monsieur de Mauléon, ici! vous étiez à l'Opéra, et vous n'êtes pas venu dans ma loge!

Et la foule brillante, qui descendait comme le reflux d'une mer puissante et calme, sépara la jeune fille de ses compagnons, en la laissant immobile contre le mur où elle s'appuyait. Quand tous eurent passé, instinctivement effrayée de sa solitude, elle suivit cette foule innombrable, où personne ne s'occupait d'elle; et, mêlée, sous le péristyle, à un groupe qui se portait vers le boulevard, elle se laissa entraîner jusqu'au milieu de la rue, où ceux mêmes lesquels elle se trouvait, à son insu et au leur, se dispersant, elle se vit seule avec effroi. Alors, re-gardant autour d'elle, son premier mouvement fut de retourner vers le théâtre, où la lumière et la foule attiraient encore son attention. Ses petits pieds, renfermés dans des souliers de satin, et sa peur, mêlée de distraction, rendaient sa marche lente et incertaine. En rentrant sous le péristyle, elle se jeta au milieu d'un de ces groupes de jeunes gens dont l'examen, plus ou moins bienveillant, accompagne jusqu'à leur voiture tous les habitués de l'Opéra. C'étaient les amis de la loge d'Yves de Mauléon..... Leurs rires moqueurs, leur attention hostile et inconvenante, leurs expressions singulières l'accueillirent.

— C'est la jeune fille folle d'amour! s'écria l'un d'eux.

— Quand je disais qu'elle comptait sur nous pour la consoler! reprit un autre.

Et ils voulurent prendre ses mains tremblantes.

— Messieurs! dit d'une voix forte et menaçante Yves de Mauléon accourant.

Et tous s'écartèrent respectueusement à ce seul mot, tant son accent empruntait de puissance au sentiment pro-

fond de son âme!... La jeune fille effrayée devint calme, et s'approcha vers lui par un mouvement involontaire, au moment où elle sentait qu'elle chancelait et qu'elle perdait connaissance.

Yves l'enleva dans ses bras; il hésita cependant avant de se décider à la porter dans sa voiture qui venait de s'avancer; mais quoi faire de cette femme évanouie au milieu d'une rue que la foule, les chevaux et les voitures traversent et remplissent en présentant des dangers de toutes les minutes?

Le marche-pied était abaissé, il la plaça dans le fond de la voiture, s'assit sur la banquette de devant, et indiqua la demeure de madame de Savigny.

Élénore rouvrit les yeux, vit Yves de Mauléon lui tenant les mains et la regardant avec un profond intérêt; elle ne sut pas où elle était, où elle allait, elle vit seulement celui qu'elle aimait!...

Élénore, depuis le jour où son secret lui avait été arraché par la douleur, en présence de madame de Savigny, n'avait revu Yves de Mauléon qu'au moment où il s'unissait pour jamais à une autre.

Son image seule était restée, la nuit et le jour... mais indifférente et glacée pour elle! C'était cette vision toujours présente qui se plaçait entre elle et le monde entier! Cette figure ne la quittait point, et toujours elle exprimait un dédain qui la faisait mourir... Maintenant, elle était là, exprimant l'amitié, la tendresse, la douleur!...

Yves la vit s'animer d'abord... s'étonner ensuite... puis paraître s'inquiéter encore.

— Pardon, lui disait-il en pressant ses mains encore froides et immobiles, pardon!... Et se laissant aller aux impressions de son âme naturellement honnête et bonne, il s'écriait: — Oh! c'est affreux! cette jeune fille ainsi sans raison, sans avenir, sans bonheur! un ange qui souffre!... oh! mon Dieu!...

Et il s'accusait, s'irritait contre lui-même; puis, sans savoir au juste ce qu'il restait de cette raison brisée, il lui parlait, l'interrogeait, la suppliait, et, tombant aux genoux de cette femme insensible, il lui adressait des prières qu'elle n'entendait pas.

Élénore sortit lentement de son apathie, regarda Yves avec une légère surprise; ses mains ranimées touchèrent ses cheveux et son visage avec hésitation et inquiétude, pour s'assurer que ce n'était pas sa vision ordinaire; puis, examinant cet air de tendresse et de pitié qui semblait l'étonner, écoutant attentivement et silencieuse des mots qu'il continuait de prononcer au hasard, comme ces mots caressans dits sans but à l'enfance, l'expression céleste d'une joie indicible rayonna sur sa pâle figure, et elle s'écria avec ravissement:

— Mais c'est lui! lui!... Et ses bras retombèrent autour du cou du jeune homme, comme pour retenir celui qu'elle craignait de voir disparaître; car elle avait tout oublié excepté son amour.

En ce moment, la voiture s'arrêtait dans la cour de l'hôtel de madame de Savigny.

Pendant qu'Yves de Mauléon aidait Élénore à descendre, madame de Savigny s'avança jusque sur le perron avec des démonstrations de surprise et de joie, appelant madame d'Artigues pour la rassurer, et feignant une inquiétude qui devait donner à quelques personnes réunies chez elle une grande idée de la vivacité de ses sentimens.

Yves fut forcé d'entrer chez elle... et, pour lui, il y eut d'ironiques sourires, invisibles aux autres... Quant à Élénore, elle avait l'air de s'éveiller d'un songe, et si tout le monde, là, n'eût pas été initié d'avance par madame de Savigny à l'état où la maladie avait réduit ses facultés, rien n'eût paru aussi singulier que l'aspect de sa physionomie, ainsi que les émotions diverses qui se peignirent successivement sur son visage.

La vue d'Yves de Mauléon avait produit sur elle une révolution soudaine. Ce mal continuel, suite de la continuelle vision qui s'offrait obstinément à ses yeux, avait cessé devant la réalité, et, pendant qu'on la plaignait d'un sort aussi funeste, on ne soupçonnait pas tout son malheur... elle avait recouvré la raison !

Quand on se sépara, Yves avait compris tous les désirs de madame de Savigny, et s'était promis de veiller sur la jeune fille, dont elle s'amusait à jouer le bonheur et l'existence.

Lorsque Élénore fut rentrée dans sa chambre, rien de ses mouvemens ne rappela l'impassible disposition d'esprit qu'elle avait eue jusqu'alors. Animée, mais par le désespoir, elle avait compris aussi que madame de Savigny voulait la faire servir à troubler un bonheur que sa vengeance ne pouvait supporter : elle avait senti en même temps que, si elle avait de la force contre la haine, elle n'en aurait pas contre l'amour.

Sa résolution fut prise alors. Tirant de son doigt la bague que Gabrielle lui avait donnée, à ce souvenir d'un jour de confidences, d'amitié et d'espoir, elle pleura !... puis elle enveloppa cette bague dans une feuille de papier à l'adresse de Gabrielle, et pria sa femme de chambre de la porter le lendemain matin... Ensuite, restée seule, elle prépara, avec une attention très minutieuse et très calme, des vêtemens simples qu'elle posa près de son lit, et, voyant qu'il était trois heures du matin, elle voulut chercher un moment de repos ! L'irritation qui depuis longtemps nuisait à son sommeil avait cessé : elle dormit profondément jusqu'à sept heures, se leva, s'habilla seule, avec une robe brune, un chapeau noir, un manteau de couleur foncée ; prit quelque argent, et, guettant le moment où personne ne pouvait s'apercevoir de sa sortie, elle quitta l'hôtel de madame de Savigny à pied, par un temps sombre et glacé.

Arrivée près du quai, Élénore parut surprise de trouver autant de monde! Peu habituée aux rues et à leur mouvement ordinaire, elle avait compté sans doute sur une solitude complète, à une heure où peu de personnes étaient levées parmi celles qui l'entouraient ; elle hésita... puis proposa à une voiture de place, qui passait près d'elle, de la conduire à Sèvres.

Elle se rappelait avoir fait là une promenade sur l'eau avec madame de Savigny... Le calme et le sang-froid qui avaient présidé à sa résolution, comme à toutes ses actions, depuis la veille au soir, ne se démentirent pas une minute... Pendant la route, elle récita lentement toutes les prières qu'elle savait... puis, quand la voiture s'arrêta, la jeune fille respira comme quelqu'un qui arrive après de longues fatigues au terme désiré d'un voyage... et, sautant légèrement sans même s'aider du marche pied, elle sentit tout à coup un bras protecteur qui entoura sa taille. Il l'aida à franchir un fossé qui bordait la route, et la porte d'un mur qui le dominait, et ne la déposa que hors du regard des passans, dans le parc élégant d'une jolie maison qui semblait inhabitée.

Effrayée, interdite... Élénore ne put que s'écrier :
— Yves de Mauléon ! C'était lui, en effet.

Yves ne s'était pas couché : inquiet sur Élénore, il avait écrit quelques lignes pour la prier de veiller elle-même à sa sûreté, et de choisir un autre asile que la maison de madame de Savigny ; puis il avait pensé que cette innocente lettre pourrait encore, par quelque maladresse, être pour la jeune fille une cause de chagrin, et il s'était décidé à veiller lui-même. Fatigué d'une nuit sans sommeil, cherchant l'agitation pour échapper à sa pensée, il était sorti dès le matin, et rien ne put exprimer sa surprise, quand il reconnut Élénore, seule, à pied, dans la rue à pareille heure. Il la suivit, et, lorsqu'elle monta en voiture, il se jeta dans un cabriolet de place qui ne quitta plus le chemin qu'elle avait indiqué.

Cette course, le lieu, l'heure... tout lui révélait un funeste projet, dont il devait et voulait empêcher l'exécution : et quand la voiture s'arrêta, encore incertain sur ses projets, sans penser à l'avenir, occupé seulement du danger présent, il avait pris la jeune fille dans ses bras, l'avait portée dans une maison qu'il connaissait ; et là, seul avec elle, il cédait à l'impression du moment. Un petit salon, au

rez-de-chaussée, avait reçu Élénore, trop étonnée pour faire aucune résistance ; et quand Yves lui disait :

— Vous ne répondez pas, Élénore ? vous n'osez pas nier le cruel projet qui vous conduisait ! Quoi ! si jeune et si belle, vouloir renoncer à la vie ? Quoi ! donner un pareil remords, un pareil désespoir ? Oh ! c'est affreux !

Et Yves ne pouvait retenir ses larmes, en voyant cette frêle et charmante créature qui le regardait avec tendresse... et disait :

— Que faire en ce monde ? Qu'ai-je à attendre, à espérer ? Qui pense à moi, pauvre fille sans parens... sans amis ? Dupe de l'amitié, dupe de l'amour... n'ayant devant moi qu'une longue suite de jours malheureux !... Ne vaut-il pas mieux mourir ? On ne dira pas même : Elle n'est plus ! Qui sait si j'existe, si je souffre, si je meurs à chaque instant ?

Ces paroles ne furent point prononcées ainsi, de suite, mais, sans cesse interrompues par tous les mots consolans qu'Yves pouvait trouver : et quand les mots ne se présentaient plus, quand la douleur vive d'Élénore semblait au-dessus des paroles... il baisait ses mains délicates... les pressait sur son cœur. C'était encore les innocentes caresses qu'on prodigue à l'enfance pour apaiser de naïves douleurs ! Mais la jeune fille était belle et passionnée ; Yves avait vingt-six ans ; une émotion violente avait agi sur leur âme à tous deux !... et ils étaient seuls.

Cependant Gabrielle avait reçu la bague d'Élénore : effrayée et inquiète, elle avait couru la chercher ; elle était arrivée quand sa fuite agitait toute la maison, et avait imaginé, seule, à pied, de remonter la rue, où ses questions à des marchands parvinrent à la mettre sur les traces de la fugitive, jusque sur le quai. Là, elle apprit encore que celle qu'elle cherchait avait indiqué tout haut le lieu où elle voulait se rendre. Gabrielle, éperdue, se fit conduire sur ses pas : ses questions et ses recherches la menèrent enfin à cette maison qui lui était connue. Dans les jours qui précédèrent son mariage, Yves de Mauléon avait parlé de la louer ou de l'acheter, pour garder à sa grand-mère, tout près de Paris, un séjour agréable, où ils pourraient aussi parfois trouver les plaisirs de la campagne sans s'éloigner de la ville.

Un de ses amis absent en était le propriétaire, et voulait s'en défaire : Yves de Mauléon y était venu souvent, et les gens qui gardaient cette habitation le connaissaient.

Gabrielle apprit d'eux, en arrivant, qu'il y était depuis le matin avec une jeune femme qu'ils désignèrent de manière à ne pas lui laisser de doute que ce ne fût Élénore. Alors, ayant essayé de donner à sa venue et à sa conduite des raisons naturelles, elle remonta tristement dans la voiture qui l'avait amenée, et pensa que si son ancienne amie n'avait pas voulu garder un gage de leur mutuelle affection, ce n'était point pour les funestes projets qu'elle lui avait d'abord supposés.

Absorbée dans ses tristes réflexions, elle voyait à peine les objets qui passaient sur la route à côté d'elle : seulement il lui sembla un moment qu'un regard profond et perçant, ayant pénétré jusqu'à elle, d'un cabriolet venant de Paris, s'y croisant avec sa voiture, un léger cri de surprise s'en était échappé. Mais la marche des chevaux en sens contraire l'ayant trop rapidement séparée de celui qui passait ainsi, elle ne fut pas entièrement convaincue qu'elle ne s'était point trompée en croyant reconnaître monsieur Simon.

Comme elle rentrait, cherchant quel prétexte elle pourrait donner si madame de Fontenay-Mareuil l'interrogeait sur sa sortie matinale, on venait la prévenir que sa mère, madame Rémond, arrivée depuis une heure de la campagne, lui faisait dire de venir à l'instant la trouver. Après avoir chargé une femme de chambre d'annoncer cette nouvelle à la marquise, Gabrielle se rendit chez sa mère ; elle y rencontra Georges Rémond.

La bonne madame Rémond fut d'abord si transportée de la joie de revoir sa fille, qu'elle ne pensa qu'à la lui témoigner par de vives caresses.

— Mais, s'écria-t-elle ensuite, que de choses tu vas avoir à me dire!.... et voyons un peu comment te va le mariage!... Plaçant sa fille en face de la fenêtre, elle se mit à l'examiner. — Il faut donc que ce soit le froid du matin, continua-t-elle, car je ne vois plus ces belles couleurs que je t'ai laissées en partant. Il est vrai que le temps est glacial : je me sens moi-même toute malade d'en avoir souffert pendant le voyage, et, tiens, cela t'a rougi les yeux comme si tu avais pleuré!... Une inquiétude traversa le cœur de la mère... — Ah çà!... tu n'as pas de chagrin, au moins?

Gabrielle s'efforça de sourire en disant :
— Non, maman!

Les yeux de Georges montrèrent de l'incrédulité.

— À la bonne heure, reprit madame Rémond sans être encore parfaitement rassurée ; c'est qu'il ne s'agit pas vraiment de donner deux millions à un gendre pour qu'il fasse pleurer votre fille! Conte-moi tout, je veux tout savoir! D'abord, ce beau mari est-il bien amoureux? Gabrielle s'approcha vivement du feu dont un morceau de bois enflammé venait de rouler, et fut tellement occupée du soin de le remettre à sa place, qu'elle parut n'avoir pas entendu la question de sa mère. Madame Rémond recommença exactement la même phrase. Gabrielle, encore penchée vers le foyer, se tourna vers sa mère : le feu avait coloré son visage. Madame Rémond se mit à rire en disant :
— Eh bien! te voilà rouge comme une cerise!... Ces jeunes femmes sont étonnantes ; tout les effarouche : je ne suis pas capable pourtant de dire des inconvenances. C'est peut-être parce que ton cousin Georges est là?... mais un parent, un cousin, est-ce que ça doit gêner pour ce qu'on peut avoir à dire... en famille? et on peut bien, je crois, demander à sa fille si le mari qu'on lui a choisi est amoureux, comme ça se doit, au moins dans le commencement, et comme ce sera, j'espère, jusqu'à la fin. Gabrielle sourit doucement à sa mère sans répondre. — Allons, il paraît que tu ne te plains pas... dit madame Rémond. Mais, est-ce que tu as déjà pris les manières de toutes ces princesses du faubourg Saint-Germain, qui ne parlent que du bout des lèvres, qui ont l'air de ne pas oser remuer! Tiens, vois-tu, je ne sais si ces façons-là sont ce qu'on appelle le bon genre, mais ça me semble bien drôle... en vérité! Ton mariage avait plutôt l'air d'un enterrement que d'une noce! pas un petit mot pour rire! Et parce que je me suis permis une légère plaisanterie, qui n'était pourtant presque pas plaisante, ton mari a fait une grimace!... Va, j'ai bien vu cela!... et si j'ai quitté Paris dans cette mauvaise saison, si j'ai été à la campagne, où j'ai attrapé, je crois, un refroidissement, c'était, à vrai dire, pour ne pas être obligée d'assister à ces premiers jours qui me navraient le cœur! pour ne pas aller chez cette marquise, ta belle-mère, car elle est ta belle-mère, à toi, ma fille, toute grande dame qu'elle est! et je ne voulais pas me trouver dans cette maison si triste, où, quand on fait une visite, chacun a l'air d'avoir peur des autres ; où l'on parle bas comme s'il y avait là quelque malade, où l'on craignît de troubler l'agonie ; où, à force de soins et de précautions pour affaiblir le son de sa voix, diminuer ses mouvemens, retenir ses paroles, et ne jamais ni rire, ni se fâcher, ni gesticuler, on ressemble à des automates, à des figures de cire, ou à des gens empaillés... Gabrielle regardait sa mère avec étonnement : elle avait déjà perdu l'habitude de ses manières rudes et incultes. C'était quelque chose pour la pauvre jeune femme que de forcer ainsi son attention, et de la faire sortir des tristes impressions qui l'accablaient ; mais, sans le vouloir, madame Rémond l'y ramena bien vite. — Ce voyage, mon enfant, n'a pas été perdu pour toi : j'ai fait, dit-elle, tout ce dont nous avions parlé dans les jours qui ont précédé ton mariage. J'ai mis les ouvriers en train, et madame Ramel, qui est toujours là, bien contente que tu lui aies assuré une pension pour sa vie, et un logement au château d'Arnouville, qui est pour elle le monde entier, cette bonne femme, tout en faisant sa tapisserie, car elle ne fait que cela, surveillera les travaux. Elle

a bien compris tout ce que tu as écrit pour les arrangemens, et, quand tu iras au printemps avec ton mari, vous aurez là pour votre tête-à-tête la plus belle habitation du monde. Georges passa la main sur son front. — La galerie sera repeinte, redorée, et les tableaux nettoyés! Imagine que dans les portraits il y en a plusieurs qui ressemblent à ton mari : c'est cette même figure si fière; car il a l'air fier, quoique vraiment il ait quelque chose d'aimable quand il vous sourit. Ah! c'est un homme, vois-tu, à tourner les têtes des femmes!... Prends-y garde! je te dis ça, moi qui connais les choses de la vie.... et je te conseille de bien veiller à ce qu'on ne te l'enlève pas... car, entre nous soit dit (et c'est mon devoir à moi ta mère de te prévenir des dangers qui pourraient troubler ton bonheur), dans les gens de la belle société, les maris ne se piquent pas trop d'être fidèles. Ce n'est pas comme chez nous autres ; quand je dis nous autres, c'est anciennement! À présent, nous ne faisons plus partie de ce monde-là, où les maris travaillent et où tous leurs plaisirs sont de venir le soir retrouver leurs femmes; ce n'est plus ça! Au reste, mon enfant, tout dépend un peu de toi ; dans les premiers temps, les maris sont toujours charmans : il ne faut pas leur en laisser perdre l'habitude, voilà tout! C'est du commencement que dépend tout l'avenir, demande plutôt à ton cousin!

Georges restait immobile, les yeux attachés sur Gabrielle qui cherchait à éviter ses regards.

Elle avait trouvé moyen de se placer à contre-jour, de façon à ce que son visage ne fût pas éclairé : puis elle avait à chaque instant quelque chose à prendre sur une petite table posée derrière elle, en sorte que jamais madame Rémond ni Georges ne la voyaient complètement. C'est que la jeune femme sentait les paroles de sa mère toucher juste à quelques-unes des blessures douloureuses de son cœur! et que, malgré ses efforts, elle craignait que les impressions de son âme ne passassent sur son visage. Mais elle comprit pourtant qu'il fallait enfin se décider à avouer franchement sa situation ou à tromper entièrement sa mère; et son esprit juste et vif devina quelles suites fâcheuses aurait une confiance illimitée. Elle pensa qu'elle serait excusée par ses motifs, en s'écartant d'une vérité trop dangereuse pour tous.

Quand madame Rémond ajouta :
— Tu as quelque chose... pour être ainsi triste et silencieuse sans bouger, toi qui ne savais pas rester cinq minutes en place! Gabrielle se leva vivement de son siège, et, essayant de reprendre quelque chose de sa gaîté passée, en imitant du moins ses anciens enfantillages, elle sauta légèrement sur les genoux de sa mère, puis, riant au milieu de folles caresses, elle chercha dans sa mémoire les innocens badinages et les mots pleins de joie qui s'échappaient jadis de ses lèvres sans qu'elle y pensât. — À la bonne heure! dit enfin madame Rémond, te voilà comme je te désire! Tu es contente, n'est-ce pas? ton mari est aimable et bon pour toi?
— Oui, maman.
— Ta belle-mère ne t'ennuie pas trop?
— Non, maman.
— Tu as tout ce que tu désires?

Elle embrassa sa mère, et le baiser étouffa un peu ces deux mots :
— Oui, maman.
— Eh bien! alors sois gaie comme autrefois! je commençais déjà à m'inquiéter ; je m'en sens toute malade.... et puis ce froid de la route...

Gabrielle à son tour s'inquiéta : madame Rémond semblait souffrir, elle passa même dans sa chambre, laissant sa fille et Georges au salon.

La jeune femme respira plus librement ; et, ne contraignant plus la vive douleur qui l'oppressait, des larmes brûlantes et longtemps retenues coulèrent sur son visage; elle oubliait qu'elle n'était pas seule.

— Gabrielle! dit Georges d'une voix émue.

Elle se leva, comme éveillée au milieu d'un rêve, regarda son cousin et dit :

— Georges... n'apprenez jamais à personne que vous m'avez vue pleurer.

— Je savais déjà, reprit-il, que vous n'étiez pas heureuse. Elle parut surprise en écoutant ces paroles. — Quel funeste mariage! Ah! pourquoi la fortune est-elle venue mettre entre nous un triste obstacle? pourquoi... un autre qui n'était pas digne d'un tel bonheur...

— Georges, dit avec calme et dignité la jeune femme, vous vous trompez peut-être sur la cause de mes larmes, je n'accuse personne... je ne me plains de personne, et... sans doute la vie n'est pas telle que je l'avais imaginée!... elle est difficile souvent et cruelle quelquefois... mais il peut y avoir des malheurs pour les uns, sans qu'il y ait de torts pour les autres.

— Ah! s'écria Georges, vous ne parviendrez pas à me tromper; mais je respecterai vos secrets, comme je respecte aussi... cette vertu que j'admire... Gabrielle, ne voyez en moi qu'un frère, qu'un ami!... S'il est au fond de mon cœur d'autres sentiments, je les tairai; vous ne verrez qu'une sainte amitié... qui vous consolera peut-être... ou du moins pourra pleurer avec vous! Le cœur a besoin d'affection, la pensée de confiance, et vous êtes seule!... Vous l'avez dit, et je le vois, tout est renfermé dans votre âme... S'il vous échappe un mot, vous vous rétractez bien vite, c'est que la douleur déborde malgré vous qui la retenez... Gabrielle, pour vous qui n'aimez personne, pour moi qui n'aime que vous... acceptez un ami...

Gabrielle prit la main qu'il lui tendait, et, essuyant une larme, elle dit un peu émue :

— Georges... vous êtes mon parent... vous êtes mon ami... et, placé naturellement près de moi, votre cœur si bon, votre esprit si distingué, votre expérience de cette vie que je commence seulement à deviner... ce besoin d'affection que je sens si bien... oui, tout me ferait un bonheur de votre amitié!... Mais, ajouta-t-elle en hésitant un peu... Georges, vous êtes... jeune... et moi j'ai seize ans!... J'en sais assez déjà des idées du monde, et ce sont aussi, il faut le dire, celles du village, pour savoir qu'une jeune femme et un jeune homme seraient mal jugés si on les voyait trop souvent se chercher et se parler. Il y a des plaisirs innocents qu'on ne peut se permettre parce qu'ils ne seraient pas supposés tels. Georges, c'est à regret, mais au contraire, pendant que je suis seule ici... venez-y moins; il le faut! Un jour, quand le temps aura passé, en apportant la raison pour nous guider et la justice pour nous juger, eh bien! vous retrouverez une amie, une sœur! Adieu!

En disant ces mots d'une voix troublée annonçant que sa résolution n'était pas prise sans regrets, Gabrielle quitta le salon pour entrer chez sa mère. La chaste fille remplissait tous les sévères devoirs de la femme sans en avoir eu les bonheurs, et sans se douter que cela s'appelait des sacrifices et des vertus.

Madame Rémond souffrait assez gravement, elle se mit au lit. Gabrielle écrivit à la marquise qu'elle resterait chez sa mère malade. La journée et la nuit se passèrent ainsi.

Une fièvre assez forte avait saisi madame Rémond; sa fille la veilla. Vers les deux heures du matin, la malade s'endormit d'un profond sommeil; et la jeune femme, ayant envoyé se coucher la fille qui veillait avec elle, se trouva seule enfin livrée à ses pensées.

Seule, comme elle devait l'être toujours! L'amitié qui charme la vie, l'amour qui peut consoler de ses malheurs, tout lui manquait! Gabrielle prit alors de petites tablettes couvertes en velours bleu, cadeau de noces de madame de Fontenay-Marcuil, et qui renfermaient le portrait d'Yves de Mauléon : elle regarda longtemps ces traits si nobles, cette belle physionomie, et elle pleura...

— Près d'une autre! dit-elle; tout est fini... et sa main écrivit sur l'ivoire des tablettes les mots qu'elle prononçait : Ah! s'il m'eût aimé! le ciel ne m'a donc pas trouvée digne d'un tel bonheur... et pourtant!...

Sa pensée se reportait malgré elle vers cette maison isolée où Elénore avait retrouvé Yves de Mauléon, où tous deux ensemble l'oubliaient!... Elle se levait alors, marchait vi-

vement... prenait un livre... essayait de lire, et retombait dans la même pensée : Yves près d'Elénore! Aucun tourment n'avait été épargné à la jeune femme; elle souffrait maintenant du plus violent de tous, d'une amère et cruelle jalousie.

La nuit tout entière s'écoula sans qu'elle cherchât même un repos qui la fuyait. Le matin, quand le jour parut, la fatigue, les regrets, l'inquiétude et l'agitation lui avaient donné une espèce de vertige. Elle reçut alors un billet de la marquise, demandant de ses nouvelles, et s'informant si monsieur de Mauléon était avec elle, parce que, disait sa belle-mère, il n'était pas rentré la veille, et n'avait point couché dans l'hôtel les deux dernières nuits.

Gabrielle rassembla toute sa présence d'esprit et tout son courage pour répondre ce peu de mots :

« Ne vous tourmentez pas, madame, il n'est rien arrivé » de fâcheux à monsieur de Mauléon. Je sais qu'il est à la » campagne près de Paris; vous le reverrez sûrement bien- » tôt. La santé de ma mère me donne assez d'inquiétude » pour que je ne puisse la quitter; excusez-moi donc de » vous laisser ainsi seule, et croyez au tendre respect de » celle qui est heureuse et fière de pouvoir prendre le titre » de votre fille.

                                    » GABRIELLE. »

Mais quand ce billet fut parti... cette absence d'Yves de Mauléon, cet oubli complet de toutes choses pour Elénore, vinrent accroître et alimenter cette cruelle angoisse de la jalousie. Sa pensée ne quittait plus cette maison bien connue; elle se rappelait le salon qu'elle avait une fois visité avec la marquise et Yves de Mauléon; elle l'y cherchait, l'y voyait près d'Elénore! Elle inventait des paroles d'amour qu'elle n'avait jamais entendues; elle les lui prêtait, elle entendait sa voix sonore, dont la douce puissance imposait et charmait, et cette voix les disait à une autre, ces chères paroles!... La belle figure d'Yves de Mauléon se présentait aussi à elle, avec cet aspect grave et sévère, qui devenait si gracieux par un sourire, si tendre par un regard. La jalousie, cette passion qui peut rendre le cœur frénétique, ôter la raison et mener jusqu'au crime, prenait, dans la jeune femme encore tout innocente, un caractère de tendresse et non d'emportement; elle avait plus du douleur que de colère. C'était le cœur et non l'orgueil qui souffrait! Mais là... seule près d'une malade dont la mort pouvait la plonger dans un nouveau désespoir, dont la vie ne pouvait la consoler, ce qu'elle souffrit ne pourrait s'exprimer. Et, pendant ce temps, que faisait-il, lui?...

IX

MONSIEUR SIMON.

Yves était près d'Elénore, sous le charme de cette passion de jeune... et ne s'était jamais exprimée que par le silence. Il voyait cet être souffrant, qui avait cherché la mort pour échapper à des regrets causés par lui; et il cédait à l'impression du moment, oubliant le passé et ne prévoyant pas l'avenir.

Elénore disait :

— Oui, je voulais mourir, moi qui ne tiens à personne, qui n'ai personne sur la terre pour me regretter ou pour m'aimer! mais j'étais folle, et ma raison revient avec le bonheur. Mon isolement, mais c'est la liberté! Depuis que je ne vois plus ces regards hostiles qui me poursuivaient; depuis que je suis ici, où il me semble que le monde ne peut venir me trouver, où jamais personne ne troublera ma solitude, je me sens forte et heureuse. Oui, je suis indépendante! rien ne m'attache ni aux lieux, ni aux choses, ni à qui que ce soit ! Cette habitation est isolée; elle est libre, on peut l'avoir; ma fortune est plus que suffisante, je resterai ici: j'achèverai de rompre ces faibles liaisons que ni l'amitié, ni la parenté n'a formées; je vivrai seule dans ce lieu; je n'y verrai personne, seulement vous y viendrez, vous! vous seul !... votre voix sera la seule que j'entendrai! jamais je ne pourrai entendre que vous ! mes yeux ne verront à l'avenir que votre figure! Ce ne sera pas une vie nouvelle pour moi : n'est-ce pas ainsi que je vis depuis que je vous ai vu ?

Quel jeune homme n'eût trouvé de tendres paroles et des soins caressans pour répondre à de tels discours ! D'ailleurs, n'était-il pas irrité contre Gabrielle? ne cherchait-il pas à l'oublier? ne voulait-il pas se venger? Yves de Mauléon adoptait et partageait donc tous les projets de la jeune fille... Il veillait avec une tendresse presque paternelle sur cet être qui lui confiait son avenir; il aimait Gabrielle comme une puissance qu'il voulait soumettre; il aimait Éléonore comme une esclave soumise à sa puissance.

Il avait pourvu autour d'elle à tout ce que l'enfant rêveuse eût oublié; un grand feu réchauffait la jeune fille glacée par l'air du matin, et la défendait contre un froid qu'elle ne ressentait pas... A chaque instant le charme d'Éléonore se faisait sentir davantage, et Yves, incapable de mensonge à côté de sentimens vrais, Yves qui n'eût jamais promis à la bonne foi ce que sa volonté n'eût pas eu l'intention d'accomplir, disait à la jeune fille :

— Ce sera donc vous, Éléonore, qui consolerez ma vie si triste! car tout m'a manqué aussi; mes espérances se sont dissipées, l'une après l'autre, sans avoir jamais tenu ce qu'elles m'avaient promis. Ici, près de vous, je viendrai chercher tout mon bonheur et toute ma joie.

Et Éléonore, pouvant à peine croire à une telle félicité, ne pensait même pas qu'elle devait la payer de sa réputation d'abord, et de plus que cela sans doute. Un indicible ravissement brillait dans ses yeux et se communiquait à celui qu'elle aimait et pour qui elle oubliait la terre et le ciel.

Le bruit d'une porte s'ouvrant brusquement, et une voix troublée par l'émotion, vinrent les frapper tous deux de surprise et presque d'épouvante; et, dans le salon où Yves tenait entre ses mains la main tremblante d'Éléonore, ils virent paraître monsieur Simon.

— C'était donc vrai, s'écria le vieillard; c'était donc vrai ! Ah ! cette affreuse douleur manquait à toutes les autres !

— Monsieur Simon, dit Yves de Mauléon, d'un ton hautain qui lui reprochait son indiscrète présence, que venez-vous faire ici?

Le vieillard le regardait avec surprise et douleur : il n'y avait pas de colère sur ce pâle visage décomposé par une affreuse souffrance.

— Ce que je viens faire! dit-il, se justifiant comme s'il eût été plus malheureux qu'offensé de la question, ce que je viens faire ! quand vous allez perdre et déshonorer ma fille.

Tous trois restèrent immobiles et silencieux.

Cependant il se mêla un mouvement de joie à la surprise d'Yves de Mauléon; et il ne comprit pas lui-même comment il n'éprouvait pas plus de chagrin de ce qui venait de les séparer !

Éléonore était toute à l'étonnement.

— Mon Dieu ! s'écria le vieillard affligé, c'est donc en vain que je me serai privé de mon enfant, que je lui aurai ôté le nom de son père, afin de lui en ôter aussi le malheur et la honte! elle n'aura pu échapper à la punition du ciel que je voulais détourner de sa tête innocente, et les fautes des pères retombent donc sans pitié sur les enfans !

Éléonore, attendrie et éclairée par ces paroles, sentit tout ce que son père craignait et tout ce qu'elle avait bravé; mais elle ne voulut pas laisser au vieillard cette douleur profonde.

— Mon père, dit-elle, votre fille est bien malheureuse,

sans doute; mais pas autant peut-être que vous semblez le redouter.

— Et comment se fait-il, s'écria Yves de Mauléon entraîné malgré lui par la surprise, comment se fait-il que chaque instant important de ma vie soit marqué par votre présence? que moi, qu'aucun lien n'attache à vous, je sois l'objet de cette continuelle surveillance ? Ah ! il faut enfin que je découvre un mystère trop étonnant pour qu'il ne cache point un secret sans pareil.

— Ce secret de malheur, reprit monsieur Simon tristement, mais avec plus de calme, est le secret de ma vie... et je vais vous l'apprendre; vous verrez que si toutes les passions ont leur délire, toutes ont aussi leurs remords. Celle qui m'entraîna était la plus funeste de toutes; elle était sans douceur, sans plaisirs ; elle n'avait que d'amères douleurs et d'indicibles tourmens. Que de regrets ne me m'a-t-elle pas coûtés! tant de larmes n'ont donc pas racheté mon crime, puisque le bonheur de ma fille doit encore le payer ! Yves fut touché de cette profonde émotion; il voulut consoler le vieillard; mais celui-ci le regarda presque égaré et continua. — Ah ! c'est donc vous, vous que j'ai sauvé de la mort, que j'ai préservé de la ruine, que j'aurais défendu au péril de ma vie ! vous à qui j'ai donné une belle et vertueuse compagne ! Tout cela n'a donc pu vous désarmer, expier le passé ! Le ciel et les hommes ne pardonneront donc jamais ! Et pourtant si vous saviez ce que j'avais souffert, ce qui, pendant des années, avait amassé dans mon cœur une fureur insensée, ah ! vous pardonneriez peut-être !

— Parlez donc, s'écria impatiemment Yves de Mauléon, parlez !... vous ne sortirez pas d'ici que je ne sache enfin ce que depuis si longtemps vous me cachez et que j'ai tant de fois souhaité connaître.

— Ah ! dit le vieillard, vous le voulez... ce secret... que moi j'ai vainement voulu oublier, ce crime que le ciel ne se lasse donc de punir et les hommes de venger, peut-être que vous l'avouer déchargera mon âme d'une partie du poids qui l'accable; vous me maudirez, vous me tuerez peut-être, mais ma vie m'est depuis longtemps odieuse, et qui me la prendra me délivrera d'un lourd fardeau ! Il s'arrêta quelques instans : personne n'osa rompre le silence auquel l'aveu d'un secret semblait donner quelque chose de solennel. — Le marquis de Fontenay-Marcuil... dit enfin monsieur Simon ; puis il s'arrêta encore.

— Mon grand-père ! s'écria Yves de Mauléon, je sais déjà qu'il vous fut connu.

— Pendant quinze ans, reprit le vieillard, nous ne nous sommes jamais quittés.

— Sa mort affreuse fut la ruine de notre famille et le désespoir de ma pauvre grand'mère.

— Ce fut un plus horrible malheur encore pour un autre !

— Que dites-vous ?

— Oui, un épouvantable chagrin ! pis que cela, un éternel remords !

— O ciel !

— Écoutez-moi ! Ne vous hâtez point de juger et de maudire ! Mais pour me faire écouter et comprendre, il faut que je remonte bien loin dans mes souvenirs... il faut que ma vie, que mon enfance vous soient connues !

— Parlez donc... que rien ne soit plus un mystère dans vos actions qui m'étonnent, dans vos paroles qui m'effrayent! Je veux tout savoir! et votre fille aussi doit apprendre pourquoi vous lui cachiez son père ?...

— Oui, elle aussi connaîtra... tous mes malheurs... elle aussi me maudira, sans doute...

— Oh ! dit Éléonore, et sa main chercha celle de monsieur Simon pour la presser avec tendresse; les torts même d'un père... ne pourraient inspirer que des larmes à sa fille.

Alors le vieillard commença d'une voix triste et lente.

— Simon est un nom de baptême connu seulement de ceux qui me virent heureux enfant, et de ceux aussi qui me virent plus tard... bien malheureux! Dans ma jeunesse, dans mes jours d'espérance, j'en portais un autre, celui de ma famille, que je quittai par respect pour elle, par crainte pour moi : je m'appelle Simon Randal !

— Randal ! s'écria Yves se levant brusquement de son siége et reculant avec effroi ; le précepteur, l'ami de mon grand'père, celui... qui...

— Arrêtez ! dit le vieillard... Avant de prononcer ces terribles paroles, avant d'apprendre à ma fille combien je suis coupable, ah ! laissez-moi lui dire... et vous dire à vous aussi... combien j'ai souffert... Oh ! je vous en supplie, écoutez-moi !

— Poursuivez donc ?

— Je ne me souviens guère des jours qui précédèrent mon entrée au château d'Arnouville ; j'étais enfant, élevé dans une ferme que faisait valoir mon père, et qui appartenait au vieux marquis de Fontenay-Mareuil. J'avais six ans quand il imagina de me choisir pour être le compagnon des jeux et des études du jeune Fernand, son fils, qui était à peu près de mon âge, et dont ma mère avait été la nourrice! Nos jeux furent ceux de tous les enfans, l'égalité y présidait comme la gaîté. Ma mère en m'embrassant, m'avait dit: « Simon, souviens-toi de céder toujours au *petit marquis*! » C'était ainsi que les domestiques, jardiniers et fermiers désignaient entre eux le jeune Fernand. Mais dans les amusemens que nous partagions, comment se souvenir de cette fugitive recommandation ? Seulement il y avait une espèce de tendresse dans la protection que ma force physique accordait à sa faiblesse. C'était un joli enfant blond, délicat et frêle. Cette délicatesse venait des soins trop minutieux qui l'entouraient, et des précautions trop grandes prises pour conserver ce cher et unique héritier. Mon entrée au château fut le commencement d'une nouvelle méthode d'éducation adoptée par la famille que Rousseau avait provoquée par ses ouvrages et Vicq-d'Azyr par ses ordonnances. A partir de cette époque, l'enfant fut donc abandonné à lui-même dans le parc du château, et livré aux exercices rudes et bruyans, pour lesquels surtout mon introduction près de lui avait été décidée.

« J'appris cela plus tard. En ce moment, ma mère avait vu seulement une récompense de ses soins dans l'offre qu'on lui fit de se charger à jamais de moi; et, simple fermière ayant une nombreuse famille, elle avait vu avec joie la possibilité de placer un de ses fils dans une situation au-dessus de son état, où il serait plus heureux, croyait-elle, l'auvre mère!... Elle a vécu assez pour voir l'enfant élevé dans le château revenir pleurer dans sa chaumière !

» Mais je ne l'accuse point. Si sa volonté n'eût pas disposé de mon avenir avant qu'il me fût possible de le comprendre, ma volonté, à moi, en aurait disposé de même dès que je l'aurais eu compris. L'instinct d'une vie différente de celle que menaient mes égaux, d'une vie d'intelligence et de pensée, fût venu certainement me tourmenter dans mes occupations champêtres! Seulement, comme mon pauvre village n'offrait à mes yeux, à côté de nos rudes travaux, que le studieux magistrat et le paisible curé, sans doute le modeste presbytère où ce dernier étudiait, rêvait et priait, serait devenu le but et le terme de mes espérances ambitieuses; si mon séjour au château ne leur eût ouvert une carrière sans bornes.

» Je vois encore, moi vieillard prêt à descendre au cercueil, je vois encore l'étonnement de l'abbé Daval, précepteur du jeune Fernand, quand, pour la première fois, il s'aperçut que mon intelligence dépassait celle du noble enfant dont on l'avait chargé..... il me regarda avec curiosité : Quoi ! tu sais cela, toi ! dit-il avec un profond dédain, lorsque je récitai la leçon de Fernand. L'enfance a toutes les sensations de l'orgueil au même degré que l'âge mûr ; et, si je sentis de la joie de sa surprise, je sentis aussi de son dédain je ne sais quelle souffrance amère que je me rappelle encore aujourd'hui.

» Il y avait déjà trois ans que j'étais au château ; mais les études ne faisaient que commencer pour tous deux...

et ce fut alors seulement que chaque jour de la vie se marqua pour moi par quelques rudes paroles de l'abbé, lui, dont le ton était si doux et si humble avec l'héritier d'une grande famille ! Des différences de tous les jours et de tous les instans m'apprirent ce que nos jeux ne m'avaient pas révélé, cette immense distance qui me séparait de l'enfant qui m'avait été jusque-là que mon compagnon dans des exercices où je le surpassais. Les domestiques qui surveillaient nos amusemens voyaient en moi le fils d'un bon fermier, qu'ils connaissaient; car le marquis de Fontenay-Mareuil prenait tous ses gens parmi les paysans des villages qui entouraient sa terre, et dont il était seigneur ; et ces paysans pauvres, devenus valets, considéraient mon père comme au-dessus d'eux. C'était un égal qui avait fait fortune, et ils me traitaient comme un supérieur. Mais l'abbé pensait autrement. C'était la troisième éducation dont on le chargeait ; elle devait assurer enfin son existence à venir ; son esprit était très borné, et son instruction fort peu étendue, et il avait pris, dans les riches maisons qu'il avait habitées, trop d'humilité avec les grands, trop d'orgueil avec les petits. Il faut de la supériorité d'âme pour vivre noblement auprès de la puissance. Son mépris me blessait sans que je susse encore ce que c'était que le mépris. Il fallut changer mes manières avec Fernand, lui dire monsieur le comte, et parler respectueusement à l'enfant qui jouait jadis avec moi comme un égal, et qui continua, lui, de tutoyer le pauvre Simon.

» Les parens de Fernand, l'abbé et les domestiques, ne donnaient plus ... d'autre titre à mon petit compagnon que celui de comte, et ne l'abordaient plus qu'avec toutes les apparences du respect. Peut-être, si je n'étais arrivé au château qu'à cette époque, n'eussé-je pas été frappé désagréablement de cet usage ; mais j'avais eu trois années presque d'égalité! Le père de Fernand était un de ces nobles esprits qui adoptaient par générosité des idées qui devaient les perdre, ou les sauver peut-être si tous les eussent adoptées. Admirateur de Montesquieu, ami de Rousseau, et en correspondance avec Voltaire, il tendait les mains à toutes les réformes. Le ciel voulut sans doute le récompenser de sa bonne foi, car il la retira du monde vers la fin de 1786. Il avait espéré le bien, et ne vit pas le mal ! Son sort fut heureux. C'était lui qui avait voulu cette égalité d'enfant, et cette vie de gai, de tous les instans agissante entre son fils et le mien. Fernand s'en trouva bien, car ces trois années firent de l'être débile qui n'aurait pas vécu, ou qui n'aurait eu qu'une fragile existence, un enfant plein de force et de santé. Pourtant, il faut l'avouer, l'intelligence ne se développa point en lui avec la même facilité. Ce n'est pas qu'il en manquât réellement, mais il était incapable d'aucune application. Ce qu'il a su dans sa vie, il l'a deviné, et point appris : sa pensée allait toujours vite, et jamais loin ; elle était subtile, et non profonde. Son esprit était si prompt et si gai, que toutes les leçons de l'abbé étaient résumées par lui avec une plaisanterie dont nous riions tous, qui manquait souvent de raison, mais qui avait quelquefois un côté si original, qu'il était impossible à la gravité du précepteur de tenir contre ses paroles. Bientôt il n'eut plus d'autre précepteur que moi ; l'abbé me laissa tout ce soin ; car j'employais à l'étude les heures que le jeune comte passait près de ses parens ou à des leçons d'agrément, de danse, etc., que je ne partageais pas. Mon esprit, avide de connaître, avait à sa disposition la bibliothèque du château et les avis du curé, homme d'une vaste et bonne érudition : j'essayai de faire part à Fernand des connaissances que j'acquérais ainsi; mais, loin que les années apportassent quelque sérieux à cette nature joyeuse, il devint chaque jour, en grandissant, plus inhabile à toute idée grave et à tout travail de réflexion : c'était seulement un gracieux et charmant enfant ! Ah ! je le vois encore... Un jour... l'pardon, dit alors monsieur Simon en s'interrompant, si je m'étends sur ces détails, et si les scènes de mon enfance se présentent ainsi toutes vivantes à ma pensée ! Hélas! ce sont les seuls jours de ma vie où je puisse plonger un regard sans effroi ! J'aime à me rappeler ces doux instans !... Fernand... oui, qu'il me soit encore permis de dire ce nom appris et prononcé par moi avec tant d'affection dans ces premières innocentes années ! Fernand céda à la volonté de sa mère et de son précepteur à regret, quand ils m'imposèrent l'obligation de ce respect qui nous séparait ! Une surveillance continuelle vint m'empêcher d'y manquer, car il y avait, pour les instans de repos de l'abbé, un sous-précepteur qui ne nous quittait pas ; mais Fernand imagina un moyen de nous soustraire à l'esclavage pendant les récréations que nous passions dans le parc. Un des exercices violens qui avaient contribué le plus à développer les forces physiques de Fernand était celui de grimper sur les arbres et de nous élever jusqu'à leur sommet : j'avais le premier montré une grande dextérité à ce plaisir d'écolier, mais il avait fini par me surpasser en adresse.

« Il y avait au fond du parc un chêne d'une grosseur et d'une élévation prodigieuse... Nous avions établi des espèces d'échelons dans son écorce noueuse, pour arriver jusqu'aux branches, et de là nous parvenions aisément au centre touffu, où, en élaguant la feuillage, nous nous étions fait comme un nid dans lequel ni le soleil ni la pluie n'auraient pu nous atteindre. Peu de jours après les nouveaux règlemens imposés à notre dissipation, Fernand m'entraîna vers notre arbre chéri, et, avant que l'on eût seulement deviné notre projet nous avions retrouvé notre ancien asile, où tous deux à cheval sur une grosse branche, nous poussions des cris joyeux...

« Simon, me dit Fernand avec son doux sourire, regarde donc la drôle mine que fait l'abbé tout là-bas !... je le défie bien de venir nous apporter ses ennuyeuses leçons ; ici, c'est moi qui suis le maître ! c'est mon empire que cet arbre ! et cette branche est mon trône ! je le partage avec toi comme avec un frère. Ici donc, point de cérémonie ! appelle-moi Fernand comme je t'appelle Simon ; dis-moi toi comme je te le dis ! .. et il m'embrassa. Ce qui se passa en moi je ne puis l'exprimer, j'étais touché, attendri jusqu'aux larmes... et si l'on m'avait dit alors... »

Un tremblement nerveux agita tellement le débile vieillard en cet instant, que sa fille effrayée craignit de le voir succomber à cette violente émotion ; et, malgré sa curiosité, Yves, interdit, voulut le forcer à remettre la fin de son récit.

— Non, dit-il, qui sait s'il me serait donné un autre jour pour l'achever ? et je veux que vous sachiez tout ! Hélas ! vous allez apprendre pourquoi ces souvenirs sont si chers et si cruels pour moi.

« Pendant toute notre enfance, et même jusqu'à l'âge de quinze ans, nous ne quittâmes point le château d'Arnouville ; et nous retrouvâmes presque chaque jour notre liberté du gros chêne ; cette heure me consolait seule de tout ce que l'abbé me faisait constamment souffrir.

« Le marquis et la marquise de Fontenay-Mareuil ne venaient que rarement à cette terre, à cause des charges qui les retenaient à la cour. Le marquis était plein de bonté ; mais la marquise était fière et aussi dédaigneuse que peut l'être une femme laide qui n'a pas d'esprit. Tout ce qui ne faisait point partie de la haute noblesse ne faisait point partie à ses yeux de l'espèce humaine. Ah ! si je parle ainsi de celle qui m'admit sous son noble toit, c'est que les douleurs de mon âme peuvent seules expliquer les erreurs de mon esprit, c'est que je serais le plus odieux des hommes, si je n'en avais pas été jadis le plus malheureux !

« Le jeune comte venait d'atteindre sa quinzième année quand nous partîmes pour Paris. Ce fut là que commencèrent les vrais tourmens de mon existence. Dès le jour de mon arrivée, madame la marquise pensa qu'il n'était pas convenable que je dînasse à sa table avec les grands qu'elle y invitait, et elle décida que je dînerais à l'office ! Élevé avec le jeune comte, partageant ses études, un peu plus âgé que lui, mon intelligence s'était développée de manière à me rendre insupportable la société et l'intimité des gens sans éducation, quand même rien dans cette situation n'eût blessé ma vanité. Il me fut donc impossible de me faire à cette idée, et je sortis de l'hôtel un peu avant le dîner.

« L'hôtel de Fontenay-Mareuil que nous habitions était situé rue Saint-Dominique : j'errai au hasard sans connaître les rues où je m'égarais. Je me trouvai bientôt près de l'École de médecine, et j'entendis les voix joyeuses de jeunes étudians qui dînaient ensemble dans une salle à manger du rez-de-chaussée, chez un mauvais traiteur. J'y entrai : ils étaient distribués par groupes de huit ou dix. Je m'étais d'abord placé seul à une table vide, mais je ne tardai pas à aborder l'un d'eux en demandant si un nouvel arrivant pouvait prendre place à leur côté. On m'accueillit avec joie, et je fis honneur au maigre et chétif repas que l'habitude de la table succulente du marquis me fit paraître détestable, mais que les manières pleines de franchise des convives me rendirent délicieux. C'était le plus mauvais et le plus joyeux dîner que j'eusse encore fait de ma vie !

« Je revins tard ; on était inquiet. La vue des étudians libres et heureux et leur bon accueil m'avaient donné courage. Je confiai tout au jeune comte ; il obtint de la marquise l'arrangement que je voulais, car, lui, il s'était mortellement ennuyé sans moi. Il fut donc convenu que, les jours ordinaires, je reprendrais, comme à la campagne, ma place à son côté et que, lorsqu'on m'exilerait de la table aristocratique, j'aurais le droit de dîner où bon me semblerait.

« J'entre dans ces détails pour vous faire connaître ce qui vint mettre le comble à cet orgueil blessé qui tourmentait ma vie. Ce qui acheva d'exaspérer mon âme, ce qui présenta enfin un but réel à mes idées, et ouvrit un champ sans limites à mes vagues espérances, ce furent mes relations avec cette jeunesse ardente, ambitieuse et turbulente, qu'agitaient déjà cette haine des supériorités sociales, ce profond et amer sentiment de l'injustice du sort ou des institutions, qui les donne ou les refuse sans raisons apparentes : enfin toutes ces passions fougueuses qui, longtemps comprimées, s'échappaient alors par de violentes paroles, et devaient se satisfaire plus tard par de terribles actions.

« J'avais parfois des accès de mélancolie à maudire le ciel et la terre, et parfois aussi j'espérais ! Déjà des bruits sinistres jetaient l'alarme dans cette société brillante ; et, quand les inquiétudes commençaient pour elle, les espérances commençaient pour moi. Je sortais de l'hôtel d'un grand nom où l'on me traitait toujours avec dédain, souvent avec dureté, et j'allais entendre expliquer, soutenir et développer ce principe d'égalité que tout homme porte en son âme ; je passais ma vie près d'un enfant ignorant... qui n'avait jamais réfléchi sur rien, qui ne comprenait rien, qui devait-être toujours enfant, à tous les âges. Cet enfant, on venait de lui assurer la survivance du gouvernement d'une province ! et moi, qui avais formé mon esprit par l'étude, moi qui sentais, qui pensais, qui aurais pu agir avec force, courage et raison, je n'aurais obtenu que par faveur un modeste emploi dans quelque rang subalterne ! Ces idées ne me vinrent pas ainsi tout à coup et dès le premier jour ; elles entrèrent successivement, et avec bien d'autres du même genre, dans mon esprit disposé à les recevoir. Elles y entrèrent surtout mais la liaison avec les familles de quelques uns des étudians eut agrandi la sphère de mes observations, et quand je me fus rencontré avec quelques individus placés dans la même situation que moi ! Il y avait alors dans presque toutes les maisons de grands quelques jeunes gens de la classe bourgeoise qui faisaient l'éducation des enfans, ou qui remplissaient les fonctions de secrétaire. Ce dernier titre était devenu le mien depuis que l'éducation du comte était censée finie. Ces jeunes gens, introduits ainsi jusque dans les palais des princes et des princesses de la famille royale, étaient tous choisis d'ordinaire parmi ce que la bourgeoisie offrait de plus distingué pour l'esprit et l'instruction, et de moins favorisé sous le rapport de la fortune. Souvent ils avaient acquis, dans la lutte contre la misère et l'obscurité, des forces redoutables; et leur introduction près de la puissance leur apprenait bientôt les avantages qu'ils devaient envier, les points qu'ils pourraient disputer, et les moyens qu'ils auraient d'atteindre à cette puissance dont ils se trouvaient en même temps et si près et si loin.

» Aussi les plus ardens et les plus habiles parmi ceux qui commencèrent la révolution furent-ils presque tous des hommes qui avaient été ainsi placés près des grands dans la situation inférieure où le sort m'avait mis. Mais plusieurs aussi ont payé cher ce pouvoir qu'ils avaient arraché violemment, et qui ne passa par leurs mains que pour les entraîner avec lui dans l'abîme où ils avaient eux-mêmes précipité ses premiers possesseurs.

» Plusieurs familles illustres ouvraient aussi leurs salons à leurs plus rudes adversaires, par curiosité, par mode, par passe-temps. J'en vis venir chez le marquis de ceux qui professaient les plus violentes doctrines, et dont les opinions effrayaient et irritaient le plus la marquise. En apparence, rien n'était plus poli et plus respectueux que les manières du marquis avec sa femme; rien n'était plus doux et plus affectueux que les manières de la marquise avec son mari; mais toutes leurs idées et tous leurs goûts étaient complètement opposés; et il existait entre eux une petite guerre sourde et continuelle, qu'une extrême intimité, ou un grand intérêt à les observer pouvait seul parvenir à connaître dans toute son étendue.

» L'attrait qu'éprouvait le marquis pour les nouvelles doctrines trouvait en opposition une dévotion excessive chez la marquise. Chaque fois que le marquis faisait une démarche, ou établissait une relation dans le sens de ses idées, la marquise en faisait une dans le sens contraire. Plus l'un étendait ses amitiés dans la ligne de liberté et de philosophie où il s'était engagé, plus l'autre les resserrait dans les personnes qu'un rigorisme exagéré distinguait. Quelquefois même les deux partis se trouvaient en présence d'une manière qui amusait la marquise, inquiétait le marquis, m'intéressait vivement, et faisait rire de tout son cœur le jeune comte, qui de sa vie n'a vu que le côté plaisant de toutes choses.

» Ainsi parfois la marquise avait invité à dîner quelques membres du haut clergé connus pour l'austérité de leurs idées et l'intolérance de leurs principes. Le marquis s'amusait, sans la prévenir, à inviter de son côté Diderot, d'Alembert, Lalande, etc. Rien que leurs noms prononcés à leur arrivée bouleversaient les amis de la maîtresse; et il ne fallait rien moins que l'élévation du rang et de la puissance du marquis pour imposer à ceux qui se trouvaient ainsi rassemblés malgré eux l'obligation de rester en présence. Pourtant j'ai vu aussi quelquefois s'éveiller, avec joie de chaque côté, dans les deux camps, le désir et l'espoir de terrasser le camp ennemi par la force des raisonnemens. C'étaient d'abord des escarmouches de plaisanteries qu'on se lançait de part et d'autre au premier service; puis le combat s'animait petit à petit; mais l'aigreur s'y mêlait bientôt, car on finissait, malgré soi, à toucher à des intérêts personnels; et, sur ce point, il y en avait peu qui voulussent faire des concessions, même quand les questions générales les avaient d'abord entraînés.

» Je le répète, ces débats où la raison et la justice semblaient parer les nouvelles idées, où l'éloquence leur prêtait sa puissance, peuvent seuls faire comprendre les dispositions de mon esprit et l'effervescence qu'ils avaient pu donner à ma pensée, au moment où la révolution éclata.

— Ah! s'écria Yves, interrompant malgré lui monsieur Simon, ces idées, je les comprends; ces regrets, ces impossibilités, elles existent encore à présent! Mais c'est pour d'autres, c'est pour moi, par exemple! Ne suis-je pas, ainsi que vous êtes alors, en dehors de tout, et à côté de tout, sans y prendre part? Mon tailleur est officier et me commande une fuction; mon marchand de drap fait à la chambre des lois qu'il me faut suivre; on vient de donner la mairie à mon précepteur, et moi je ne suis rien, je ne

puis rien, moi petit-fils de cet homme qui était tout et pouvait tant dans notre patrie!

Le vieillard passa lentement sa main sur ses yeux en disant amèrement:

— Oui, c'est vrai! Mais pourtant, si monsieur le duc de Mauléon n'est rien par ses titres, il pourrait être tout par ses talens, et c'était là ce que nous voulions si ardemment. Et cependant, jamais ces questions d'intérêt général ou d'amour-propre n'eussent suffi pour m'emporter où mon destin maudit devait me conduire, si une passion plus vive, une passion de mon âge, une passion d'amour enfin, n'eût achevé, par son malheur, de jeter dans mon âme un amer et farouche ressentiment.

« Le marquis, dont la santé était depuis longtemps chancelante, venait de mourir, en laissant à son fils une immense fortune et ses charges à la cour. Le nouveau marquis de Fontenay-Mareuil continua de vivre avec sa mère, et l'on fixa à la fin du deuil un mariage arrangé pour lui.

» Peu de temps après son veuvage, la marquise fit venir près d'elle la fille d'un conseiller du roi au bailliage de ..... dont le père avait jadis rendu de grands services à la famille dans un important procès. Cette jeune personne possédait quelque fortune, et son père avait été anobli par sa charge; c'était un parti fort au-dessus de moi, c'en était un très au-dessous du jeune marquis! On passait le deuil dans la solitude du château; nous devînmes tous deux amoureux de mademoiselle Lucie.

» Lucie était d'une excessive gaieté et d'une vivacité plus douce que bruyante, car c'était sa pensée plutôt que sa personne qui était vive, mobile et incapable de stabilité. Son imagination, toujours en mouvement, lui faisait voir et peindre les objets d'une manière pittoresque; c'était un feu roulant de plaisanteries et de bons mots, non pour paraître, mais pour s'amuser. Elle dépensait son esprit comme les prodigues dépensent leur argent, sans y penser.

» Elle était charmante, plaisant à tous par sympathie ou par contraste.

» Au bout de quelques mois, je me crus préféré; je n'ignorais pas l'amour du jeune marquis, et il n'ignorait pas le mien, quoique nous ne nous fussions jamais fait aucune confidence! Il devait se marier bientôt, et son amour n'était pas de nature à déranger ses projets; il ne pouvait donc pas l'avouer. Moi je devais cacher le mien; on eût pu supposer un calcul d'intérêt là où il n'y avait qu'un entraînement vive et vrai, et d'autant plus fort que je le combattais et me le reprochais sans cesse.

» Aussi, l'espérance, qui s'était parfois glissée dans mon âme, était-elle venue d'elle-même! ou plutôt c'était quelque naïve expression du cœur de Lucie qui l'avait fait naître sans que je l'eusse provoquée. Souvent, au milieu d'une promenade dans le parc, Lucie hâtait ou retardait ses pas pour se trouver seule avec moi; et alors sa conversation vive et gaie venait me distraire de mes sombres idées. Sans que je les lui eusse jamais confiées, il semblait qu'elle les avait toutes devinées, car elle trouvait juste ce qui pouvait consoler et guérir, quand parfois un de ces mots blessans, une de ces paroles qui, sans m'être adressés, devaient cependant m'être pénibles, avaient été prononcés par la marquise. Le dédain pour le pauvre, exprimé devant moi, le mépris pour les rangs inférieurs, la haine des principes que je professais intérieurement, avaient-ils provoqué ma tristesse? Lucie savait le mot qui soulageait! Souvent même elle prévenait le mal, et déroutait par une plaisanterie la conversation qui s'engageait sur ce terrain! Enfin je sentais, depuis qu'elle était là, une main protectrice qui détournait les coups ou guérissait les blessures de mon âme, et se trouvait toujours si adroitement entre le chagrin et moi que je ne pouvais presque plus l'apercevoir.

» Comment ne pas aimer cet ange protecteur? Que sa bonté lui inspirât de tels bienfaits, ou qu'une secrète affection pour moi a dirigeât, je devais être également reconnaissant et heureux, moi pauvre être isolé au milieu du monde ! les habitudes de ma vie me séparaient presque de mes parens ; et, quand j'allais les retrouver, mon cœur était satisfait et mon esprit mécontent. Je n'aurais pu vivre là, même quand je n'aurais pas été forcé de vivre ailleurs, et j'éprouvais ce mal commun à tous ceux que le sort a déplacés trop vite ; je ne faisais plus partie des miens, et ceux qui m'entouraient ne me regardaient pas comme faisant partie des leurs. Je n'avais trouvé d'égaux que dans ces jeunes turbulens à qui la société n'avait pas encore fait de place, et qui aspiraient tous à la première. Le château était à cinq lieues de la ville de M*** ; là aussi s'étaient organisées de ces réunions tumultueuses où l'on agitait toutes les questions sociales. En arrivant, je m'étais trouvé tout de suite en rapport avec les chefs ; il y a dans des idées communes une espèce de confraternité qui établit des relations, sans même qu'on ait le projet de les former.

» Deux ou trois fois j'étais allé à la ville avec empressement, après notre retour au château ; mais dès que cette tendre affection qui calmait les passions haineuses de mon âme se fût développée, je cessai de m'y rendre. Tout s'effaça devant Lucie ; le monde me sembla concentré dans le château qu'elle habitait ; et les douces et charmantes idées qu'elle exprimait me parurent renfermer toutes les idées nécessaires au bonheur.

» Je croyais que le jeune comte avait renoncé à son premier caprice, car je n'avais jamais regardé que comme un caprice l'espèce d'attrait qui le poussait vers Lucie. D'ailleurs, il n'était pas susceptible d'éprouver de fortes ni de profondes émotions, et je dus penser que la première impression avait été [...] lement effacée.

» Pourtant cette douceur, ce charme qui commençaient à se répandre sur ma vie, n'étaient pas sans inquiétude. Souvent je songeais à l'incertitude de l'avenir ; je cherchais s'il ne me serait pas possible de m'ouvrir une carrière qui me permît d'espérer une indépendance honorable et la main de celle que j'aimais. Quelquefois, l'esprit absorbé par ce nouveau projet, je m'isolais de tout ce qui était autour de moi. Ainsi, un soir que Lucie avait quitté le salon, je m'y trouvais avec quelques personnes dont la conversation cessa de m'intéresser du moment qu'elle ne fut pas là, et je m'assis rêveur dans l'embrasure d'une immense fenêtre donnant sur le parc au rez-de-chaussée. Cette fenêtre ouverte laissait pénétrer, avec la chaleur douce et pure d'un soir d'été, l'odeur délicieuse des jasmins qui entouraient le mur et encadraient la fenêtre. Là, j'avais sans doute rêvé longtemps à ce ciel, le même pour tous, à cette nature qui ne refuse ses dons à personne, à cette société qui n'imitait ni la nature ni le ciel. La nuit était venue, on ne distinguait plus les objets ; un léger bruit se fit entendre à mes côtés, une petite main se posa sur mon bras, et la plus douce des voix me dit :

» — Vous vous trompez, il y a du bonheur pour tous !

» C'était Lucie !

» — Sûrement, lui dis-je, si vous le vouliez !

» — Du courage donc ! et plus de tristesse ! La gloire d'une femme est dans la joie de celui qu'elle aime. »

» Dire ce que j'éprouvai est impossible ; mais mon émotion fut si vive que je ne puis encore y penser de sang-froid : la vie m'a donné si peu de ces instans où le cœur ressent pleinement tout ce qu'il est capable d'éprouver en joie ! Hors cette minute ineffable et celle où l'âme du petit Fernand me sembla exprimer l'amitié, il n'y a rien eu de ce genre dans ma triste existence. Oh ! Lucie, combien je l'aimais !

» Quand je voulus lui répondre, elle n'était déjà plus là : elle s'était mêlée aux personnes qui étaient au salon ; je la suivis. On apportait des lumières, tout me sembla changé pour moi. Je ne vis plus le dédain de la marquise ; je m'étonnai, sans m'en fâcher et sans éprouver le moindre ressentiment, de voir le jeune marquis rentrer de la promenade avec une mauvaise humeur très sensible, qui s'exerça d'abord sur moi, et qui surprit tout le monde ; car son caractère insouciant et gai n'avait jamais eu de ces emportemens singuliers. Moi, ce soir-là, rien ne pouvait m'attrister ; j'avais du bonheur à me consoler de tout !

» On resta rassemblé... et je me réjouissais enfin d'être seul dans ma chambre, où, dans ma folle joie, je me répétais à moi-même tout haut les mots prononcés par Lucie, quand on vint me dire que la marquise voulait me parler à l'instant.

» Elle s'excusa sur l'importance du service qu'elle avait à me demander pour me déranger à pareille heure : mais l'affaire dont il s'agissait, et que je connaissais déjà, ne souffrait aucun retard. Il fallait, au point du jour, partir pour Paris : un procès, d'où dépendait une immense propriété située dans le midi de la France, se jugeait le surlendemain au parlement de Paris. La marquise avait retrouvé une pièce décisive qu'elle ne pouvait confier qu'à moi ; et les renseignemens qu'elle me chargeait de donner verbalement rendaient mon voyage absolument nécessaire. Je croyais être de retour avant la fin d'une semaine : je partis donc sans avoir revu Lucie.

» Des lettres successives de la marquise me retinrent à Paris plus d'un mois après le gain de son procès. Enfin je revins au château !... Lucie était souffrante ; elle ne paraissait au salon que peu d'instans ; je ne pus jamais trouver l'occasion de lui parler seul, et je m'aperçus bientôt qu'elle évitait avec soin tout ce qui pourrait me rapprocher d'elle. Au bout de quelques jours, il fut évident pour moi que ses dispositions n'étaient plus les mêmes à mon égard.

» A l'inquiétude succédèrent le chagrin et le désespoir : je résolus de faire une démarche auprès de la marquise. Depuis le gain de son procès, elle me traitait admirablement bien ; j'osai lui avouer mon amour pour Lucie ; mais le repentir suivit pour moi cette imprudente confiance, car elle repoussa avec hauteur l'idée d'un pareil mariage pour sa protégée, et je ne doutai plus alors que ses conseils, et ses ordres peut-être, n'eussent changé les sentimens de Lucie, ou ne la forçassent de les cacher.

» Je retombai donc dans toute la mélancolie qu'un rayon de bonheur avait un instant dissipée.

» Je cherchai une explication, j'écrivis ; mais Lucie ne répondit pas, et ne parut ni avoir reçu ma lettre, ni faire attention à mon chagrin. Je ne pus rien comprendre, excepté que j'étais malheureux ! Et quand le procès de la marquise, remis de nouveau en question et appelé au parlement de Toulouse, réclama de nouveaux soins, vint me contraindre à un nouveau départ, je me décidai à tenter encore d'obtenir un éclaircissement, et à partir ensuite pour toujours.

» Lucie savait le projet de voyage ; j'en avais parlé exprès devant elle : je vis enfin qu'elle aussi cherchait à me parler, et je m'aperçus seulement alors que les yeux du jeune marquis et ceux de sa mère ne quittaient pas Lucie une minute, et qu'on ne la laissait jamais seule.

» Un jour pourtant, au milieu du salon, où huit ou dix personnes étaient rassemblées avec Lucie, travaillant à une tapisserie, avait près d'elle une petite corbeille à ouvrage, elle parvint à m'indiquer de petites tablettes posées au milieu des écheveaux de soie ; et, se levant ensuite, elle entraîna le marquis près de la fenêtre pour lui faire remarquer quelque chose au dehors. Je m'approchai de la corbeille, et m'emparai des tablettes assez adroitement pour n'être pas aperçu.

» Elles renfermaient ces mots :

« Rien n'est changé ; mais il faut partir... Plus tard...
» nous nous retrouverons !.. »

« Me voici donc encore en route pour m'éloigner de celle que j'aimais... et forcé à un séjour qui se prolongeait malgré moi. J'appris à Toulouse le mariage du marquis, son retour à Paris, celui de sa mère, et par conséquent de Lucie ; je brûlais de m'y rendre. La révolution éclatait de tous côtés ; mais les espérances qu'elle faisait naître étaient maintenant subordonnées pour moi à une espérance plus douce qui les tempérait.

» Enfin, la marquise elle-même me rappela ; j'arrivai : elle me reçut avec une apparence d'amitié que je ne lui avais jamais vue, me parla de Lucie la première, de mes anciens projets, de services rendus qui changeaient ses idées ; enfin... elle m'accorda, m'offrit même la main de Lucie.... Je crus rêver, à l'aspect de tant de bonté et de tant de bonheur, et je fus ivre de joie !... Lucie était toujours restée chez la marquise ; je voulus la voir à l'instant,... Elle était souffrante, disait-on; j'insistai tellement pour aller lui parler et la remercier, que la marquise elle-même me conduisit dans l'appartement de Lucie. Dès qu'elle me vit, elle se troubla, et, aux paroles de la marquise, elle perdit entièrement connaissance.

» En revenant à elle, Lucie exigea qu'on nous laissât seuls. La marquise sortit, avec une inquiétude qu'elle ne cacha point et qui devait être justifiée.

» Que vous dirai-je ? Nous restâmes seuls deux heures : je ne puis ni ne veux vous initier aux tristes regrets d'une pauvre jeune fille plus imprudente que coupable, mais dont le cœur gardait encore assez de noblesse pour n'avoir pu supporter l'idée de tromper, et qui avait repoussé avec horreur un moyen de salut fondé sur un mensonge.

» La marquise n'avait pas d'abord été instruite de l'amour et des projets de son fils. C'était l'intérêt seul de Lucie qui l'avait déterminée à chercher à m'éloigner, à me nuire et à me perdre auprès de la jeune fille, en lui présentant un mariage avec moi comme une union trop au-dessous des espérances qu'elle devait justement concevoir. Lucie était étourdie, légère, un peu ambitieuse ; elle ignorait que le marquis était engagé ; elle avait vu, dans le soin de m'éloigner et dans les paroles de la marquise, un projet de lui préparer un riche mariage ; et ses idées s'étaient tournées sur le fils, qui lui semblait réservé par le cœur maternel... Pendant huit mois, ils avaient été seuls à la campagne.

» Le jeune marquis était de tous les hommes le plus fait pour plaire ; jamais la passion ne l'empêchait de montrer tous ses avantages, et cependant il avait assez le désir de réussir pour n'omettre aucun des soins qui persuadent. Ma mélancolique tendresse avait parlé au cœur de Lucie, mais sa mobilité la soumettait toujours à l'influence de la pensée du moment. Puis, quelle est la jeune fille qui pourrait prévoir les mille combinaisons et les mille moyens que l'esprit d'un jeune homme occupé d'une seule pensée peut inventer pour arriver au but qu'il s'est proposé ? La plus honnête a moins de résistance encore qu'une autre.

» Dans l'isolement où l'on vivait à la campagne, par ce temps de deuil et déjà de troubles, Lucie ne sut rien du mariage qui se préparait à Paris. Il se trouva même qu'un voyage chez une amie, au moment où le marquis retournait à Paris conclure l'union arrangée, la retint près d'un mois, et quand elle vint retrouver la marquise, le mariage était fait !... Ce fut alors seulement, par son désespoir, par ses larmes et ses reproches, que la mère apprit les torts de son fils, l'erreur de la jeune fille, et le sort malheureux qu'elle avait, sans le vouloir, préparé pour sa protégée.

» Alors elle avait imaginé de revenir à la proposition faite par moi. Ses prières, ses ordres, la crainte du déshonneur, l'empire exercé par l'âge et la position de la marquise, avaient obtenu de Lucie une espèce de permission tacite de laisser agir sa protectrice ; mais, en me revoyant amoureux, confiant et heureux, Lucie avait retrouvé toute la noble délicatesse de son âme. Pour peu qu'il reste encore de vertueuses inspirations dans le cœur, elles renaissent devant la loyauté et la vertu. Lucie fut encore la noble et bonne créature que le ciel avait formée pour de tendres sentiments et pour une vie loyale et pure! Elle refusa ma main, m'avoua tout, et le seul bonheur promis à mon espoir m'échappa pour toujours, et pour toujours celle que j'aimais était malheureuse et désespérée ! La jeune fille objet de mon culte sacré, de mes rêves d'amour, vers qui j'avais à peine osé lever les yeux comme vers le bien au-dessus de tout pour moi, que je regardais comme un trésor qui eût satisfait à toutes les ambitions de ma vie, et

changé en douces impressions et en jouissances enchanteresses mes émotions pénibles, mes amers ressentimens... elle qui eût été tout pour moi... l'avait sacrifiée, lui, pour un jour de plaisir! Je la voyais le cœur brisé, sans consolation pour l'avenir, et ne retrouvant même, dans les souvenirs qui m'étaient si chers, que des douleurs de plus, que des regrets pour cet amour vertueux et vrai que nous avions entrevu, qui eût pu nous donner à tous deux tant de bonheur!

» Lucie ne survécut pas à sa douleur, elle continua de languir, et mourut après trois mois de souffrances.

» Ce qui se passa dans mon âme, je ne puis le dire... Toutes les violentes passions se réveillèrent ; toutes les colères étouffées éclatèrent de nouveau! L'imperturbable insouciance de ces grands qui vous écrasaient sans soucis et sans pitié, et ne prenaient nulle crainte des douleurs et des ressentimens qu'ils faisaient naître, excita à tel point l'impétuosité des mauvais sentiments que j'avais contenus depuis quelque temps, que je sortis de l'hôtel comme un insensé. Une fièvre ardente, horrible, qui ne pouvait se calmer qu'avec du sang, circula dans mes veines ; je provoquai le marquis, il me repoussa en riant comme on rit des folles prétentions d'un enfant, car je n'étais pas son égal !

» En sortant de chez lui, hors de moi, ne me connaissant plus, je trouvai la rue en tumulte ; la foule se pressait et criait. Un groupe de forcenés comme moi m'entraîna ; j'allai machinalement, égaré et sans but. Je ne me souviens plus de ce qui se passa jusqu'au moment où je me trouvai à la tribune, parlant avec une éloquence passionnée, furibonde, qui transporta l'assemblée, et me fit nommer à l'instant un des représentans de ce peuple dont je venais de soutenir, de proclamer et de venger les droits. Mais, dans le délire qui s'était emparé de moi, le nom qui remplissait mon esprit, qui excitait ma colère, qui exaspérait mon âme, ce nom m'échappa plusieurs fois!... Oui, que le ciel me pardonne la démence! ce ne fut pas la cause sacrée de mon parti que je défendis, ce fut la mienne que je vengeai... O sainte liberté! ce fut un crime commis en ton nom, je fus coupable même envers toi, et ce crime, le ciel ni les hommes ne le pardonneront jamais!

» Le soir même de ce jour, le marquis de Fontenay-Mareuil fut arrêté, et bientôt il comparut devant le tribunal révolutionnaire.

» La semaine suivante, toujours égaré par cette fièvre ardente de vengeance qui m'ôtait jusqu'à la raison, j'errais comme un fou dans des rues où la foule aussi semblait en délire... Nous courions éperdus vers un but qui nous attirait tous... un but affreux, épouvantable !... Tout à coup, une voix, que je crois encore entendre, m'appela deux fois par mon nom... et, levant la tête, je vis l'affreuse voiture qui entraînait les victimes, au milieu desquelles le marquis de Fontenay-Mareuil, debout, calme et souriant, répétait une troisième fois mon nom, en ajoutant : « Eh bien! tu sembles plus effrayé que moi! Regarde » comment sait mourir un gentilhomme. » Puis, toujours avec la même insouciante gaîté, s'adressant à la foule : « Messieurs, dit-il, c'est mon jeune précepteur Randal, qui » s'est chargé, comme vous le voyez, d'achever mon éduca- » tion !... »

» Je n'entendis, je ne vis plus rien ; et, toujours porté malgré moi par cette foule qui criait et jetait de la boue et des injures aux condamnés, je ne me souviens que d'une horrible, d'une abominable vision qui ne me quitta plus... Je vis... oui... oh! je l'ai vue... je la vois encore... c'était la tête sanglante du jeune homme que j'avais aimé enfant... dont j'avais partagé les jeux, dont j'avais reçu les caresses... qui m'avait appelé son frère, lui le riche enfant gâté, moi le pauvre petit paysan!... Tous ses torts s'effacèrent. La sanglante vision m'avait enlevé tout à coup cette fièvre ardente, cette soif de vengeance, pour laisser à sa place un froid mortel qui semblait me glacer au milieu d'une mer de sang....

» Vous dire ce que je devins alors, je ne le sais... Tout le reste disparut... Je n'eus plus qu'une pensée une pensée mille fois plus cruelle que n'avait été mon désir de vengeance !

» Souvent, lorsque la mort vient enlever quelqu'un près de qui l'on vécut longtemps, ou qui fut cher à notre cœur, il arrive qu'au milieu de vagues et douloureux souvenirs, celui que vous pleurez vous apparaît tout à coup. Son image semble se dégager des nuages incertains de votre rêverie, et se développe nette et précise, Vous croyez le revoir ; il vous semble l'entendre... Eh bien ! cette mort violente, au milieu de la vive jeunesse, cette mort affreuse que j'avais donnée, devait me présenter d'une manière encore plus nette et plus soudaine cette figure de jeune homme, qui évoquait tout le passé dans ce qui devait le plus torturer mon âme, nos joies communes, nos leçons à tous deux, nos chères amitiés mêlées de légères bouderies, dont il revenait presque toujours le premier, lui, joyeux enfant, né pour le plaisir, confiant dans la fortune, ne doutant jamais ni du sort ni des hommes ; lui, créé pour le siècle précédent, qui ne comprenait pas le sien, qui avait tous les charmes, toutes les grâces et tous les travers de l'autre... et cela pour ne faire qu'en porter toute la peine dans celui-ci !

» Depuis cette époque, ma vie n'est qu'un seul souvenir, qu'une seule pensée. Je m'y abandonnai parfois sans résistance ; parfois aussi, j'essayais de m'y soustraire. Je multipliais alors mes occupations, mes affaires ; elles réussissaient presque toujours ; la fortune m'était favorable : mais que me faisait l'or ? Quel plaisir pouvait-il me donner, si ce n'était quelques malheurs soulagés ? Encore ne me fut-il pas permis de secourir ma pauvre famille !... Ils refusèrent mes dons !... Mes frères, paysans qui labouraient les terres du marquis, vivaient heureux dans cette modeste situation ; ils perdirent un maître facile et doux et les fermes qu'ils faisaient valoir. Tous les biens de la famille de Fontenay-Mareuil furent vendus au profit de la nation, et les fermiers changés !... Il me fallut user de mille secrets moyens pour soulager la misère de mes parens; car on avait su dans le pays que j'étais le dénonciateur du marquis, et personne n'eût voulu recevoir quelque chose de celui qu'ils méprisaient et haïssaient !

» Que vous dirai-je après cela ? Ma mère seule me permit de la voir secrètement ; mais elle pleurait, la pauvre femme ! le crime de l'un de ses fils et la mort de l'autre. Car il était aussi son enfant : elle l'avait nourri de son lait, tenu dans ses bras ! Elle souffrait pour moi... et cette entrevue fut trop pénible pour que je voulusse la renouveler. Il ne me restait donc plus une pensée dans ce monde ; plus une amitié, plus une affection : j'avais tout perdu !... tout me manquait,... jusqu'à ma mère !

» Ce fut en vain que je voulus attacher quelques personnes à moi par des bienfaits. Les unes étaient ingrates ; les autres, le ciel me les enlevait... Sa mère... la mère d'Élénore, pauvre douce jeune fille que je liai à mon sort, mourut après un an de mariage, en laissant à cette enfant que j'essayai sans succès de soustraire à ma funeste destinée. En lui ôtant le nom que je portais, je crus lui ôter aussi la part de mes malheurs... mais le ciel est incorable!

» Après cela, je n'ai pas besoin de vous dire, monsieur, continua le vieillard en s'adressant au jeune homme, comment votre nom prononcé devant moi, et votre vue, pour la première fois, excitèrent à un si haut point mon émotion. Je n'ignorais pas que la fille unique du marquis avait épousé le comte de Mauléon : déjà mes soins et les services rendus m'avaient lié avec une femme qui connaissait la marquise de Fontenay-Mareuil, madame de Savigny. J'espérais par elle apprendre tout ce qui regardait les descendans de celui que je pleurais encore : c'était un instinct involontaire qui me poussait sur vos pas, et quand je vous eus retrouvé, que j'eus revu sur votre visage quelques traits de cette figure toujours présente là... alors il me sembla qu'un devoir impérieux m'ordonnait de veiller sur vous ;

que tout ce que je ferais pour votre bonheur soulagerait mon âme, et me serait compté par le ciel... Mais est-ce une vengeance de ce ciel que je n'ai pu fléchir ? ou bien l'esprit de vertige qui m'a poussé jadis agit-il encore en moi pour porter le désordre ou le trouble en mes actions ? Toutes n'amènent après elles que le malheur ; et quand je vois à qui le monde accorde souvent son estime, à qui le ciel prodigue parfois ses faveurs, je me prends à penser que, victime d'une épouvantable fatalité, je ne dois plus lutter contre une destinée maudite.

» J'ai fait le bien longtemps sans me décourager ; j'ai secouru tous les malheurs que j'ai connus. A part une modeste fortune assurée à ma fille, toutes mes richesses, je les ai prodiguées aux pauvres, et j'ai vécu comme eux. Tout ce qui eût ressemblé à ce luxe que j'avais tant envié, tout ce qui eût été quelque chose de ce pouvoir que j'avais tant souhaité, m'eût fait horreur, car je l'aurais regardé comme le prix du crime que j'abhorrais. Ma vie a été tout entière d'abnégation, de souffrances et de prières. Si ce n'est pas assez, monsieur, prenez cette vie, vengez votre famille, votre nom... prenez ce peu de jours malheureux qui me restent encore.... mais que la vie de mon enfant ne soit pas, comme la mienne, dévouée au remords et au déshonneur !

Et le vieillard, tremblant, aux pieds d'Yves de Mauléon, le priait plus encore par ses larmes que par ses paroles.

Yves était troublé, incertain, ému : il n'avait pu voir cette profonde douleur sans en être touché.... Il prit Élénore, qui pleurait, la plaça dans les bras de son père, et essaya d'exprimer quelques-unes des idées qui se pressaient dans son esprit ; mais sa voix pouvait à peine prononcer quelques mots... et ce fut d'une manière presque inintelligible qu'il dit :

— Votre fille... vous consolera... Elle est douce, bonne et vertueuse... qu'elle vous reste toujours la même !... moi... je ne sais pas... je ne puis pas savoir au juste quel devoir m'est imposé... par mon père et par le ciel... mais... je crois... et je les conjure tous deux d'approuver ma conduite... il me semble même que ce sont eux qui m'inspirent... oui, je crois que leurs droits rigoureux ont été exercés, et que maintenant ils me chargent d'accomplir une mission d'indulgence. O mon père, ne me démentez pas, je vous en supplie ! que ses derniers jours soient calmes et doux ! Il a tant souffert ! permettez qu'en votre nom je lui pardonne !

Sa main serra la main du vieillard, et il sortit.

X

MADAME RÉMOND.

— Si Gabrielle était ici, ce serait bientôt fait, car elle est adroite comme une fée, disait la marquise de Fontenay-Mareuil, en rajustant un portefeuille en soie dont un côté s'était détaché, et en mettant en ordre de nombreux objets de fantaisie, tels qu'éventails, écrans, boîtes de mille façons, bourses, dessins, peintures, cachets, pelottes brodées, encriers, etc., réunis sur un immense guéridon qu'entouraient de gracieuses jeunes femmes. Quelques-unes achevaient de charmans petits ouvrages qu'elles venaient d'apporter. Une d'elles se levait et se penchait sur la table, pour placer dans l'aspect le plus favorable une aquarelle que ses délicates mains avaient tracée, et dont les nuances légères et les contours déliés attestaient un de ces beaux talens qui prouvent en même temps l'intelligence et l'adresse. Ressources précieuses pour employer les heures de loisir; chères et douces occupations, que les arts offrent à l'opulence, pour distraire de l'ennui, et qui peuvent encore distraire du malheur !

Chacun apportait son tribut à la loterie que madame de Fontenay-Mareuil faisait tirer pour les pauvres. La curiosité qui naissait à l'arrivée d'un nouvel objet, l'intérêt qu'inspirait sa destinée, quelquefois un désir secret de le voir parvenir à une main préférée, désir que les chances du sort devaient dérouter ou satisfaire; les paroles échangées sur l'adresse ou le choix qui avait présidé aux lots qu'on présentait, les plaisanteries auxquelles ces lots différens donnaient lieu, avaient, pour ce soir-là, rompu la monotone régularité de la réunion. Au lieu de rester gravement autour du salon, à s'examiner sans rien dire, les femmes, heureuses peut-être d'une circonstance qui leur permettait de faire acte d'existence, se mêlaient aux groupes de jeunes gens qui se formaient auprès des curiosités rassemblées. Quelques unes osaient causer. Cet esprit vif, léger et plein de saillies de la jeunesse; ces remarques malignes que fait naître l'expérience; ces riens aimables qui animent la conversation, comprimée dans les nombreuses et graves assemblées de notre époque, s'échappaient involontairement de ces jolies bouches, ordinairement muettes : car pour offrir des billets, pour intéresser en faveur des pauvres, pour montrer les ouvrages les unes des autres, pour louer beaucoup tout haut, et critiquer un peu tout bas, il fallait parler; et quelques femmes furent spirituelles, fines, aimables et gaies, avec cette joie et cet empressement qu'on met à profiter d'une bonne occasion qui ne doit pas se retrouver souvent.

Henri de Marcenay était à côté de madame de Savigny. Un instinct sympathique de malignité et de sentimens amers les rapprochait depuis quelque temps. Monsieur de Marcenay, ne devant qu'à son adresse sa situation dans le monde, avait eu à souffrir, surtout dans sa vanité, avant de s'installer tout à fait dans la société sur un pied d'égalité. Mais une fois admis, il s'y était arrogé, par l'esprit caustique qui régnait dans ses paroles et dans ses écrits, une espèce de supériorité devant laquelle madame de Savigny avait fait le sacrifice de ses anciennes répulsions. L'incohérence qu'avait donnée à ses actions le malheur de sa passion pour Yves, l'espèce de ridicule attaché dans le monde aux sentimens d'une femme quand ils ne sont point partagés, sa mauvaise humeur qui l'avait rendue méchante pour les autres et maladroite pour elle-même, la livraient assez à la malignité, pour qu'elle désirât captiver celui qui s'en était rendu l'organe le plus redoutable. Monsieur de Marcenay sentait, de son côté, que l'amitié d'une femme dont la naissance, la fortune, les relations et le caractère faisaient une espèce de puissance, lui serait aussi utile dans le monde que sa haine pourrait lui être nuisible. Alors ils devinrent amis... par peur... par haine... par tous les points qui les séparaient des autres, et empêchaient les autres de les aimer. Il y a en politique, en affaires et en plaisirs, plus d'une liaison qui s'arrange ainsi, et qui punit par son tourment ceux qui l'ont formée.

Madame de Fontenay-Mareuil, toujours préoccupée du regret que lui causait l'absence de Gabrielle, venait encore de répéter son nom, quand Yves de Mauléon entra. Il n'avait pris que le temps de faire sa toilette et de passer chez sa mère, tant il était empressé de revoir celle qui occupait sa pensée. Il lui semblait que la journée avait apporté quelque changement à leur situation, seulement peut-être parce qu'elle en avait apporté à ses idées; et quoique sa lettre à Gabrielle eût eu l'air d'une renonciation à ses droits, il lui semblait, au contraire, qu'il venait d'en acquérir par sa conduite, par ses projets et par cet amour qu'il commençait à deviner en lui sans oser encore se l'avouer bien franchement.

Il vit bien, en entrant, de charmantes jeunes femmes dont le sourire provoquait les regards; des tailles gracieuses, des toilettes élégantes... tout cela était plus gai, plus naturel, plus vif qu'à l'ordinaire : il y avait une foule toute parée et toute joyeuse dans ce salon de sa mère, où

il avait coutume de trouver Gabrielle seule avec elle... et pourtant ce salon, si éclairé et si rempli, lui parut tout à coup sombre et vide... elle n'y était pas !

La marquise remarqua l'air inquiet et préoccupé de son petit-fils. Ne savait-il donc pas qu'il ne devait point trouver Gabrielle ?

— Yves, dit-elle en le prenant à part, pendant que toute l'attention se portait sur le tirage de la loterie, n'est-il pas affligeant, en effet, que cette soirée, dont je me faisais une fête parce qu'elle devait y présider, soit attristée par son absence, cette chère enfant ! Voyez, c'était pour elle que j'avais rassemblé cette élite ! Tout ce que le monde offre de plus varié; des personnes de tous les pays, de toutes les nuances politiques, de tous les genres d'esprit !...

Yves regarda autour de lui, comme pour obéir au mouvement de sa mère dont les yeux parcouraient le salon; mais il ne vit rien qui pût captiver son attention. Pour jouir des plaisirs de l'intelligence, pour apprécier le mérite des autres, pour livrer sa pensée aux intérêts des arts, des lettres, des sciences, il faut que le cœur soit paisible, qu'aucune passion, qu'aucun chagrin n'absorbe ou ne trouble l'âme, et peut-être les mille préoccupations ambitieuses de notre époque sont-elles cause que l'on porte si souvent dans le monde un esprit trop distrait pour découvrir le mérite et y attacher du prix. De là cet ennui qu'on y amène ou qu'on y trouve.

La marquise avait réuni cette fois plusieurs étrangers de distinction, voulant, disait-elle, ce soir, lui faire faire le tour de l'Europe sans sortir de son salon.

— Comprenez-vous, répétait-elle souvent, l'admirable manière de voyager que Paris peut offrir à ceux qui ont autant de curiosité que de paresse ? Que va-t-on chercher au loin, en effet ? ce n'est pas le climat d'un pays ! Un voyageur a tous les inconvéniens sans les avantages : il brûle sous le soleil d'Italie, et gèle sur les glaces de la Russie, le voyage ne permettant guère de se garantir de l'un ou de l'autre comme peuvent le faire les habitans. Quant aux monumens des arts, les examiner en courant ne vaut pas le plaisir d'en contempler à loisir la représentation au coin de son feu. L'aspect d'un pays est souvent peu varié; et la plupart des voyageurs, enfermés dans leur chaise de poste, ne se donnent pas même la peine de le regarder. Aussi, le comble de la joie et de la gloire du curieux est-il d'être admis, à force de lettres de recommandations, dans quelques brillans salons, où se trouvent, par hasard, là comme chez nous, une ou deux personnes distinguées au milieu d'une foule vulgaire et parée. Eh bien! sans sortir de Paris, je vois passer devant moi l'un après l'autre ce que le monde entier offre de plus élevé par l'intelligence, le rang, l'esprit, la science et le caractère.... Et cela ne peut jamais être réuni qu'ici. Voyez tout ce que la curiosité nous amène, et ce que les révolutions nous envoient.... c'est l'élite de tous les pays ! l'Angleterre, la Russie, l'Autriche, nous offrent souvent les hommes puissans qui les gouvernent; l'Espagne, l'Italie et la Pologne, les hommes supérieurs qu'elles proscrivent; et nous finissons par avoir ainsi ce qu'il y a de mieux partout.

Yves écoutait sa mère sans l'entendre,... ne comprenait pas ce qui pouvait l'intéresser dans un salon où celle qui devait en faire les honneurs n'était pas.

La marquise devina enfin que le jeune homme ignorait les motifs de l'absence de Gabrielle; et comme il fallait, en ce moment, qu'elle s'occupât d'une personne qui entrait, elle prit le petit billet qu'elle avait reçu le matin de sa belle-fille, et le mit entre les mains d'Yves de Mauléon.

Il y vit la cause qui retenait ailleurs Gabrielle; mais il vit aussi qu'elle savait son voyage à Sèvres, l'endroit où il était, et sans doute elle n'ignorait ni l'amour d'Elénore, ni sa fuite, ni le séjour qu'ils avaient fait tous deux dans cette maison isolée. Tout entier à cette idée, il crut que la maladie de madame Rémond n'était qu'un prétexte pour s'éloigner et ne plus se retrouver avec lui.

Dans cette disposition d'esprit, toutes les petites coquet-

teries des plus jolies femmes, toutes les allusions moqueuses de madame de Savigny, toutes les plaisanteries
d'Henry de Marcenay furent perdues pour monsieur de
Mauléon. On n'obtint de lui que les politesses indispensables et l'attention strictement commandée. Georges Rémond étant entré, Yves eut avec lui une assez longue
conversation, à voix basse, qui intrigua madame de Savigny, et dérouta toutes ses conjectures.

Enfin cette soirée, trouvée interminable par le jeune
homme, se termina. Mais, le lendemain, Gabrielle n'était
pas encore revenue. La marquise envoya plusieurs fois
savoir des nouvelles de madame Rémond : elle allait mal ;
sa fille ne pouvait point la quitter. Le second jour, monsieur de Mauléon, que le nom seul de madame Rémond
faisait fuir autrefois, se détermina à aller chez elle, vers
le soir, et son cœur battait en y entrant.

Il fut introduit sans bruit près de la malade. Gabrielle
avait passé deux jours et deux nuits dans le chagrin et
les soins fatigants. Dans un moment où sa mère sommeil-
lait, elle s'était assise tout près du lit, et, cherchant un
peu de repos, s'était endormie dans un large fauteuil. Il
y avait tant de grâces, même dans l'abattement et la douleur de sa pose, tant de tristesse profonde sur ce visage
encore enfantin, qu'Yves resta livré à une contemplation
involontaire, debout devant cette jeune fille que le chagrin
avait prise ainsi dans les premiers jours de la vie, et dont
il n'avait entendu ni une plainte, ni un regret, depuis le
jour de ce mariage qu'elle devait maudire, et qui pouvait enchaîner toute son existence au malheur.

Il demeura là longtemps, ne se lassant ni de la regarder,
ni de laisser aller son esprit à des réflexions, dont les
nuances nombreuses et variées eussent appris sa pensée à
ceux qui auraient examiné sa figure en ce moment. Mais
il était seul : les domestiques qui aidaient Gabrielle dans
ses soins près de la malade s'étaient retirés dans une
pièce voisine à son arrivée. Elle dormait, et madame Rémond était dans une espèce d'engourdissement qui ressemblait au sommeil, et qui ne lui permettait de rien voir
et de rien entendre.

Ce que ce jeune homme si blasé, si insouciant, si ennuyé
trois mois auparavant, sentit renaître d'impressions vives
et vraies dans cette contemplation ne peut s'exprimer. Il
y eut de la jalousie... de la colère même, car il la trouvait injuste envers lui. Pourtant, disait-il, elle qui voit si
juste, qui sent si finement, qui comprend si bien tout, elle
ne me comprend pas... ne sent rien pour moi... me juge
bien mal... et, ajouta-t-il tristement, elle a dû me juger
ainsi ! mes actions... mes paroles... tout a dû lui donner
une fausse idée de mon caractère et de mes sentiments !
tout a dû m'éloigner de son cœur !... et maintenant peut-
être tout le bonheur de l'avenir est perdu pour tous deux !

En cet instant, la voix de madame Rémond appela
faiblement sa fille, et Yves de Mauléon se retira machinalement au pied du lit, où les rideaux le dérobaient aux regards de Gabrielle. Mais il la vit sortir vivement de ce
léger sommeil, à la voix de la malade. Aussitôt fatigue
et chagrin, elle s'approcha de sa mère, et lui présenta un
visage doux, et souriant, afin de lui faire partager son
calme apparent. Elle avait banni toute trace d'inquiétude
pour n'en pas inspirer, car son premier instinct était toujours le sentiment fin et bon en tout... Mais quand elle
eut, avec ces soins touchants qu'inspire l'affection, donné
une potion à la malade, et veillé à ce qu'elle fût commo-
dément dans le lit de souffrance, Yves s'approcha !... Ce
fut une surprise pour elle, une joie pour la mère... qui
retrouva des forces pour lui parler, avant que l'étonnement eût permis à Gabrielle d'en trouver.

— J'allais vous faire appeler, dit madame Rémond au
jeune homme; il faut que vous soyez présent... puis, je
ne suis pas fâchée non plus de vous dire quelques mots
avant de partir.

— Ma mère... dit Gabrielle d'un ton de doux reproche...
Pourquoi dis-tu cela ?

— Pourquoi, mon enfant ? C'est que je crois vraiment

que je suis en train de faire mes préparatifs pour le grand
voyage... Eh bien ! ne vas-tu pas pleurer encore ? Il n'y
a pas de bon sens ! Est-ce que chacun ne doit pas arriver là à son tour ? un peu plus tôt, un peu plus tard...
voilà tout ! Je sais bien que je pouvais aller encore, et
que je n'ai pas fait mon temps ; il y en a de plus vieux
qui s'en tirent. Mais ce que je dis là... qu'il faut y penser,
et mettre ordre à ses affaires, ça ne fait pas mourir !...

— Tu es bien mieux ce matin, reprit Gabrielle en
essuyant ses larmes : maman, tu es guérie, à ce que je
crois, car tu plaisantes, et hier tu n'avais pas la force de
dire un mot.

Elle baisa le front de sa mère, et un rayon d'espoir brillait dans son regard quand elle le reporta sur Yves de
Mauléon.

— Je ne demande pas mieux, dit madame Rémond, de
vivre et de rire encore un peu... mais il ne faut pas, avec
toutes ces raisons-là, mettre de côté ce qui doit être fait. Le
notaire est-il venu ? Je veux d'abord terminer mon testament, qu'il a dû m'arranger en termes du métier.

— Maman, il a le temps de venir, dit la jeune femme,
en essayant de cacher son effroi sous un sourire.

— Écoute, Gabrielle, reprit sa mère d'une voix affaiblie,
mais qui voulait être ferme et commander : il ne faut pas,
toi aussi, t'habituer à toutes ces simagrées des gens riches, à qui le mot de mort donne le frisson, et qui vous
parlent un beau matin sans avoir pensé à ce qui doit suivre, soit pour eux, soit pour ceux qui survivent... Nous
avons plus de courage que cela, nous autres pauvres
gens !... Quand je dis pauvres gens, c'est par habitude
d'autrefois... Je crois que vraiment je ne suis pas encore
accoutumée à être riche ! Aussi bien, riche ou pauvre, on
n'en emporte pas plus dans l'autre monde, et j'ai bien
fait de ne pas trop m'habituer à tout ça... Allons, va, ma
fille, demander si le notaire ne serait pas venu pendant
mon sommeil.

Yves resta seul avec madame Rémond : la femme malade ne lui rappelait que confusément la femme commune
qui lui avait tant déplu. Il trouvait même dans cette grave
résignation, naturelle au peuple, un courage qu'il admirait. Il pensait que la délicatesse de Gabrielle, entée sur
cette force morale, dont la valeur même est ignorée de
ceux qui la possèdent, avait dû produire ce charme puissant qui rendait la jeune femme si naturelle et si gracieuse.

— Voyez-vous... mon gendre, reprit madame Rémond
d'un ton confidentiel, mon affaire est faite ! je sais ce que
j'avais dit au médecin de m'annoncer au juste ce qui en
était. Eh bien ! je vous la recommande, cette chère enfant... C'est si vrai, si bon, si sage ! Tenez, avant-hier
encore, elle ne sait pas que j'ai entendu... n'a-t-elle pas
renvoyé son cousin Georges... pour qu'on ne jasât pas de
ses visites pendant qu'elle est ici ?... Je sais bien que c'est
un devoir... Ne rien faire qui nuise à la réputation, ça se
doit. Mais qui est-ce qui paye toutes ses dettes ? Chut !... la
voici... le notaire est avec elle... Dépêchons, monsieur le
notaire, parce que j'ai autre chose à faire. Après les affaires de ce monde, celles de l'autre.... Et j'attends monsieur
le curé. Patarafons vite votre grimoire... Le notaire s'installa, voulut lire. — Bon ! ... c'est bien ! dit-elle ; les choses ne sont pas difficiles : les enfans que voilà héritent de
tout, c'est juste, c'est à eux.... Le père Rémond a laissé
quatre millions, il y a dix ans : moi j'en ai encore écono-
misé plus d'un.... Ils trouveront tout cela. Seulement,
j'ai disposé de quelque chose sur mes économies... Cent
mille francs à des voisins qui ont mal fait leurs affaires
dans le commerce, et qui sont trop vieux pour recommencer à travailler.... D'autres petits cadeaux à d'anciennes
amies... Puis, enfin... et c'est ça que je suis bien aise de
vous voir approuver, mes enfans, deux cent mille francs
à Georges Rémond.... La malade, qui semblait assez réni-
mée pour ne donner vraiment aucune inquiétude, et remplir seulement une formalité dont la nécessité ne pouvait
se faire sentir que dans l'avenir, poussa alors un gros

soupir. — Car, ajouta-t-elle comme se croyant obligée à cet aveu, ce pauvre Georges!... j'ai là une espèce de remords à son sujet ; je n'ai pas rempli les intentions de mon défunt mari à son égard... C'était le fils de son frère, d'un frère qu'il aimait, et son désir à lui était... que notre fortune, notre fille... tout fût pour ce neveu, qui est un bien brave garçon. Si Gabrielle n'avait pas été heureuse, si vous, mon gendre, n'aviez pas fait son bonheur, j'emporterais, à vrai dire, un fameux remords dans l'autre monde.

Et quand madame Rémond se tut, Yves et Gabrielle se regardaient d'une façon si singulière, qu'elle en fut frappée.

— Que signifie donc ceci? reprit-elle inquiète : est-ce qu'il y aurait quelque chose?

La jeune femme craignit les questions, et voulut les prévenir. Se penchant tout près du visage de sa mère, elle lui dit en souriant et d'un ton caressant :

— Tu embarrasses... tes enfans... après les avoir affligés !... Ne t'inquiète de rien ; tu as été une excellente mère, et ta fille te remercie de tout ce que tu as fait pour elle.

Gabrielle parlait si bas, qu'Yves de Mauléon ne put l'entendre. Il ne pouvait même voir son visage et y lire sa pensée. Il supposa qu'elle était toute aux regrets que l'aveu de sa mère faisait naître.

Sa situation lui parut cruelle..... il souffrait..... réellement... cependant il prit la parole, et dit avec un peu de trouble :

— Soyez sûre que... je désire le bonheur de votre fille... et tout ce qu'il sera possible de faire pour l'assurer... je le ferai.

— Eh bien! reprit madame Rémond, il me semble qu'en laissant à ce bon Georges une petite fortune qui lui donnera l'aisance et l'indépendance, je pourrai retrouver le cher homme là-haut sans trop craindre ses reproches pour ma vanité, qui a voulu que sa fille fût une grande dame. Mais si je n'en avais pas fait en même temps une heureuse femme... c'est que je ne sais pas trop comment il me recevrait !.... enfin, elle n'a jamais prononcé une plainte; quand je l'ai interrogée, elle n'a fait que votre éloge... ça me rassure.

Yves de Mauléon apprenait à chaque instant tout ce que le caractère de Gabrielle renfermait de sagesse et de bonté !

En ce moment, un nouveau message de madame de Fontenay-Mareuil ayant éloigné du lit de la malade la jeune femme, qui dut passer dans une pièce à côté afin d'écrire, Yves, voyant que madame Rémond parlait à voix basse au notaire, s'écarta aussi, et se plaça près d'une fenêtre pour leur laisser toute liberté. Alors, regardant la foule qui circulait sur le boulevart, et dans cette rue Vivienne, si bruyante et si fréquentée que l'on croit à chaque minute qu'un événement extraordinaire peut seul provoquer une telle agitation, il pensait non à ce qu'il voyait, mais à cette situation singulière qu'il s'était faite, à l'engagement qu'il venait de prendre, et aux moyens par lesquels il voulait le remplir. Madame Rémond avait déjà prononcé deux fois son nom, et Gabrielle était rentrée dans la chambre sans qu'il s'en fût aperçu.

Elle se trouva donc forcée de s'approcher de lui pour le tirer de sa rêverie, et lui annoncer que sa mère voulait lui parler.

Quand ils s'avancèrent ensemble près du lit, madame Rémond avait une expression singulière de surprise et de mécontentement.

— Qu'est-ce que j'apprends, monsieur le duc de Mauléon? C'était ainsi qu'elle appelait Yves avec beaucoup d'emphase et de cérémonie, quand elle était blessée de quelqu'une de ses actions.—Qu'est-ce que j'apprends? vous n'avez pas voulu, à ce que me dit monsieur (et elle indiquait le notaire), vous n'avez pas voulu toucher les revenus de la dot de votre femme? car enfin elle est votre femme, Gabrielle Rémond! ses revenus sont les vôtres !

Je n'ai pas voulu, ou plutôt c'est elle, toute ignorante qu'elle est ! je n'ai pas voulu que vous fussiez séparés de biens par contrat de mariage, comme le font la plupart des gens riches maintenant. Elle a exigé, la petite, que vous fussiez maître de tout, et même qu'une part considérable fût à vous tout seul en cas de mort, ce qu'il faut toujours prévoir, n'est-ce pas, monsieur le notaire? Le notaire s'inclina en signe d'assentiment au projet d'actes et de testament auxquels madame Rémond faisait allusion. — Et, reprit-elle comme suffoquée par l'idée qu'elle avait exprimée, vous, monsieur, vous n'avez pas touché un sou de tout cela ! vous avez renvoyé l'argent au notaire !... fermages, rentes, il a tout reçu !.... Qu'est-ce que cela veut dire? Est-ce que vous croyez que cet argent vous brûlerait les doigts?... C'est du bien honnêtement acquis, voyez-vous, monsieur le duc, et qui ne peut faire déshonneur à personne ! On n'en dirait pas tant de quelques-uns qui pourtant sont fiers de leurs richesses..... et il vaut mieux faire des marchés avec du fer, que des marchés tels qu'il s'en pratique si souvent de nos jours. Les Rémond peuvent aller tête levée ; et si nous n'avons pas de titres de noblesse, nous avons celui d'honnêtes gens, qui en vaut bien un autre, sans vous fâcher, monsieur le duc......

La grosse éloquence de la susceptibilité de madame Rémond ne s'en serait pas tenue à ces seules paroles, si Yves de Mauléon ne l'eût arrêtée, en attestant avec vivacité sa conviction profonde de l'honnête et délicate probité de la famille Rémond, et en ajoutant avec un peu d'embarras que, si l'argent avait été envoyé chez le notaire, c'est qu'il n'en avait pas besoin.

— Pas besoin d'argent, reprit madame Rémond toujours étonnée, pas besoin !... Et avec quoi tiendriez-vous votre maison montée comme celle d'un prince? des domestiques habillés comme des généraux, et des chevaux logés comme des ministres... au milieu des marbres et des dorures !... Et vous voudriez me faire croire que vous n'avez pas besoin d'argent?... mais l'on ne me trompe pas comme un enfant; si Dieu me prête vie, il faudra bien que je sache ce que cela veut dire, et que les choses s'arrangent autrement. Mais ce n'est pas tout, ma pauvre fille ! tu ne sais pas ce qui arrive? J'ai cru te marier à un grand seigneur... et c'est un homme d'affaires !... ton mari s'est jeté dans les spéculations !... il a même gagné de l'argent !... Oh ! mon Dieu ! on a bien raison de dire que tout a été bouleversé par les révolutions !... Monsieur de Mauléon ! un jeune homme, un é:égant.... un duc... qui fait des affaires comme un procureur ! Qui se serait douté de cela ?

La surprise et le chagrin de madame Rémond à cette idée, l'espèce d'indignation même qu'elle ne pouvait contenir, provoquèrent de la part du notaire un sourire qu'il cacha derrière le testament qu'il tenait, mais une expression si moqueuse sur le visage d'Yves de Mauléon, que la pauvre madame Rémond en resta toute stupéfaite.

Gabrielle seule était triste et glacée. Elle pensait que, décidé à vivre loin d'elle, et près d'une autre, la délicatesse d'Yves de Mauléon avait ainsi séparé leurs intérêts, et s'était créé une indépendance qui rompait les derniers liens attachant l'une à l'autre leurs destinées.

Madame Rémond vit la triste expression de sa fille.

— Et tu dis que tu es heureuse, Gabrielle? reprit-elle avec une inquiétude visible; heureuse !... mais quel bonheur peut-il y avoir dans une espèce de mariage tel que le tien, où rien ne se fait comme de coutume, où il n'y a pas eu plus de noce avant qu'après? Je sais bien que, dans le grand et le beau monde, les choses ne peuvent pas se passer tout à fait comme parmi les petites gens... mais encore est-il qu'il y en a qui doivent pourtant avoir lieu chez les uns de même que chez les autres... Et il y a certainement dans votre mariage des circonstances singulières que je ne peux pas m'expliquer. Ce qui n'est pas clair n'est pas de bon aloi, voyez-vous? Eh bien! ajouta-t-elle après un moment de silence... vous ne dites rien?

Vous ne parlez pas plus que si vous étiez muets, ou que vous ne pussiez pas dire la vérité ? Et pourtant si ma fille n'était pas contente ?... si elle me trompait ? si j'avais mal choisi ? La voix fatiguée de madame Rémond commençait depuis quelques instans à s'affaiblir ; elle devint encore moins intelligible lorsque l'attendrissement la gagna...

— Qu'est-ce que je dirai donc là-haut, quand on me demandera compte du bonheur de mon enfant ?...

Gabrielle s'approcha tendrement, baisa la main de sa mère, la pressa sur son cœur, mais elle ne pouvait parler. Sa situation avec son mari, son inquiétude, que le changement subit de la malade venait de faire renaître, l'avaient saisie, et l'empêchaient de s'exprimer.

— Quoi ! rien ? Et moi qui sens mes forces diminuer !... C'est qu'il faut que je l'avoue, j'ai peut-être abrégé le peu de temps qui me restait... et cela à bonne intention ! Je voulais te parler... mon enfant... parler encore à ce jeune homme à qui je vais te laisser... et, pour retrouver mes idées, j'ai pris un bon cordial de ma façon, en rachette du docteur. Gabrielle fit un mouvement. — Oui, je me suis donné des forces, vois-tu, et pas assez pourtant, car ce que j'ai appris de cette fortune, dont il ne veut pas... et tout ce que j'ai pensé et dit là-dessus ne m'a pas laissé le temps d'achever toutes les recommandations que je voulais faire à ton mari.

Celui-ci s'approcha... et dit doucement, et d'un ton affectueux :

— Ne me jugez pas injustement ; non ! j'apprécie tout ce que vaut votre fille, et, je le répète, elle sera heureuse. Jamais, je vous le jure, son bonheur ne sera troublé par moi !... Le serment que je fais ici est le serment d'un homme d'honneur qui n'a jamais manqué à sa parole.

Gabrielle pleurait. La malade tendit la main à Yves... Il la serra avec un sentiment de respect et de tendresse ; il était alors bien loin des impressions qu'il avait éprouvées jadis à son égard.

Le médecin arriva ; il trouva madame Rémond plus mal que le matin, et très fatiguée. Il exigea qu'il ne restât dans la chambre que sa fille et les femmes nécessaires pour la soigner ; lui défendit de parler, et cependant laissa assez d'espérance pour donner force et courage à Gabrielle.

Yves retourna chez sa mère, se promettant d'envoyer et de revenir assez souvent pour ne rien ignorer. Le soir, madame Rémond reçut les secours de la religion... Deux jours encore se passèrent dans une alternative de souffrance et de soulagement. Yves venait quelquefois, retournait chez sa mère, et paraissait occupé ; car, après ces soins donnés et ces devoirs remplis, il sortait, et passait au dehors la plus grande partie de son temps, sans jamais dire un mot sur la manière dont il l'employait.

Le troisième jour, après avoir été absent pendant plusieurs heures, il venait de rentrer, et s'étonnait de ne trouver pas la marquise dans son appartement, lorsqu'elle arriva, ramenant Gabrielle pâle et tout en larmes.... Madame Rémond n'était plus !

Gabrielle avait eu la fièvre. La fatigue et le chagrin altéraient déjà cette santé si forte et si brillante. Entrée dans la vie avec tant de moyens de bonheur, trop d'épreuves étaient venues assaillir ses premiers pas. Sous une apparente prospérité, s'étaient cachées un trop grand nombre de ces souffrances morales, qui détruisent si vite et si cruellement la beauté physique, pour que la jeune femme n'eût pas senti ployer un moment le ferme courage qu'elle puisait à la source de tout ce qui est bien, l'inspiration d'un noble cœur !

Mais en peu de jours Gabrielle retrouva la force et la santé. Alors, ayant fait en secret tous les préparatifs d'un départ, dans une journée où la marquise était sortie, et Yves absent comme il l'était sans cesse, elle se mit en route pour le château d'Arnouville, laissant cette lettre à son mari.

« Je pars pour le château d'Arnouville, et si je ne vous

ai pas annoncé ce projet, c'est que j'ai pensé qu'il satisferait vos désirs comme les miens, et que j'ai voulu éviter pour vous et pour moi les craintes et les regrets que vous vous croiriez peut-être forcé d'exprimer. Oui, pour vous, pour votre mère, et pour moi, ce voyage est nécessaire.

» Votre mère, habituée à donner ses soirées à la société, que mon deuil me force à fuir, se croit obligée de renoncer à ses habitudes ; elle en souffre. Ma tristesse ne pouvant trouver aucun moyen de ces sacrifices par des distractions, je sens que je l'afflige ; qu'à son âge on ne peut rien changer à sa vie sans y nuire ; et je me reprocherais un mal causé par moi à une personne parfaitement bonne, que j'aime avec autant de tendresse que de respect.

» Vous ? ma présence vous gêne ! Rappelez-vous la soirée d'hier. Ne pouvant vaincre mon chagrin, ne sachant comment trouver des mots pour répondre à votre bonne mère, qui s'efforçait en vain de me consoler, je proposai une lecture : il me fut impossible de l'achever ; car, dès que le cœur est rempli d'un regret, tout ce qu'on lit semble s'y rapporter. Il y a des idées, des situations, des phrases qui paraissent avoir été écrites pour vous ; et, en retrouvant ainsi tout ce qu'on sent, on ne peut retenir ses larmes. Les miennes vinrent malgré moi : il fallut donc renoncer à lire ; mais, à travers mes larmes, j'avais bien remarqué votre anxiété, votre impatience, votre désir de vous trouver seul avec moi, l'envie de me parler. Oui, j'avais tout vu, tout deviné !... et pourtant, quand votre mère se fut retirée, vous vîntes bien à moi avec empressement... votre main prit la mienne... je crus que votre cœur allait enfin laisser échapper son secret... que vous alliez m'avouer... quoi ? je ne puis le dire ! je n'ose même le penser !... Mais au lieu de parler... retenu sans doute par la crainte de m'affliger et de m'offenser... vous êtes resté muet, interdit !... ma main, vous l'avez repoussée ! ma prière, vous ne l'avez pas écoutée !... vous êtes sorti brusquement en murmurant ces mots : « Non, je ne peux point parler encore !... » et vous n'êtes pas rentré de la journée.

» Vous voyez donc bien que, pour vous aussi, je devais partir, car ma présence ne servait qu'à contraindre et à déranger vos projets. Vous comprendrez facilement combien était cruelle cette situation où j'apportais seulement ennui, gêne et tristesse à ceux qui m'entouraient ; vous sentiriez qu'il était impossible de la supporter : c'était un devoir d'en sortir, n'est-il pas vrai ? pour votre mère, qui reprendra l'habitude d'aller chaque soir au milieu d'un monde qui lui est nécessaire ! pour vous que rien ne contraindra plus !... et... pour moi aussi !...

» Moi ?... vous savez que je retrouverai à la campagne cette excellente madame Ramel, ma gouvernante, que j'y retrouverai mes occupations d'enfant... et cette liberté dont la perte m'était si cruelle. Oui, je souffrais à cacher mon chagrin, je souffrais à le faire partager, et je sentais chaque jour toutes les forces de mon cœur, de ma pensée et de ma santé diminuer sous cette lutte continuelle ! Moi, pauvre jeune fille élevée dans la solitude, avec une vie si simple qu'un nuage passant sur le soleil, un oiseau chantant dès le matin, une fleur épanouie dans le jour, étaient les grands événemens qui remplissaient mes heures oisives ! Si mon esprit cherchait quelque idée nouvelle dans le peu de livres que je possédais, j'y trouvais encore quelque pensée calme et grande sur notre destinée en ce monde et notre espoir en l'autre ! Comment aurais-je pu supporter sans une mortelle fatigue ces mille petits détails de ce qu'on appelle les plaisirs, et des soins de tous les instans pour cacher mes chagrins ? Ah ! je comprends maintenant comment s'usent toutes les facultés de l'âme, comment s'effacent les vives impressions, comment les femmes du monde ont épuisé si jeunes toutes les joies et toute la vie, comment elles languissent ennuyées et insouciantes ; comment ces mille récits contradictoires,

» ces idées opposées, ces paroles, ces actions qui vous
» étonnent, vous effrayent, vous blessent, ou vous char-
» ment, se pressant en foule devant vous sans que le
» monde prenne le temps de les juger, ou que le blâme
» ou l'éloge vienne les récompenser ou les punir; je com-
» prends que l'âme, ainsi étourdie et fatiguée, devienne
» ensuite indifférente au mal et au bien! Moi je commen-
» çais à ne plus penser, quand la perte qui m'afflige n'a
» plus laissé pour moi qu'une pensée... Ah! j'ai voulu
» payer à la bonne mère qui m'aima, qui pendant seize
» ans veilla sur mon sort, dont personne ne s'inquiétera
» désormais... oui, j'ai voulu lui payer en souvenir un
» temps de ma vie que nulle autre pensée ne puisse at-
» teindre. Je vais revoir l'endroit où elle me soignait en-
» fant, où je ne connaissais qu'elle, où sa bonté me ren-
» dait la vie si douce, où ce que le cœur d'une bonne
» mère peut inventer a dépassé souvent ce que l'esprit
» pouvait comprendre! Avec cette image d'affection, avec
» le calme de la solitude, je reprendrai sans doute ma
» force et mon courage épuisés!... Les idées fâcheuses
» que le monde m'a laissées s'effaceront... car on trouve
» le ciel dans son cœur dès qu'on peut oublier la terre!
» J'ai vécu seule longtemps, et je n'apprécie encore de
» la vie que les affections et les idées. Le reste m'étonne
» sans me plaire; et je ne puis m'y intéresser. Pourtant,
» quand j'aurai repris assez d'énergie pour triompher de
» mes goûts et de mes habitudes, je reviendrai, très dis-
» posée à faire ce qui peut vous convenir à tous deux!...
» Je ne demande au ciel que de ne pas être un obstacle
» au bonheur de ceux qui m'entourent.

» GABRIELLE. »

Peu de jours après, Gabrielle reçut une lettre de Paris.
Sa main tremblait en rompant le cachet, car la lettre était
d'Yves de Mauléon. Une triste surprise parut sur son visage dès qu'elle l'eut ouverte; il y avait si peu de lignes,
si peu de mots dans la lettre suivante!...

« J'ai promis à votre mère de faire ce qui dépendra de
» moi pour que vous soyez heureuse, et je désire tenir ma
» promesse. Ainsi votre volonté décidera de votre sort.
» Les vœux que vous formez sont trop sages et trop sim-
» ples pour n'être pas exaucés... et même le ciel donne
» quelquefois plus qu'on n'avait osé lui demander!

» YVES. »

A partir de ce jour, Gabrielle lut et relut sans cesse la
lettre d'Yves de Mauléon, mais, chaque fois, elle variait
dans le sens à donner aux mots qu'elle renfermait; car
rien n'est complétement arrêté et absolument précis dans
une lettre.

Une lettre! c'est un hiéroglyphe dont les initiés seuls
peuvent comprendre tout le mystère: encore se trom-
pent-ils souvent sur la valeur et la portée de ce qu'on a
voulu exprimer. Les mêmes mots, les mêmes phrases peuvent avoir un sens si différent! Qui n'a senti mille fois
que des paroles exactement semblables n'ont par moment
aucun rapport entre elles, et cela par l'inflexion seule de
la voix qui les prononce! On pourrait en citer une foule
d'exemples; mais ces mots seuls peuvent suffire; ainsi:
« Que je suis heureuse de vous voir! » Ces mots répétés par
une maîtresse de maison, si souvent qu'ils ne semblent
plus qu'une formule banale, comme elle peut en faire à
volonté une vulgarité qui n'a aucune valeur que cette politesse obligée pour tous! Comme elle peut aussi en faire
une expression d'orgueil pour accueillir le mérite, d'affection pour recevoir l'amitié, de tendresse pour laisser soupçonner l'amour! Comme un sourire, un regard, une voix
émue, une physionomie troublée peuvent changer ces
mêmes mots! Ils peuvent n'être rien, ils peuvent être tout!
Et il en est ainsi de presque toutes les phrases qui se disent. Comment donc ce qui est écrit sur ce froid papier ne

prêterait-il pas à mille conjectures, à mille espérances, à
mille illusions mensongères? A qui n'est-il pas arrivé de
rester devant une lettre importante incertain et rêveur;
de prêter tour à tour aux mots qu'elle renfermait les si-
gnifications parfois les plus contraires; d'attacher en quelques instants à ces mots, toujours les mêmes, des idées entièrement différentes; de les prononcer intérieurement
avec toutes les nuances d'inflexions qui pouvaient varier à
l'infini leur valeur; d'y ajouter les expressions de la figure
de celui qui écrivait; de se le représenter indifférent, dédaigneux, empressé, affectueux, tendre ou passionné; et
de trouver que celles de ces expressions qu'on désire ou
qu'on craint le plus peuvent également bien s'arranger
avec la phrase qu'on relit cent fois?

C'était là ce que faisait Gabrielle devant la lettre d'Yves
de Mauléon; et quand elle croyait s'être convaincue, par
les meilleures raisons du monde, du sentiment qui avait
présidé à cette lettre, elle retrouvait encore autant de raisons aussi excellentes pour lui prêter des sentiments tout
contraires.

Alors la jeune femme rejetait dans un beau coffre de
satin blanc, entre des rubans et des bijoux, ce papier
merveilleux qui évoquait tant d'idées; et, pour le chasser,
pressant sa petite main sur un front encore soucieux, elle
courait dans le parc, ou surveillait les travaux intérieurs
du château. Agir empêche de penser!

XI

LE CHATEAU D'ARNOUVILLE.

Le château d'Arnouville datait du huitième siècle: il
avait été dans l'origine, comme toutes les vieilles habitations féodales, une forteresse dont les maîtres, seigneurs
suzerains, étaient tout-puissants chez eux. Mais ils n'y
trouvaient la sécurité qu'à l'abri de rochers, murailles,
ponts-levis, bastions, fossés, et ne pouvaient guères espérer un peu de paix qu'à la condition d'être toujours en état
de guerre. Tout ce qui peut servir de défense avait existé
autour de la demeure des châtelaines mal logées, dont les
maris, les frères, fils, amis, vassaux et serviteurs étaient
constamment sous les armes. C'était en laissant encore assez de vestiges de cette époque pour rappeler ce qui la ca-
ractérisait, que les siècles successifs avaient marqué leur
passage par des constructions d'un nouveau genre. Au
lieu de détruire ce qui précédait, on avait seulement ajouté tantôt une aile, tantôt un bâtiment de plus grande
étendue. L'édifice, devenu très considérable, était irrégu-
lier pour l'architecture, pour la dimension,
et présentait plutôt un amas de châteaux variés, attaché
les uns aux autres, que l'aspect d'une seule et même habitation. Mais les derniers travaux, faits sous Louis XIV,
présentaient cette grandeur et cette richesse qui caracté-
risent les ouvrages d'un siècle où le luxe embellissait la
gloire, et où la représentation était regardée comme un
des devoirs de la puissance. Depuis ce moment, les anciennes constructions n'étaient plus que les accessoires des
nouvelles.

De magnifiques appartements, boisés, dorés, peints et
décorés dans le goût le plus brillant par d'habiles artistes,
avaient enfin permis aux grands seigneurs qui les habi-
taient de tenir leur rang avec splendeur; mais le pouvoir
avait disparu en même temps que les dangers. Il n'y avait
plus alors pour eux de puissance que celle qu'ils tenaient
du trône, et qui devait bientôt disparaître avec lui.

C'étaient ces riches appartements que Gabrielle faisait
restaurer et rétablir dans tout le luxe de leur magnificence
première. Des gens d'un goût sûr et éclairé présidaient à
ces arrangements; elle avait voulu que chaque partie de
l'habitation contînt les meubles de l'époque où elle fut

49

construite, sans en excepter quelques pièces sauvées de la dévastation dans les premières constructions féodales. Chaque appartement renfermait une bibliothèque, composée des écrivains du temps et de ceux qui avaient précédé. Quelques manuscrits précieux étaient les seules richesses de la première époque ; mais, à mesure qu'on avançait, les bibliothèques devenaient tellement considérables, que Gabrielle en était restée au dix-septième siècle. Pour continuer, il eût fallu faire un anachronisme, ou bâtir un nouveau château d'une forme nouvelle et d'une étendue beaucoup trop vaste.

Dire que ce château avait appartenu à la famille de Fontenay-Mareuil ; que c'était l'ancienne habitation des aïeux d'Yves de Mauléon ; que tout y parlait de la gloire, de la puissance et des vertus de ses pères ; c'est faire connaître tout ce qu'il y avait pour Gabrielle d'intérêt dans les soins qu'elle s'était imposés. Ce n'était pas seulement la vanité du rang qu'elle voulait rappeler : non ! La jeune femme, qui comprenait toujours la vie sous ses plus belles couleurs, voyait dans le souvenir des grands hommes, des grandes actions et des grandes vertus que renfermaient des annales, que signalaient des portraits, que représentaient des tableaux, une espèce d'engagement, contracté par ceux qui vivent au milieu de ces monuments, de conformer le présent à ces nobles images du passé. Ce fut cette intention aussi qui inspira jadis l'envie de recueillir, de constater et de conserver tous les titres à l'estime et à l'admiration des hommes. Mais à peine un bon génie a-t-il envoyé une belle idée, qu'une mauvaise passion s'en empare ; et l'orgueil a fait de bien excellentes affaires avec celle-là.

Gabrielle, toujours préoccupée par la conduite qu'Yves tenait à son égard, et qui semblait lui cacher un mystère, trouvait un adoucissement à ses regrets dans les soins qu'elle donnait aux travaux qui se faisaient sous ses yeux. Elle éprouvait aussi un grand soulagement de cette vie paisible, dont elle avait eu l'habitude depuis son enfance.

Mais, après quelques jours, cette solitude, tant aimée jadis, lui sembla un peu triste ; après quelques semaines, elle lui parut pénible ; dans ses premières lettres, de ne pas prendre la peine de lui répondre ; elle souhaitait au contraire apprendre tout ce qui se passait depuis son absence. Elle ne nommait pas Yves de Mauléon ; mais il y avait malgré elle quelques expressions d'impatiente curiosité dans sa lettre. Le secret qu'elle cachait à la marquise depuis son mariage était encore voilé par son silence, et même par les paroles pleines de charme qui exprimaient sa reconnaissance pour sa belle-mère, et son bonheur de lui appartenir à un titre cher et sacré ; mais il y avait une tristesse si profonde dans cette lettre, que la marquise en fut frappée, et voici celle que Gabrielle en reçut quelques jours après :

« Paris, co...... 1838.

» Qu'y a-t-il, chère Gabrielle? Yves ne vous donne-t-il
» pas exactement de nos nouvelles à tous deux? Je le
» charge chaque jour de quelque commission pour vous;
» ne les fait-il pas? est-il trop occupé à parler de ses sen-
» timens pour raconter les faits? Enfin qu'y a-t-il, que
» vous ayez besoin de lettres de la vieille mère qui écrit
» avec tant de peine, quand vous avez le jeune fils
» qui doit écrire avec tant de plaisir? Mais, n'eussiez-
» vous pas demandé une réponse, j'avoue que le ton de
» votre lettre m'eût inspiré l'envie de vous écrire. Oui, il
» faut que je vous avoue qu'elle éveille en moi une foule

» d'idées, toutes relatives à votre bonheur, qui certes est
» maintenant ce que j'ai de plus cher au monde.

» Vous savez, ma chère enfant, combien de difficultés
» s'opposent pour moi à ce désir d'écrire, Mes yeux voient,
» à peine, ma main est souvent tremblante, et je suis for-
» cée de m'interrompre dès que j'ai tracé quelques lignes.
» Aussi je commence aujourd'hui cette lettre, mais, pro-
» bablement, il se passera bien des jours avant que je la
» termine. Dès que j'aurai un peu de liberté, et que ma
» santé le permettra, je causerai avec vous; puis, quand
» j'aurai rempli ainsi quelques pages, je vous les en-
» verrai.

» Yves m'a lu le passage de la première lettre que vous
» lui avez écrite, où vous parlez de moi. J'ai reconnu votre
» bon cœur et votre bon esprit ; mais j'ai regretté pour-
» tant qu'ils vous aient entraînée dans cette occasion un
» peu au delà du bien. J'aurais sans regret renoncé pour
» vous à ce monde, habitude de toute ma vie, quoique la
» solitude convienne mieux à la jeunesse qu'à la vieil-
» lesse... Jeune, la pensée est souvent avec un avenir
» qu'on arrange à son gré ; vieux, elle est avec un passé
» sur lequel on ne peut revenir. Ma's, quand vous êtes là,
» ma chère fille, je vis en vous, et ne vis plus en moi; et
» je m'associe tellement à vos idées, que je finirai peut-
» être par n'avoir plus que seize ans. Voyez combien je
» dois vous aimer !

» Si vous n'étiez pas, à cet âge, plus raisonnable par
» l'instinct seul de votre cœur que tout ce que je connais
» en ce monde, je n'oserais vous dire ce qui me trouble
» et m'inquiète dans la conduite de mon fils. Peut-être
» avez-vous eu tort de le quitter dans les premiers
» temps d'un heureux mariage. Le bonheur et l'amour
» sont des fleurs si délicates, qu'il faut des soins constans
» pour les conserver intactes. Les résolutions extrêmes
» leur sont toujours funestes, et ne doivent être prises que
» dans des circonstances difficiles, où elles peuvent ame-
» ner quelques changemens désirés. Cette séparation, qui
» doit durer plusieurs mois, ne peut, dans mon esprit,
» s'arranger avec votre précoce sagesse et votre finesse
» pour comprendre toutes les choses de la vie. Y aurait-il
» donc là-dessous un mystère que je n'aurais pu pénétrer?
» Quelques mots, ou plutôt une certaine expression mo-
» queuse de madame de Savigny, l'autre soir, en parlant
» à Yves de son mariage, ont réveillé en moi, peut-être
» par suite de l'impression que j'avais reçue de votre lettre,
» je ne sais quelle crainte, et j'ai cherché alors à savoir
» au juste les idées et les actions de mon fils.

» Quant à ses idées, il s'est renfermé, à toutes mes
» questions, dans des réponses évasives. Ce qu'il dit est
» vague, et, si je le presse de demandes réitérées sur ce
» qu'il pense et ce qu'il fait, il échappe par une plaisan-
» terie à tout ce que je veux lui dire de sérieux. Quoiqu'il
» ait un air de confiance et d'abandon, je m'aperçois qu'a-
» près une heure de conversation je n'en sais pas plus
» qu'auparavant.

» Pour ses actions, comment pourrais-je les connaître
» par moi-même? je ne le vois qu'à l'heure du dîner.
» J'apprends seulement que ses habitudes sont changées;
» il restait tard au lit, et sa première sortie du jour était
» une promenade à cheval vers les quatre heures; main-
» tenant il sort à pied à huit heures du matin, et le soir,
» il ne dépasse guère minuit hors de l'hôtel. Quelquefois
» même il reste le soir seul à écrire, sans doute vous de-
» vez en savoir quelque chose: qu'écrirait-il, si ce n'était
» à vous? Ne pouvant donc rien savoir par moi-même de
» ce qui peut se passer au dehors, j'ai chargé monsieur
» de Marcenay de me l'apprendre : il est bien entendu
» qu'il ne peut soupçonner en cela qu'un caprice, ou bien
» une surveillance de grand'mère, et que vous n'êtes pour
» rien dans cette affaire.

» Il faut vraiment tout le plaisir que met monsieur de
» Marcenay à deviner ce qu'on veut lui cacher, pour qu'il
» s'occupe de pareille chose en ce moment. Depuis qu'il
» s'est mis à la tête d'un journal, il est devenu tout à coup

» un homme important et un homme opulent, ce qui est
» d'autant plus singulier que le prix de son journal est
» au-dessous des frais, qu'il perd sur chaque abonnement,
» et semble soutenir ainsi les ministres aux dépens de sa
» fortune. Mais, s'il est avec le ciel des accommodemens,
» il paraît qu'il en est aussi avec la terre; et tout cela s'ar-
» range si bien qu'il mène grand train. Comme ceux qui
» n'ont rien possédé dans leur jeunesse, il parle sans cesse
» de ce qu'il possède, de ses chevaux pur sang, de ses
» meubles de prix, etc.

» Cette opulence est venue si vite, qu'il n'a pas encore
» eu le temps de s'y accoutumer. Il semble même qu'il
» craigne de la voir disparaître avant d'en avoir pris l'ha-
» bitude; car il ne passe pas une minute sans la rappeler
» à lui et aux autres.

» Après plusieurs jours écoulés sans le voir, je le ren-
» contrai enfin chez madame de Savigny. Voilà exacte-
» ment ses paroles : je les écris en rentrant de cette soirée,
» pour n'en rien oublier.

» — Votre petit-fils, notre cher Yves, devient fou; car sa
» vie est tellement raisonnable que je ne le rencontre plus
» dans aucun des endroits où nous allons ensemble.
» Il m'eût fallu sortir de toutes les habitudes fashiona-
» bles pour le retrouver; personne ne le voit; et j'ai été
» obligé de le faire suivre hier pas à pas, toute la journée,
» pour apprendre ce qu'il devenait. J'avais chargé de cette
» surveillance un tout jeune homme, dont l'emploi au
» journal est de recueillir adroitement les bruits de ville,
» événemens et accidens qui remplissent une partie de nos
» colonnes : il s'acquitte à merveille de ce soin. « —A quel
» diable d'homme, s'écria-t-il en rentrant, ai-je eu affaire
» aujourd'hui! Il m'a été impossible de deviner à quel
» métier il appartient. Dès le matin, il était au palais
» comme un procureur! il est vrai que Berryer plaidait
» pour un délit de presse!... Mais votre jeune homme
» courut entendre ensuite un professeur de droit politique;
» en sortant de là il se rendit à la chambre, où devait par-
» ler un illustre orateur de l'opposition; puis nous allâmes
» à la Bourse, où il fit plusieurs affaires. Mais, ce qui me
» parut le plus drôle, c'est qu'il passa la soirée dans un
» lieu où se trouvaient quelques hommes de son âge, qui
» se réunissent là chaque soir. Je crus d'abord qu'il s'a-
» gissait d'une espèce de jockey's-club ; oh! bien oui! il
» on ne dit que des choses graves et sérieuses; on traite
» des questions politiques; chacun parle à son tour à
» haute voix!... On dit que ce sont des apprentis députés!
» qu'on apprend là à parler, comme s'il n'y avait pas déjà
» assez de gens qui parlent pour qu'on ne puisse plus
» s'entendre! Au reste, celui-ci ne m'a pas fait veiller
» tard : il était rentré à onze heures!... Mais, ajouta mon
» jeune homme, monsieur a voulu plaisanter en me di-
» sant que c'était le fils ou le duc de Maulcon. C'est peut-être son
» secrétaire, ou le fils de son concierge : est-ce qu'un
» homme titré vit ainsi? »

» Voilà pourtant, madame la marquise, continua mon-
» sieur de Marcenay avec dédain, à quoi s'expose votre
» petit-fils! Que veut-il faire de tout cela? Est-il devenu
» extravagant, intéressé, ou ambitieux? Moi qui ne l'ai
» jamais vu qu'ennuyé, je n'y puis absolument rien com-
» prendre, et je laisse le problème à résoudre à votre sa-
» gacité.

» Plusieurs jours se sont passés depuis cette conversa-
» tion avec monsieur de Marcenay. Yves est devenu plus
» singulier que jamais! Cependant, je ne puis me plaindre
» de lui. Il est beaucoup plus empressé et affectueux pour
» moi qu'autrefois; il a même de ces petits soins auxquels
» il n'aurait pas pensé, s'il ne vous les eût vue prendre.
» Sa tristesse a disparu; et il n'y a plus l'ombre d'ennui
» sur son visage. Il a l'air occupé, et même affairé; mais
» toujours avec ce calme imposant qui lui donne l'air si
» noble; et ces gracieuses manières, plus agréables depuis
» qu'on n'y voit plus le découragement et le dédain. Tout
» l'intéresse, même les affaires politiques, dans ce qu'elles
» ont de grand et qui touche aux questions générales!...

» Enfin, je ne reconnais plus mon insouciant jeune hom-
» me dégoûté de tout. Sa curiosité s'a l'air maintenant
» excitée sur tous les objets! Il en est un que j'aurais bien
» voulu découvrir, qui semble être pour lui d'une bien
» grave importance; car je l'ai entendu murmurer, comme
» à lui-même, ces mots : « Oui, ce sera décidé dans huit
» jours!... » Cette idée le préoccupait tellement, qu'il ne
» mangeait pas, et laissait emporter ce qui avait été placé
» devant lui, sans s'apercevoir qu'il n'y avait pas touché.
» Ce ne fut qu'à la fin du dîner, que, grâce à moi qui,
» après l'avoir examiné en silence, me mis par rire, lorsqu'il
» répéta tout haut « Huit jours! » il remarqua qu'il allait
» sortir de table comme il s'y était mis. Il partagea ma
» gaieté involontaire, se moqua de fort bonne grâce de
» sa distraction, mangea des très bon appétit, parla fort
» vivement; mais il ne lui est pas échappé un mot qui
» pût me mettre sur la voie des causes de sa préoccu-
» pation.

» C'est là, ma chère Gabrielle, tout ce que j'ai pu voir
» et recueillir. Vous, dont l'esprit est si vif et si fin, peut-
» être y trou. rez-vous le mot de l'énigme, si toutefois il
» ne vous es, pas déjà connu. Pourvu qu'il n'y ait entre
» vous et Yves que celui de bonheur!

» Quant à moi, que vous dirai-je! A mon âge, à moins
» d'une enfance prolongée, que je vois à quelques fem-
» mes et qui excite plus de pitié que d'envie, les idées
» gaies viennent rarement. Mais il en est de douces en-
» core, quand on peut placer ses plaisirs hors de soi !....
» quand on peut oublier surtout!... Et cependant, mon
» enfant, Dieu me préserve de ne pas croire au bien, aux
» affections, au bonheur, ou de laisser ceux que j'aime
» en douter! car il y a, même pour cette vie, tout les
» matériaux d'un bel édifice; et c'est peut-être notre faute
» à tous s'ils sont dispersés de manière à n'être jamais
» rassemblés. Mais, hélas! il est vrai de dire que, si par-
» fois on parvient à en réunir quelques-uns, ce n'est en-
» core qu'un château de cartes que l'on a construit!... Ces
» châteaux amusent les enfans; ils les croient solides; la
» première chute les étonne sans les décourager; ils re-
» commencent, et le temps passe! Est-ce notre faute? ou
» ce genre d'illusion a-t-il paru suffisant pour des êtres
» d'un jour? Je ne sais!... Et je répète encore : Il faut
» adorer, se soumettre et attendre!

» Avec vous, je me laisse toujours entraîner, ma chère
» Gabrielle, à ces rêveries que le monde ne permet guère,
» mais qui s'échappent d'elles-mêmes auprès de ceux qui
» les partagent. J'ai remarqué que l'esprit donne tout na-
» turellement à chacun ce qui lui revient, et se met à
» l'unisson. Il me reste à vous parler de vos belles fleurs,
» de ces joyeux oiseaux, vos maîtres de chant, qui vous
» ont appris à les surpasser!... Mais moi, malgré le retour
» du printemps, je n'ai plus ici ni rossignol, ni fauvette,
» ni joie : tout est parti, et tout reviendra avec vous. Que
» ce soit bientôt! ou vous verrez arriver votre vieille mère
» au château d'Arnouville, je vous en avertis.

» La marquise de FONTENAY-MAREUIL. »

Pourquoi cette lettre ranima-t-elle tout le cœur de la
jeune femme? pourquoi, le lendemain, la folle enfant
courait-elle comme jadis au milieu des buissons d'églantiers? qui le dira? Le cœur a des secrets que nul ne peut
comprendre.

Sans doute l'influence de la belle saison agissait aussi
sur Gabrielle. Quand elle visita dès le matin toutes les
chaumières et toutes les fermes où elle était connue et
adorée, des paroles amicales, des secours, des présens
furent distribués par elle. Il semblait que ce fût fête au
village et au château, partout! car le temps sombre et
pluvieux qui attristait la nature avait tout à coup, depuis
quelques jours, fait place au soleil éclatant qui se dédom-
mageait d'une absence trop prolongée en déployant avec
splendeur toute sa puissance. Une chaleur brûlante ranimait le sol longtemps glacé, et paraissait vouloir hâter

par ses efforts la végétation en retard. Les fleurs, les arbres, les oiseaux, tout s'éveillait pour les joies de l'été et désirées. C'était fête au ciel et sur la terre, et la jeune femme était encore trop près de ses plaisirs d'enfant, qu'elle devait à la nature, pour n'en point partager tous les bienfaits.

Le matin s'était donc passé joyeux en visites au village; le jour dans l'intérieur du château à donner galement un dernier coup d'œil aux arrangemens qu'on terminait; puis, quand vint le soir, Gabrielle chercha dans le parc une promenade solitaire qui la laissât sans trouble à ses douces impressions. Pensive, elle suivait lentement une allée sans que ses pas eussent aucun but. Ses mains croisées avec un mol abandon, sa tête doucement penchée, tout indiquait, dans sa démarche gracieuse et nonchalante, que ses pensées vagues et indécises étaient arrivées à l'état de rêveries. L'excessive chaleur de la journée avait perdu la brûlante intensité qui fatigue et enivre, pour garder seulement une tiède douceur embaumée par le parfum enivrant des fleurs. Une brise légère variait et multipliait en les agitant ces suaves odeurs qui, portées par le vent du soir dans les boucles légères des beaux cheveux de Gabrielle et sur son frais visage, ressemblaient à de douces et innocentes caresses, et jetaient jusqu'à son âme une vague émotion d'attendrissement et de bonheur inconnus. Jamais, jusqu'à ce jour, rien n'avait ainsi pénétré tout son être d'un charme ravissant et de mystérieuses sensations dont elle ne pouvait se rendre compte.

Au milieu de ces émotions sans causes, de ces images multipliées et incertaines, qui ne laissent rien à son âme et à ses yeux que des formes, des images et des impressions confuses et insaisissables, des mots sonores, nettement prononcés, non au dehors, mais au dedans d'elle-même, répétèrent :

« Le ciel donne quelquefois plus qu'on n'avait osé lui
» demander ! »

Et Gabrielle, involontairement, regarda autour d'elle pour s'assurer qu'aucune voix humaine n'avait prononcé les paroles qu'elle venait d'entendre.

Mais elle traversait alors une large étendue de gazon dont nul arbre, nul buisson, nul massif ne pouvait dérober aux regards le plus petit espace; et elle y était bien seule. La voix mystérieuse était sans doute intérieure, et le cœur de Gabrielle, accoutumé aux inspirations célestes, s'éleva cette fois dans le ciel avec un nouvel élan de confiance et d'amour pour le remercier de ses promesses.

Pourtant elle voulut se rappeler sa situation telle qu'elle était, repousser cette joie involontaire et trompeuse, pour examiner à loisir toute la triste réalité, et ce fut recueillie et rêveuse que la jeune femme arriva dans le lieu choisi jadis pour les contemplations de la jeune fille. Elle y retrouva les belles fleurs des années précédentes; de joyeux oiseaux qui chantaient comme autrefois; une pelouse verte, fine et fleurie, qui l'invitait au repos, comme jadis; et, se laissant aller à ses molles impressions, elle s'étendit doucement sur ce gazon parfumé, et voulut essayer de chercher dans son âme, de regarder dans sa pensée, d'interroger cette conscience qui lui avait servi de guide; car elle se demandait parfois si elle ne s'était pas trompée, puisqu'elle n'était pas heureuse. La naïve enfant croyait que se préserver de tout mal devait préserver de tout regret! Mais c'était vainement qu'elle voulait analyser ses impressions : tout était vague dans son âme. Pourtant le silence régnait autour d'elle, le jour baissait, et la légère teinte d'ombre qui commençait à voiler les objets devait concentrer en elle-même sa pensée, qui n'était plus attirée au dehors. Mais cette soirée était si belle, ces arbres si magnifiques, les doux rossignols chantaient si bien, les roses parfumaient l'air si délicieusement, et toute cette nature était si suave et si harmonieuse dans ses senteurs et dans ses concerts, qu'elle pénétrait de ses joies innocentes toute cette âme innocente comme elles. Les poétiques douleurs de cette jeune femme sans remords n'avaient

que des larmes sans amertume, des soupirs sans tristesse, et qui embellissaient encore son doux visage.

Elle s'était mollement étendue : sa jolie tête reposait sur son bras arrondi... gracieuse comme ces ravissantes créations du Corrége ! Sa pose et tous ses mouvemens empruntaient aux rêveries incertaines de sa pensée, et aux mystérieuses voluptés de ce séjour, un indicible charme d'abandon et de douceur.

Le temps s'écoulait ainsi sans qu'elle s'aperçût de sa fuite, quand de ses lèvres entr'ouvertes s'échappa un nom que son cœur peut-être avait répété plus d'une fois avant elles.

— Yves de Mauléon ! murmura faiblement Gabrielle.

— Oui, c'est moi ! répondit une voix à ses côtés.

Et la jeune femme effrayée, craignant encore d'être le jouet d'une illusion, se leva légèrement, et se trouva en effet en face d'Yves de Mauléon !

Elle recula de surprise.

— Ne vous effrayez pas, dit-il d'un air triste et glacé, je ne troublerai pas longtemps votre solitude.

Gabrielle se recula encore; mais c'était pour appuyer contre un arbre sa main qui tremblait involontairement. Elle se rappela ce premier et triste jour de son mariage, quand, tremblante aussi alors, elle cherchait un appui... et elle n'eut point la force de parler.

Yves de Mauléon était debout à quelques pas de Gabrielle... il la regardait.

— Une fois au moins il faut m'entendre, dit-il. Sa voix était douce, mais triste et troublée. — Ne le voudrez-vous pas? ne consentirez-vous pas à m'écouter?

Gabrielle frémit et dit :

— Parlez.

Ses vagues et doux pressentimens s'étaient évanouis.

À l'air sombre et froid d'Yves de Mauléon, à ses paroles prononcées avec amertume et douleur, elle sentait que le bonheur ne s'annonce pas ainsi; et elle pensa qu'il fallait s'armer de courage !

— Vous ne savez pas, reprit le jeune homme en hésitant, pourquoi je suis ici... c'est... pour vous apprendre... que notre mariage... ce lien si malheureux...

Il s'arrêta !... il semblait que ces paroles ne pouvaient sortir qu'avec effort de ses lèvres tremblantes, et qu'il manquait de courage pour cet effort.

Gabrielle l'interrogeait malgré elle d'un regard expressif. Elle craignait également ce silence qui l'effrayait, et les mots cruels qui paraissaient devoir le suivre !... Sa vie était pour ainsi dire suspendue, et, quoique son cœur battît violemment, on eût dit qu'elle ne respirait plus. L'anxiété la rendait immobile.

— Ce mariage, dit enfin Yves d'une voix presque inintelligible... il peut... être cassé!

Depuis trois mois, toutes les chances possibles de sa destinée s'étaient présentées à l'esprit de Gabrielle, excepté celle-là ! Elle sentit la mort passer sur son front glacé. Lui aussi, il était pâle et immobile ! Tous deux restèrent silencieux : elle, effrayée de ce qu'elle venait d'entendre; lui, effrayé de ce qu'il venait de dire.

Aucune parole n'aurait pu être prononcée par la jeune femme, et le froid mortel avait pénétré jusqu'à son cœur; mais, quoique le jour diminuât et commençât à faire place à l'obscurité, Yves eût encore pu lire, sur le visage expressif de Gabrielle, ce qui se passait dans son âme, s'il eût osé tourner les yeux sur elle. Mais il semblait craindre de la voir, et ses regards restaient attachés à la terre depuis qu'il avait parlé. Elle aussi détournait les siens !... ils avaient l'air de deux criminels condamnés l'un par l'autre au malheur.

Cette séparation inattendue avait ôté à Gabrielle tout le courage dont elle avait essayé de s'armer.

— Oui!... reprit enfin Yves de Mauléon parlant à voix basse et lentement, — ce mariage... qui ne fut jamais qu'une vaine cérémonie, je sais qu'il peut être regardé comme nul... et que la liberté peut nous être rendue à tous deux !

Gabrielle ne voyait plus rien, ne pouvait plus rien entendre. Sa main, qui la soutenait contre l'arbre qui lui servait d'appui, glissa comme elle ; mais si doucement que la jeune femme se trouva de nouveau, et sans secousse, gracieusement retombée sur le gazon. Le jeune homme fit un mouvement pour s'approcher ; mais elle reprit assez de force pour essayer de cacher sa faiblesse, et dit avec calme :

— Ce n'est rien !... Monsieur le duc de Mauléon, il sera fait tout ce que vous ordonnerez.

Il retourna à la place qu'il occupait en arrivant, et même un peu plus loin ; resta debout, appuyé contre un arbre, pendant que Gabrielle demeura ainsi à demi couchée, et sans qu'il pût voir sa figure. Alors, employant toutes ses forces à rassembler ses idées confuses, et à reprendre assez de calme et de sang-froid pour les exprimer, il lui dit :

— Au moment de nous séparer ainsi... pour jamais... je vous prie en grâce de ne pas me juger trop sévèrement, de ne pas voir mes torts !... oui... j'en ai eu sans doute... mais... de ne pas les voir avec un sentiment de haine.

— De la haine !... s'écria Gabrielle étonnée d'une telle supposition.

— Ma mère vous l'a dit un jour, continua le jeune homme, ma vie n'a pas été heureuse. Tourmenté sans but par une ambition sans espoir ; vivant au milieu d'êtres nuls ou frivoles, à qui je n'ouvrais jamais mon cœur, ces milles liens imperceptibles qui attachent un homme à telle ou telle place dans le monde me séparaient de ceux dont la vie sérieuse et utile eût été pour moi un modèle et une espérance. Ah ! votre mère, qui comprend tout, peut deviner les tourmens de la mienne. Je me voyais inutile, et par conséquent à charge à moi-même. Les idées de mes pères ne me satisfaisaient plus entièrement ; et... je ne pouvais satisfaire complètement aux autres... Alors, pour échapper à l'ennui, je me livrai à une dissipation qui devait nécessairement détruire toute l'énergie délicate de mes impressions, toute cette élévation de pensées qui rend seule la vie noble, pure et grande... et ce fut ensuite par faiblesse... par insouciance peut-être... que je cédai aux vœux de ma mère. Vous le voyez... je ne cherche point à vous tromper. Oui... quand ce mariage se conclut, j'apportai un esprit dégoûté de tout, et un cœur découragé de lui-même à votre esprit naïf et plein de nobles illusions, à votre cœur si neuf qu'il avait encore toutes les vertus... comment aurions-nous pu nous entendre ? Mais le mal est là... là seulement !... Cette fortune... je...

— Arrêtez !... dit vivement Gabrielle à qui les dernières phrases du jeune homme avaient redonné quelque force ; arrêtez ! pas un mot de plus sur ce sujet !... Elle s'était soulevée en prononçant ces paroles. La lune commençait à jeter une pâle lumière ; Yves vit la jeune femme assise, grave et triste, et qui ajoutait lentement : — Une explication là-dessus est inutile ; elle ne m'apprendrait rien que je n'aie appris depuis longtemps. Un soupçon sur monsieur le duc de Mauléon ne pourrait faire tort qu'à celui qui aurait osé le former ; personne ne peut... ni ne doit en avoir... dès qu'on l'a connu.

— Merci, Gabrielle ! reprit Yves avec une douceur infinie ; et ce nom familier, qu'il ne lui avait jamais donné, prononcé ainsi dans ce moment solennel, produisit sur leur âme un attendrissement involontaire que chacun semblait craindre de trahir. Enfin le jeune homme ajouta : — Il sera doux pour moi... d'emporter loin d'ici... loin de la France peut-être...

— Loin de la France ! y avez-vous bien pensé ? ne put-elle s'empêcher de dire.

— Que puis-je faire en restant ici ? répondit Yves ; vivre ? au milieu de qui ? La société des salons ? c'est le repos pour ceux qui sont occupés, c'est l'ennui pour ceux qui en font leur occupation !... Mes anciens amis ? mais c'est la folie de la jeunesse !... elle est passée pour moi...

Et quant au bonheur de la... vie intérieure et de la famille...

Il s'arrêta.

Gabrielle essaya de répondre :

— Si j'osais... Moi qui n'ai rien appris, moi qui ai vu si peu de choses...

— Oh ! parlez ! Que ne vous ai-je connue plus tôt ! dit Yves d'une voix affectueuse ; je n'aurais pas...

La jeune femme crut qu'il pensait à Éléonore. Ses idées se troublèrent ; elle ne put retrouver ce qu'elle avait voulu dire.

— Sans doute, reprit monsieur de Mauléon, il y a dans ce monde bien du bonheur ; mais il n'est pas en notre pouvoir de l'atteindre ! On ne l'aperçoit qu'au moment où il échappe ; et, quand on en sent tout le prix, il est déjà perdu pour jamais !

— Oh ! que cela est vrai ! s'écria-t-elle.

— Et ce que vous n'osiez exprimer ?... demanda Yves, qui voulait détourner le souvenir du passé.

— Je ne le sais plus !... dit-elle avec trouble. Mais pourtant... je crois que je pensais... tout à l'heure, que chacun peut rendre son existence utile... belle et heureuse pour soi et pour les autres, et... que cela doit être plus facile encore à monsieur le duc de Mauléon qu'à tout autre.

— C'est possible ! dit le jeune homme ; mais... Un profond découragement parut sur son visage, quand il ajouta :

— Il faudrait une autre situation... La force vient du cœur... On ne sait rien entreprendre quand on est malheureux.

Gabrielle avait le cœur serré et la voix tremblante ; car elle croyait deviner qu'il se plaignait de son sort, et en exposait ainsi tous les ennuis, comme des droits et des excuses pour le changer.

— Mais, dit-elle douloureusement, tous les obstacles... vous voyez bien qu'on peut les briser ?...

— Il le faut, n'est-il pas vrai ?

— Ainsi vous serez heureux !

Ce n'était ni une question, ni une réponse : Yves ne répondit pas. La jeune femme employait, depuis l'aveu de ce projet de séparation, tout ce que la raison et la fierté peuvent trouver de force pour déguiser une violente impression.

Les nuages épais, qui voilaient en ce moment la lumière de la lune, dérobaient à Yves des larmes brûlantes coulant le long des joues pâlies de Gabrielle. Muette de regret et de crainte, cachant son visage, retenant ses sanglots, essayant de trouver des paroles... car elle craignait que son silence n'abrégeât encore ces courts instans... qu'il ne s'éloignât, et que sa voix n'eût pour la dernière fois retenti à ce cœur brisé, qu'elle faisait tressaillir... elle cherchait des paroles pour... le contraindre à rester... et à répondre encore... Mais, comment parler sans se trahir, quand son esprit n'avait plus qu'une idée, quand sa voix devait accuser ses larmes !... Pourtant, il y a tant de force dans une volonté qui vient du cœur, que Gabrielle demanda sans trop d'émotion... s'il avait choisi le lieu où il chercherait ce bonheur que la France ne lui offrait pas.

— Je voyagerai, répondit-il. Quand rien ne vous attire nulle part, qu'importe le lieu où l'on est, pourvu qu'on puisse le quitter ?

— Ah ! sans doute, s'écria-t-elle amèrement, laissant à son insu échapper l'angoisse de son âme et la pensée qui la déchirait, sans doute... quand on n'a nul regret pour ce qu'on a quitté, et qu'on garde avec soi tout ce qu'on aime, et tout ce qui peut donner et bonheur et plaisir.

— Le bonheur ! le plaisir ! dit Yves étonné. Et quel plaisir peut-il y avoir... quand on est triste, abandonné et seul ?

— Seul ?... Mais vous ne seriez pas seul... monsieur de Mauléon.

— Seul ! absolument seul !...

— Que dites-vous ?...

Et malgré elle, malgré sa résolution, le nom qui était dans sa pensée, dans son cœur, sur ses lèvres, s'échappa presque inintelligible.

— Éléonore !... répéta avec surprise Yves de Mauléon, mais elle est retournée au couvent depuis trois mois ; et je ne l'ai pas revue depuis votre départ.

Rien ne peut rendre ce qu'il y eut alors d'étonnement, de joie, d'espérances spontanées, et presque de folie dans l'accent de Gabrielle, lorsqu'en se levant avec une incroyable vivacité, et se trouvant debout par un seul mouvement, elle prononça ces mots :

— Pourquoi donc partez-vous ?

Le jeune homme resta interdit.

— Pourquoi je pars ? C'est vous qui le demandez !

Elle ne comprit plus.

— Parlez, je vous en conjure, dit-elle avec une inexprimable curiosité.

— Qu'ai-je à dire ? ne vous souvenez-vous plus de notre mariage ? de votre indifférence... de votre haine ?...

— Oh ! ce n'est pas cela monsieur de Mauléon.

— Avez-vous donc oublié ma lettre, mes justes reproches ?...

— Oh ! ce n'est pas cela non plus !... ne me laissez pas croire à cette lettre...

— Elle est ma seule pensée.

Un rayon de joie éclaircit un moment la figure inquiète de la jeune femme ; et ce fut avec une indicible expression de crainte et d'espoir qu'elle s'écria toute tremblante :

— Prenez garde... je vous en prie !... ne me donnez pas une pareille idée... Cette lettre, mais c'était... la jalousie ! vous jaloux ! cela n'est pas possible ! Il y a des pensées que je ne peux pas, que je ne veux pas admettre... car, s'il fallait ensuite être détrompée, que deviendrais-je ?

— Comment ?

— Mon Dieu ! j'ai bien souffert.... et pourtant je n'avais jamais espéré... non !... je n'avais jamais eu un moment d'espérance !... mais... à présent... il me vient une pensée !... Et, tremblante de joie au milieu des larmes qu'elle venait de répandre, ses lèvres laissaient échapper ces mots sans suite. — Ne permettez pas une pareille erreur ! mon Dieu ! je n'aurais plus de courage quand il faudrait la perdre ! Et, passant sa main sur ses yeux, sentant qu'ils n'avaient plus de larmes... — Pourquoi donc cette joie sans motif, ce bonheur sans raison ? pour un mot qu'il démentira ! un mot qui m'a trompée !... qu'il n'a pas pu dire !...

C'était à voix basse, à elle-même, avec une agitation singulière, et ne pensant pas être entendue, que Gabrielle parlait ainsi ; et, comme la lumière de la lune, échappant aux nuages qui l'avaient cachée, se répandit blanche, pure et vive sur la jeune femme ; sa clarté illumina tous les objets, et les fit voir aussi distinctement qu'eût pu le faire un soleil brillant. La douceur de la lune leur prêtait seulement un délicieux charme de mystère et d'harmonie, dont le silence de la nuit augmentait encore la puissance.

Yves regardait avec une vive émotion la figure animée de Gabrielle. Il écoutait avec avidité ces paroles inintelligibles, dont il recueillait les moindres inflexions, craignant de se tromper à leur signification. Un moment il fut près de courir à elle, de se jeter à ses pieds... il s'arrêta... Mais ce ne fut pas avec tristesse et crainte qu'il s'exprima : toute son âme semblait avoir passé sur son visage expressif et dans sa voix vibrante et passionnée quand il dit :

— Gabrielle ! vous devez tout apprendre maintenant. Déjà vous savez quelles étaient les dispositions de mon cœur lors de notre mariage ; mais vous ne connaissez pas les idées qui sont venues depuis. J'ai commencé par rougir devant une enfant, car elle a deviné toutes les délicatesses de l'âme, et moi je les avais toutes anéanties ! Elle me méprisait, et je m'étais fait exprès méprisable ! Voilà ce que ses paroles m'apprirent, ce que je sentis.... et en même temps... je me sentis humilié et irrité. Elle m'aimera... ou je la fuirai pour jamais ! m'écriai-je... Mais quand je voulais fuir, quand je tombais dans le découragement de moi-même, un rayon d'espoir venait ranimer ma pensée presque éteinte. C'était parfois un regard, un mot, un sourire.... qui, en faisant battre mon cœur, m'apprenait qu'il n'était plus insensible. La colère, l'envie de plaire, et l'amour m'avaient donné une vie nouvelle : je ne comprenais plus l'insouciance, le dégoût et l'ennui.... je vivais enfin ! J'avais un but que je voulais atteindre ! et je suivis, pour y arriver, une route nouvelle... où je n'étais jamais entré. Alors... je ne voulus rien devoir qu'à moi-même. Je repoussai cette fortune... qui ne devait pas selon moi m'appartenir ; je travaillai... oui, je me liai avec quelques-uns de ces hommes que la probité et l'intelligence ont mis à la tête d'entreprises où l'industrie peut avoir des chances du bonheur sans courir le risque de l'infamie. En vérité, il faut que le ciel ait souri à mes efforts, ou que la folie de quelques spéculateurs serve de sagesse à quelques autres ; mais une faible valeur se changea entre mes mains inexpérimentées en une véritable fortune. Je devins plus riche qu'il ne faut pour vivre noblement. Et, pendant ce temps, je cherchais ces hommes studieux qui ont consacré leur vie à de sévères travaux ; je pénétrais dans cette existence de luttes politiques, de discussions d'affaires ; et je compris enfin qu'à côté des mesquines combinaisons de l'intérêt personnel, de l'agitation des ambitions particulières, au milieu des différens partis, et sous toutes les bannières, il y avait une noble place à prendre pour tous ; qu'il restait tant à faire pour le bien général, que toute main se mettant à l'œuvre avec discernement, peut et doit être utile ; qu'un homme, par cela seul qu'il est honnête et intelligent, est un soutien de la société ; qu'il y apporte la puissance du bon sens et l'influence de la raison ; qu'améliorer les lois et les hommes, le sort malheureux de quelques-uns et les idées funestes de quelques autres, peut et doit suffire à la destinée du plus ambitieux. Une circonstance vint encore me montrer ce que l'orgueil des grands peut provoquer de haine, et ce que la haine peut entraîner de crimes et de regrets. Je vis que le pauvre méprisé peut mourir de chagrin en même temps que de misère ; et je trouvai dans l'espoir d'être utile un but à mon activité, une joie pour mon cœur, une inspiration pour ma pensée. Et tous ces projets sérieux dont on ne doit pas d'ordinaire parler à une femme, moi je sens encore qu'ils doivent être confiés à la digne compagne d'un homme de bien... car, je l'avoue, c'est par elle que j'ai conçu toutes ces idées nouvelles pour moi. C'est pour mériter une jeune fille simple et vraie que j'ai repoussé les fausses routines et les susceptibilités mensongères et mesquines des préjugés et des partis , que j'ai voulu être un homme raisonnable et bon ; parce que j'avais appris, par son exemple, que la vraie distinction, c'est la raison et la bonté dans leur acception noble, délicate et élevée ; et parce que cette femme, je l'aime, je l'aime avec tendresse, avec passion, et que je ne suis revenu que pour le lui apprendre, et pour lui dire en même temps qu'elle est libre ; que rien ne la lie, qu'elle peut disposer de son sort et du mien, que je ne veux la devoir qu'à son amour, qu'en ce moment toute ma vie dépend d'un mot !... Gabrielle peut-elle m'aimer et veut-elle être à moi ?

La jeune femme était restée debout, écoutant avec anxiété, et recueillant avec transport toutes les paroles d'Yves de Mauléon. La joie, l'attendrissement, l'amour, toutes les nuances des impressions les plus vives et les plus douces, avaient animé tour à tour la figure expressive de Gabrielle ; et, quand il se tut, elle essaya en vain de parler, tant elle était émue. Mais ce qu'aucune parole n'eût pu dire fut dit par un regard. Tout ce que le cœur peut éprouver de joie, de confiance et d'amour, fut exprimé par un seul mouvement. Gabrielle lui tendit les bras. Yves la prit dans les siens avec transport.

Lui avait dit son secret, elle avait laissé échapper le sien.

Des mots sans suite, pleins de trouble et de bonheur, s'élançaient de leur âme.

— Ah! s'écria le jeune homme, avec une inexprimable joie, il ne reste donc rien de cette haine, de cette indifférence, qui me repoussaient jadis?...

La jeune femme le regarda en souriant.

— L'indifférence? dit-elle. Et rougissant en se pressant contre Yves, comme si elle eût cherché à cacher jusque dans le cœur de celui qu'elle aimait le secret renfermé dans le sien, elle prononça ces mots bien bas : — Alors... Yves .. mais je t'aimais déjà!

— Ah! elle est sublime, ma Gabrielle! s'écria le jeune homme dans un transport d'admiration pour cette naïve enfant; car tous les simples et naturels élans d'un noble cœur, et toute l'exaltation passionnée d'une jeune âme, s'étaient réveillés en lui. Cette exaltation, qui pare de mille couleurs éblouissantes tous les objets, qui peut faire accepter le malheur, rechercher le péril, endurer la souffrance, affronter jusqu'au martyre, et quelle joie, de quel délire, ne doit-elle point parer l'amour! Aussi Yves adorait les chastes délicatesses de la jeune fille; il adorait son esprit élevé et sa vertu si simple; il adorait cette beauté ravissante, ornée de tant de prestiges; et, pensant alors au monde où elle pouvait porter tant de raison et tant de charmes, à cette solitude où elle pouvait donner tant de bonheur, il répétait, dans la plus vive exaltation :

— Tu l'as dit, Gabrielle!... Oui, le mariage, pour être digne de toi, devait être ainsi... L'amour honoré sur la terre, et béni par le ciel!

La nuit était devenue profonde, des nuages s'étendaient sur tout le ciel et voilaient la lumière de la lune et l'éclat des étoiles. L'orage commençait à gronder : Yves et Gabrielle ne s'en étaient pas aperçus. Cette nuit obscure et menaçante leur semblait délicieuse. Il y a des momens où ce n'est ni le soleil ni l'air embaumé, ni le charme de la nature qui font les beaux jours; où le foyer de lumière, de chaleur et de joie que l'âme renferme ferait pâlir tous les astres du ciel, leur brûlante chaleur et leur éclat brillant; où l'on peut tout animer, tout embellir; prêter la joie, la vie et la beauté à tous les objets; et peut-être cette puissance de l'âme, ce bonheur auquel le monde ne peut rien ajouter, furent-ils donnés à l'homme, sur la terre, pour rappeler à sa pensée qu'il est en lui quelque chose qui vient de plus haut.

Tous deux, se regardant avec tendresse, répétaient des riens charmans, des phrases pleines d'amour, et ces paroles dont l'accent en dit plus encore que les mots les plus caressans. Puis, tout à coup, sans s'être entendus, ils s'écrièrent involontairement ensemble et en souriant :

— Pourtant nous avons perdu six mois de bonheur!

———

À ce moment, des voix se firent entendre sur plusieurs points à la fois dans le parc : des flambeaux et des torches parurent de différens côtés.

L'orage de la nuit, qu'oubliaient Yves et Gabrielle, le temps, les heures, le lieu où ils étaient, leur furent révélés seulement en cet instant.

— On me cherche! s'écria la jeune femme en riant, on s'inquiète de mon absence!... on me croit seule!

Et tous deux ensemble coururent vers le château... Une voix bien connue, et répétant son nom, vint frapper Gabrielle; et, quittant la main d'Yves, elle se jeta dans les bras de la marquise de Fontenay-Mareuil pour la rassurer.

— Ah! la voilà! s'écriait la marquise encore effrayée. Mais où étiez-vous ainsi la nuit... seule..?

— Non pas seule, reprit la jeune femme en rougissant et s'éloignant un peu; mais avec lui!

Elle laissa voir Yves, qui vint embrasser sa mère, tellement surprise en apercevant Yves qu'elle ne trouva rien à dire.

Un homme descendait lentement alors l'escalier du perron, en ayant l'air de se hâter et en murmurant; c'était le comte de Rhinville. Il s'arrêta stupéfait, et dit d'un ton de reproche :

— Comment! madame la marquise, courir la poste jour et nuit... pourquoi? pour... déranger... un tête-à-tête entre mari et femme! si j'avais su...!

— Vous ne seriez point parti? ni moi non plus, peut-être, dit en riant madame de Fontenay-Mareuil.

— Qu'y a-t-il donc? s'écria Yves de Mauléon...

— Vous allez le savoir, reprit la marquise.

Mais un grand bruit interrompit sa phrase. L'orage éclatait, on était rentré au salon, et un domestique annonçait qu'une voiture venait de verser à la porte du château. Il y avait une dame évanouie; un jeune homme aidait à la transporter. Quelle fut la surprise de tous!... c'étaient Henri de Marcenay et madame de Savigny.

Il y a tant de présence d'esprit dans une femme du monde, que l'étonnement de madame de Savigny, en rouvrant les yeux, prit tout de suite un air de joie, quoique l'aspect d'Yves de Mauléon eût semblé au premier moment lui causer autant d'étonnement que de chagrin.

— Quel bonheur, dit-elle du ton le plus affectueux, que cet accident me soit arrivé près du château d'Arnouville!.. J'ignorais qu'il fût sur la route que je suis obligée de suivre pour me rendre aux bains de mer qui me sont ordonnés... et monsieur de Marcenay...

Ce fut lui qui continua.

— Vous savez que je suis candidat, porté par le ministère à l'élection qui a lieu dans l'arrondissement de L'''', ces jours-ci... et je vais remercier...

— Les électeurs d'avoir nommé hier votre concurrent Georges Rémond (dit en riant Yves de Mauléon qui tira une lettre de sa poche); il m'annonce lui-même cette nouvelle.

Le comte et la marquise s'écrièrent en même temps :

— Quoi!... monsieur Georges est à cinquante lieues d'ici?

Et madame de Fontenay-Mareuil, plus joyeuse encore qu'étonnée, tourna un regard triomphant sur madame de Savigny, en ajoutant :

— Que disiez-vous donc? Élénore aussi est bien réellement au couvent, heureuse et bien portante; son père venait me l'apprendre de sa part au moment où je montais en voiture... Et Yves... devinez où nous l'avons trouvé?... oubliant au fond des bois la nuit et l'orage, en tête-à-tête avec... sa femme!

Le ton dont elle prononçait ces paroles semblait indiquer qu'elle avait reçu des renseignemens bien opposés à tout cela.

Monsieur de Mauléon du moins le pensa; car une expression de fine moquerie entourée d'une politesse excessive parut sur son visage; il remercia madame de Savigny de lui avoir envoyé sa mère et monsieur le comte de Rhinville, et surtout d'avoir bien voulu verser si adroitement que son château fût le seul asile qui pût la recueillir.

— Comme c'est heureux, dit Gabrielle, que tous les embellissemens de cette habitation, si longtemps négligée, aient été aujourd'hui même terminés par mes soins! Tout le monde pourra s'y loger merveilleusement, et vous verrez comme c'est beau!... Il n'y avait vraiment que le château de vos pères, brillant de leur gloire plus encore que de leur richesse, qui pût être digne de vous. Et le regard de la jeune femme s'adressa d'abord à Yves, et se reporta plein de bonheur sur la marquise pour ajouter :

— Ma mère, vous occuperez le vaste appartement qu'habitait la marquise de Fontenay-Mareuil au temps de Louis XIV. Monsieur le comte de Rhinville, il y en a de moins vastes, mais tellement commodes que vous vous y croirez chez vous... Et vous, madame, dit-elle en s'adressant à madame de Savigny...

— Moi, je suis forcée de continuer ma route dès que la voiture sera prête, reprit celle-ci du ton le plus gracieux; et je vous prie d'excuser mon refus.

— Henri n'aura donc pas même, madame, dit Yves toujours d'un ton légèrement ironique, le temps de voir

Georges, qui passera ici demain matin... et qui pourrait lui donner des renseignemens sur la manière dont on est nommé député?

—Gardez cela pour vous, Yves, répondit Henri, qui entendait à merveille la plaisanterie en certaines occasions; car vous pensez, dit-on, aussi à la députation.

— Pourquoi pas?... dit Yves de Mauléon, à la grande surprise de sa mère, qui balbutia le mot d'opinion, de parti.

— Un parti!... répéta Henri de Marcenay en riant. Madame la marquise, le mot *parti* n'est plus de mode... Et Dieu sait si la chose a existé bien réellement dans notre pays... Moi, je crois qu'en France il n'y a jamais que deux partis : celui des gens d'esprit et celui des imbéciles.

— C'est bien possible, dit la marquise en souriant, car sa joie la rendait indulgente. Qu'Yves soit donc, s'il veut, député, et même ministre! Quand il arriverait au pouvoir quelques honnêtes gens, sans de sales intrigues, sans de vils intérêts, sans de petites ambitions personnelles, et pour s'y dévouer seulement au bien public, il n'y aurait pas grand mal. On a vu tant de choses curieuses de notre temps, pourquoi n'y verrait-on pas aussi celle-là?

— N'est-il pas vrai, ma mère? dit Yves tout heureux de trouver ses désirs partagés.

Voyant la marquise ajouter au bonheur de son fils en s'associant à ses idées, Gabrielle la remercia par une caresse, et ajouta :

—Ma mère, à notre retour, ma première visite sera pour Élénore; car elle sentait le besoin de montrer à Yves tous les genres d'estime et de confiance.

— Élénore, reprit la marquise, envoyait son père pour rappeler à ma chère fille leur ancienne amitié, et lui dire qu'elle ne regrettait maintenant qu'un petit gage de cette mutuelle affection, une bague... je crois?

—Que je lui renverrai demain par Georges, dit gaîment la jeune femme, en échangeant avec Yves un regard qui parut éveiller entre eux une espérance à ces deux noms.

Madame de Savigny, qui avait envoyé monsieur de Marcenay presser les réparations de la voiture, apprit alors, à sa grande satisfaction, qu'elle pouvait se remettre en route; elle exprima les plus vifs regrets d'être obligée de quitter un lieu si magnifique, dont les splendeurs nouvelles étonneraient, ajouta-t-elle, les anciens et nobles habitans, s'il leur était donné de le revoir maintenant.

— Et ce qui les charmerait surtout, n'est-il pas vrai, dit Yves de Mauléon prenant la main de sa jeune femme avec cette grâce élégante, noble et un peu hautaine qui lui était naturelle, ce serait certainement d'y voir régner ma Gabrielle, car jamais châtelaine et plus belle et plus digne n'en aura fait les honneurs. Et il porta à ses lèvres les doigts délicats de la gracieuse enfant, avec une vive expression d'amour et de respect.

— Certes, s'écria la marquise, c'est une fée... ou plutôt c'est l'ange de notre famille! Elle a relevé le château de nos pères, elle nous y donnera de nobles fils! Celle qui a fait d'Yves un homme heureux pourrait bien aussi en faire un homme célèbre, et c'est peut-être moins difficile. Je commence à croire, mon cher comte, ajouta-t-elle en s'adressant à monsieur de Rhinville, que je m'étais trompée, et que, même de notre temps, *il y a encore des femmes.*

FIN DE GABRIELLE.

TABLE DES CHAPITRES CONTENUS DANS CET OUVRAGE.

FIN DE LA TABLE DE GABRIELLE.

PARIS. — IMPRIMERIE J. VOISVENEL, rue Chauchat, 11.

AVANTAGES RÉSERVÉS AUX ABONNÉS DU JOURNAL LE SIÈCLE.

Tout abonné au SIÈCLE a droit, outre la prime gratuite, à une remise de cinquante pour cent sur le prix marqué de tous les ouvrages que renferme ce catalogue. La demande des départements doivent être affranchies et contenir leur montant en un mandat sur la poste ou à vue à l'ordre de M. le Directeur-Gérant du SIÈCLE. On ajoute à la demande, le prix du port, qui est, par chaque volume, de 1 franc pour ceux de la première catégorie; de 80 centimes pour ceux de la deuxième; de 60 pour ceux de la troisième; de 50 centimes pour ceux de la quatrième.

Première Catégorie.

Musée littéraire.

(Contenu largement illisible)

ŒUVRES CHOISIES D'EUGÈNE SUE.

(Contenu largement illisible)

NOUVELLES ET ROMANS CHOISIS D'ÉLIE BERTHET.

(Contenu largement illisible)

Deuxième Catégorie.

(Contenu largement illisible)

NOUVELLES ET ROMANS CHOISIS D'A. DE LAVERGNE.

(Contenu largement illisible)

Troisième Catégorie.

(Contenu largement illisible)

Quatrième Catégorie.

(Contenu largement illisible)

www.ingramcontent.com/pod-product-compliance
Lightning Source LLC
Chambersburg PA
CBHW060802180626
46818CB00002B/664